二 見 文 庫

はじめてのダンスは公爵と

アメリア・グレイ／高科優子＝訳

A Duke to Die For
by
Amelia Grey

本書をわたしと同じように愛してくれているデブ・ワークスメンに。
気球の歴史について丁寧に教示してくれたグレッグ・イーギーに。
そして、いつもわたしの真のヒーローであるフロイドに、愛をこめて。

はじめてのダンスは公爵と

登　場　人　物　紹　介

ヘンリエッタ・トゥイード	身よりのない娘
ルシアン・トレント・ブレイクウェル（ブレイク）	第五代ブレイクウェル公爵
ルーカス・ランドルフ・モーガンデイル（モーガン）	ブレイクのいとこ。伯爵
アレキサンダー・ミッチェル・レイスワース（レイス）	ブレイクのいとこ。侯爵
レディ・エルダー	ブレイクの祖母
ランドルフ・ギブソン（ギビー）	レディ・エルダーの友人
アシュビー	ブレイクの執事
ミセス・エルスワース	ブレイクの家政婦
クレイトン・ロッククリフ	公爵
ウォルド・ロッククリフ	クレイトンの弟
コンスタンス・ペッパーフィールド	未亡人
ビヴァリー・シンプル	女性事業家
ミセス・グールズビー	ヘンリエッタが一緒に暮らしていた老婆
ミセス・フォーチュン	占い師

1

最愛の孫、ルシアンへ

チェスターフィールド卿の叡智《えいち》に満ちた言葉を心にとめておけば、きっとよき人生をおくれることでしょう。〝今日できることを明日に延ばすなかれ〟

愛をこめて　レディ・エルダー

第五代ブレイクウェル公爵、ルシアン・トレント・ブレイクウェルは、乗馬用の手袋を脱ぎながら、メイフェアの屋敷の玄関広間を通り抜けた。

「閣下、お帰りをお待ちしておりました」

「あとにしてくれ、アシュビー」ブレイクは答えながら、立ちどまらずに手袋と帽子と外套《がいとう》を執事の手に押しつけた。「時間がない」思いがけず長居しすぎたせいで、すっかり遅くなってしまった。

四時にはいとこのモーガンがハイドパークで新しい馬を走らせるのを見る約束で、六時からはもうひとりのいとこのレイスと大金を賭けたカードゲームをすることになっていた。けれどもその前に、少なくとも一冊は帳簿を見なおさなければならない。彼が何もしないので弱り果てている弁護士から、もう一カ月以上も催促されつづけているのだ。

ブレイクは廊下から書斎に入った。机の上には、帳簿や雑多な手紙、それに何週間も封すら開けずに放りだされたままの招待状が積みあげられていた。

上着を脱いでクラヴァットをゆるめ、いらだたしげにため息をついて椅子に座った。ときどき、公爵という立場がとてつもなくうとましく感じられることがある。

覚悟を決めていちばん上の帳簿を開いた。いつかしなければならないことだ。

「お邪魔して申し訳ありません、閣下」ドアのところからアシュビーが呼びかけてきた。

ブレイクは目の前の帳簿から顔をあげようともしなかった。最後にこの帳簿を開いたとき――あまりに前の話なので、いつかは思いだせなかったが――見終えた箇所を捜していた。父が亡くなってもう二年になるというのに、まだ〝閣下〟と呼ばれることになじめない。

父が長年にわたって投資してきたさまざまな事業の処理だけでなく、自分の財産や土地について常に最新の状況を把握していなければならないせいで、やたらと時間をとられた。弁護士からは、署名すべき書類や確認すべき帳簿が次々に送られてくる。そこに昨年亡くなった祖母の遺産まで相続する事態となり、すでに手いっぱいだったところにさらなる責任がのしかかってきたのだった。

人生におけるこの新しい役割のせいで、乗馬やフェンシング、あるいは〈ホワイツ〉や会員になっている紳士のクラブで午後遅くにビリヤードやカードに興じるといった、かつては毎日当たり前のように楽しんでいた気晴らしが自由にできなくなってしまった。好き勝手に暮らせず、他人の予定に合わせなければならない生活にはうんざりだった。

執事が咳《せき》払いをした。

「ああ、アシュビー、どうしたんだ？」執事が用件を伝えるまでは立ち去るつもりがないことがわかり、ブレイクはしかたなく呼びかけた。

「若い女性が面会を求めて訪ねてこられました」

ブレイクは興味をそそられ、顔をあげて執事を見た。アシュビーは背が高く痩《や》せていて、いつも隙《すき》のない服装だ。白いものが目立つ長い髪を角張った顔のまわりにぴったりとなでつけている。

「若い女性と言ったな？」

「はい、閣下」

「誰だ？」

「ミス・ヘンリエッタ・トゥイードです」

「トゥイード」ブレイクは声に出して言い、つかのまその名前を頭のなかで転がした。覚えがない。「誰と一緒だ？」

「メイドがついておりました」

「付き添い《シャペロン》は？」

「見たところ、おりません」

それは妙だ。

若い女性であれ紳士であれ、約束なしにいきなり訪ねてくること自体、普通ではない。まして、女性がシャペロンも連れずにやってくるというのはきわめて不自然だった。ブレイクは肩をすくめた。これが別の日の午後だったら、妙な来客に会う気になったかもしれなかったが、今日は違う。誰かをもてなしている暇はない。

「とりあえず名刺だけ受けとって、帰ってもらってくれ」

ブレイクは羽根ペンをとって開けたばかりのインク瓶にひたし、目の前の数字に注意を戻した。

「そう申しあげたのですが、名刺は持っていないとのことでした」

羽根ペンを持つ手が止まった。ますます妙だ。しかるべきシャペロンも、当然持っているべき名刺もない女性。一瞬、ブレイクはハイドパークで先ほど会った女性のひとりが家まであとをつけてきたのではないかと考えた。さらに別の可能性もある。まれではあるが、夜の女性が爵位を持つ男を狙って小遣い稼ぎをしたり、新しい愛人になったりといったおいしい思いをしようとして大胆な行動をとることがある。

ブレイクは改めて興味をそそられたが、実のところ帳簿の数字と比べればたいていのことが面白そうに思えてしまうのはしかたがなかった。

彼は執事にまた目を向けた。「どんな女性なんだ?」その女性の容姿いかんによっては、仕事を中断してもいいかもしれない。

アシュビーが顔をあげ、かすかに眉を動かした。「若い女性に見えました」

ときどきブレイクは、父の代からのこの扱いにくい執事をくびにしておけばよかったと思うことがあった。ときとして、アシュビーは耐えがたいほど慇懃無礼《いんぎんぶれい》なことがある。けれども彼は日々をつつがなく仕切り、大勢の使用人をほぼ完璧に使いこなしていた。その仕事ぶりを見れば、父がどれほど手をかけてこの男を仕込んだかがわかる。だからこそブレイクは、年老いたこの執事をまだ雇いつづけているのだった。

「どうしてぼくに会いたいのか言っていたか?」

「それに近いことはおっしゃいました」

ブレイクはむっつりして、とったばかりの羽根ペンを置いた。「アシュビー、ミス・トゥイードはいったい何と言ったんだ?」

執事は慌《あわ》てず騒がず答えた。「あなたさまが自分を待っているはずだと」

「そうなのか?」ブレイクはきき返した。数カ月前に父に仕えていた秘書を解雇したあと、アシュビーがブレイクの予定の管理を手伝っていたが、これまでのところどうにも心もとなかった。

「わたしは存じませんでした。旅行鞄《かばん》を玄関広間の階段に置いてあるともおっしゃっていました」

ブレイクは不平とも笑いともつかない声を喉の奥からもらした。玄関広間を通り抜けたときその荷物に気づかなかったとは、われながらよほど慌てていたのだろう。

「いったいどういうことだ？　今日は誰と会う予定もない。少なくとも、荷物を抱えた、しかるべきシャペロンもいない若い女性などは知らない。その女性は明らかに、訪ねる家を間違えているんだ」彼は椅子から立ちあがった。「彼女が誰を捜しているかきいてみたか？」

「はい。ブレイクウェル公爵が自分を待っているはずと」

「トゥイードという名前にはまったく心当たりがないから、それは絶対にありえない」

「ミス・トゥイードは、閣下は混乱されるかもしれないが、自分をとりついでもらえればすぐに解決するともおっしゃいました」

むしろ混乱しているのは彼女のほうだと思えるのに、なんとも図々しいせりふではないか。この状況をてっとりばやく解決するには、少しだけ時間をとってその女性と直接話すしかないらしい。

ブレイクは散らかり放題の机に目を落とした。開いただけの帳簿を見つめ、心のなかで悪態をつく。新しい記録を確認するのは、また先延ばしにしなければならない。

「いいだろう。客間に案内して、ぼくが会うと伝えてくれ」

「かしこまりました」アシュビーは振り向くとその場を去った。

ブレイクは羽根ペンを帳簿にはさんで閉じた。それから急いでクラヴァットを結びなおし、上着に手を伸ばした。その女性がぼくを誰か別の男ととり違えているのは間違いない。この迷子を正しい目的地に送りだして、できるだけ早く帳簿の記録を確かめる作業に戻れば、競馬にもカードにも間に合うだろう。いとこたちとはとても仲がいいが、彼らは約束を破られたら黙っていない。

ブレイクが客間の入口に近づくと、火が消えかかった暖炉の前で暖をとっている、小柄でふっくらした女性の後ろ姿が見えた。外套とボンネットをひと目見ただけで、身分の高い者でないことはわかった。

こんな女に家に入ることを許すとは、アシュビーはいったい何を考えているんだ？

「ミス・トゥイード？」ブレイクは部屋のなかへ入りながら呼びかけた。彼女をさっさと追いだしてから、こしゃくな執事に注意を与えてやるつもりだった。

女が振り向くと、メイドの外套を着ていることがすぐにわかった。同時に、背の高い細身の若い女性が部屋の隅にあるサイドチェアから立ちあがって近づいてくる姿が目の端をよぎった。その女性を見たとたん、ブレイクは胃がひっくり返るような感覚に襲われた。彼女は実に優雅に、そして今どきの社交界の若い女性たちには欠けている自信に満ちた態度でこちらへ向かってきた。

大きなアーモンド形の目が――濃く長いまつげの下にあるそれは、真夏の空よりも青かった――かすかにいらだちのこもった警戒のまなざしでブレイクを見つめた。ふっくらした唇は美しく、春の初めに咲く薔薇《ばら》の色だった。肌は透《す》きとおるように白く、顔には傷ひとつない。

ブレイクがこれまでに出会ったなかで、もっとも美しい女性だった。

ミス・トゥイードは上等な仕立ての黒いケープをはおっていた。歩くとその前が開き、紅色の旅行用のドレスがのぞいた。編みこみの飾りがついた縁の広いボンネットは、ケープや手袋と同じ色合いだった。その下に隠れている髪はどんな色だろう。ブレイクはふとそう思った。

ボンネットのサテンのリボンが顎《あご》の下できれいな蝶結《ちょうむす》びにされているのを見て、ブレイクは思いがけず激しい欲望を覚えた。手を伸ばしてその黒いリボンの端を引っ張り、はずしてしまいたい衝動がふいにこみあげてくる――ミス・トゥイードのたたずまいはレディそのものであったにもかかわらず。

「ええ、わたしがヘンリエッタ・トゥイードです」彼女はさらに説明すべきか迷っているように、軽く首をかしげた。「ブレイクウェル公爵をお待ちしているところです」

ブレイクはお辞儀をしてから答えた。「何なりと申しつけてくれ、ミス・トゥイード。待たせて申し訳なかった」

ミス・トゥイードがかすかに目を細めた。それが、一瞬戸惑ったことを示す唯一のしるしだった。しかしすぐに自信に満ちた雰囲気に戻って軽く目を伏せ、ブレイクの前で膝を曲げてお辞儀をした。

「失礼いたしました、閣下。お顔を存じあげませんでしたので」

ミス・トゥイードがブレイクの爵位に忠実に敬意を表する姿を見つめていると、彼の下腹部に鋭い欲望があふれだしてたまった。彼女のすべてがとてつもなく誘惑的だ。

「気にしなくていい」ブレイクは答えた。

もう一度、ミス・トゥイードの顔をじっくり眺めた。公爵という立場の者を前にしても怖《お》じ気《け》づいた様子もなく、落ち着きはらっていて有能そうに見える。彼女の視線がゆっくりとブレイクの乗馬ブーツに落ち、そこからさりげなく顔まであがってくるのがわかった。どうやら、彼の外見に無関心ではないらしい。ミス・トゥイードに見つめられているせいで、もう何年も感じていなかった熱い感覚が下腹部を焼き焦がした。

アシュビーが咳払いをした。「料理人に紅茶を用意させてよろしいですか、閣下？」

しなければならないことは山積みだし、まして横柄な執事をたしなめるつもりでいたのに、そう言われてはこばめるはずもなかった。なにより、どうしてこれほど魅力的な女性をこのまま追い返せるだろう。

「頼む、アシュビー。ミス・トゥイードのケープを預かってくれないか。彼女のメイドを厨房に案内して何か飲み物を用意したあと、紅茶をここに運ばせてほしい」

「かしこまりました」

ブレイクは、予期せぬ客が手袋を脱ぎ、顎の下のリボンをはずすのを見つめた。ミス・トゥイードの両手はきれいで、宝石はいっさいつけていない。両肩をリボンがすべり落ちていくのを見ていると、欲望の波がまたもや押し寄せてきた。女性がボンネットをはずすのをただ眺めているのがどれほど刺激的か、これまで気づきもしなかった。

豊かな金髪は頭の上できちんとまとめられている。あの髪をおろしたら、さぞ華やかだろう。彼女はボンネットとケープと手袋をメイドに渡し、自分はひとりで大丈夫なので執事について厨房へ行くようやさしく命じた。

メイドとアシュビーが部屋を出ていくまで待ってから、ブレイクは口を開いた。「どうもぼくはきみを知らないようなんだ、ミス・トゥイード。きみの父上はどなたかな?」

ミス・トゥイードは同じ年ごろのどんな女性にもない落ち着きと自信を漂わせ、ブレイクに目を据《す》えていた。彼女の背筋がぴんと伸びていて少しもこわばっていないことに、ブレイクは好感を抱いた。ミス・トゥイードはまっすぐに彼を見つめている。まつげをひらひらさせたり、わざとらしい笑みを浮かべたり、女性たちがブレイクと話すときによく使う甘ったるい不自然な声で気を引こうとしたりしない態度も気に入った。

簡素なハイウエストの旅行用ドレスをまとった姿も好ましかった。ドレスは長袖で、最近の流行からするととても控えめだった。生地は最高のものではないが、上等そうだ。ネックラインは高く、襟《えり》ぐりには上品なピンク色のレースの縁取りが施《ほどこ》されている。実に魅力的な女性だ。

ミス・トゥイードがいったい何者なのか、ブレイクはこれまで以上に好奇心をそそられた。

「わたしの父はサー・ウィリアム・トゥイードです。お年からすると、父と会ったことはないはずです。おそらく、お父さまがわたしの父をご存じだったのだと思います」

「どうしてそう思うんだ?」

「ブレイクウェル公爵という名前が、父が残したリストの最後に記されていたからです」

いったい何の話をしているんだ? ミス・トゥイードが語るにつれ、ブレイクの好奇心はますますかきたてられた。

「それはどんなリストかな?」

彼女は美しい手を体の前で握りあわせ、またしてもブレイクの目をまっすぐに見つめた。

「もしお心あたりがないのだとしたら、どこかに行き違いがあるようです」

「ようやく意見が一致したな。それは、きみがこれまでに口にしたなかでもっとも真実に近いせりふだ」

ミス・トゥイードは不安そうに眉間《みけん》に皺《しわ》を寄せたが、それでも美しさはまったく損なわれなかった。

「コンラッド・ミルトンという弁護士から、わたしの到着を伝えて事情を説明する手紙とともに、とても重要な書類を受けとっていらっしゃるはずです」

ブレイクは即座に自分の机を思い浮かべた。放りだしたままの帳簿のほかに、まだ署名をしていない文書や資料が積みあげられているだけでなく、封を開けてもいない手紙がどっさりたまっている。

公爵になってから初めて、ブレイクはその立場に伴う責任をもう少し真剣に受けとめるべきだったと後悔した。

「最近はずっと、手紙をきちんと読めていなかった。どうしてここに来たのか、きみの口から説明してくれないか」

「わかりました」ミス・トゥイードは握りあわせていた両手を離して、さりげなく体の脇におろした。「わたしはあなたさまの被後見人として、これからはこの家で暮らすことになっているのです」

冷たい水を顔に浴びせかけられたとしても、ブレイクはこれほど驚かなかっただろう。

「何だって？　まさか。あまりにばかげている」ぎこちない笑い声がもれて息が詰まった。

「きみがぼくの被後見人ではないことは保証しよう、ミス・トゥイード」

彼女は深く息を吸いこんだが、それ以外は落ち着いたままだった。

「お言葉ですが、それは間違っています、閣下。手紙や書類がどうなったかわかりませんが、ブレイクウェル公爵が法で定められた次の後見人であり、わたしの相続財産のただひとりの管財人であることを証明する書類がたしかにあるのです」

「後見人？　きみは何歳なんだ？」

「十九歳です」

「だが、きみの物腰は……」

「もっと年上に見えるでしょうか？」

ミス・トゥイードは美しいだけではなく、頭の回転も速いらしい。どうして彼女のすべてが魅力的に思えるのだろう。手のこんだ作り話をでっちあげ、それを彼に信じこませようとしているのは明らかなのに、それでもなぜか惹《ひ》かれてしまう。

「そうだ」ブレイクは答えた。

「わたしは早く大人にならなければならなかったのです」

一瞬、ミス・トゥイードの明るい青い目に悲しげな影が差したかに思えたが、ごく一瞬だったので錯覚かもしれない。それ以外は、不安を感じている気配はみじんもなかった。もし彼女が語っている話が本当だとすれば、これほど平静を保っていること自体が驚きだ。

「きみの年がいくつであれ、ぼくは後見人にはなれない。きみはぼくが誰か知らないのか？」

魅力的な口もとに意味ありげな笑みが浮かんだ。ブレイクの下腹部はふたたび反応してしまった。

「ご評判はロンドンを越えて遠い地まで伝わっています。大衆向けの新聞には、悪魔のような公爵と書かれていますわ」

数年前に社交界でつけられたあだ名を持ちだされても、ブレイクはまったく意に介さずに両手をあげてみせた。「まさにそのことを言いたかったんだ。まともな頭の持ち主であれば、ぼくに若い女性の評判を守る役目を期待するはずがない。それどころか、ぼくは世の父親が自分の娘を絶対に近づけたくないと考える種類の男だ。どこかに誤解があるみたいだな」

ミス・トゥイードはほんの少しもひるまなかった。「同感ですわ。わたしとしては、お父さまであるブレイクウェル公爵が、パーマー卿に何かあったときにはわたしの後見人になることに同意してくださったのだと推測するしかありません」

「パーマー卿というのは誰だ？　きみの父親はサー・ウィリアム・トゥイードだと言ったと思ったが」

彼女はまたしても口もとに笑みを浮かべた。ブレイクはそれにひどく惹かれながらも、いらだちをつのらせた。もし意地の悪い運命のいたずらで本当にミス・トゥイードの面倒をみなければならないのだとしたら、とんでもない災難であり笑いごとではない。

「パーマー卿はこの一年半ほどのあいだ、わたしの後見人でした。彼の前はミスター・ピピンとブレンブリー卿、その前はウェストハヴェナー子爵です」

ブレイクは信じられない思いでミス・トゥイードを見つめた。「きみには何人の後見人がいたんだ？」

彼女はいかにも分別ありげに答えた。「おそらくお考えになっているよりもたくさんと申しあげておきます」

「いらいらしたくないが、それにしても話がまったく見えてこないな。きみとぼく、あるいはぼくの父とのあいだにどうしても接点を見いだせないんだが」

ミス・トゥイードが冷静なままなのがいっそう腹立たしかった。挑発されているようでもあり、ブレイクはすっかり戸惑ってしまった。複雑きわまる身の上話が本当だとしたら、どうしてこれほど自信たっぷりで揺るぎない態度をとれるのか理解できない。

彼女はきれいな形の眉を動かした。「恐れながら、それを説明しようとすると、話がとても長くなってしまうかと思います」

ブレイクは炉棚の時計に目をやった。もう三時を過ぎていたが、まだ帳簿を見はじめてすらいなかった。すぐにもミス・トゥイードの問題を解決しないと、ハイドパークでモーガンの馬が走るのを見ることも——それどころかレイスのカードにつきあうこともできそうにない。弁護士のための仕事は、明日にまわさざるをえないだろう。

「きみの言う手紙を見つけるか受けとるかしたら、すぐに弁護士に調べさせて何らかの手を打つつもりだ。さしあたっては、今夜どこに行く予定なのか教えてくれ。そこまできみを送り届けよう」

ミス・トゥイードがかすかに肩をこわばらせた。「わたしにはほかに行く場所がないのです」

彼女にきっぱりと言いきられて、ブレイクは返す言葉を失った。ミス・トゥイードは彼にとりいるためにとてつもなく巧妙な計略を立ててきたのか、あるいは真剣そのものかだ。つかのま彼女から視線をそらし、心のなかでそっと悪態をついた。いったいどうしたものだろう。

彼はミス・トゥイードを見た。「たとえば、きみを迎えてくれる親戚か友人はいないのか?」

「誰もおりません」

「親戚がひとりもいないというのか?」

その質問に彼女は長いあいだ黙りこみ、それからその目は不安げにブレイクの顔をさまよった。

「もし誰かいたなら、父はリストに他人ではなく親戚の名前を記したでしょう」

親戚が誰もいないというのは、にわかには信じがたかった。ときどきブレイクは、ロンドンの住人の半分と何らかの関係があるのではないかと感じることがあった。祖母が四度結婚しているので、ありえないと知りつつそんなふうに思ってしまうのだ。

「今日はとても長い一日でした、閣下。座ってもよろしいですか？」

ブレイクにこばめるはずもなかった。「ああ、もちろん」

まともに頭を働かせていたら、もっと早くに座るよう呼びかけていただろうが、屋敷に戻った瞬間から歯車がくるいっぱなしだ。当たり前のことにも気がまわらず、アシュビーには紅茶を客に勧めるよう促される始末だ。

ミス・トゥイードはどこにも居場所がない十九歳の娘にしては驚くほど堂々とした居ずまいで、深緑色のブロケードの長椅子に腰かけた。ブレイクはとてものんびり座っている気分ではなかったが、しかたなく彼女の向かいの小さな椅子に座った。

家政婦のミセス・エルスワースがトレイに紅茶をのせて持ってきて、ふたりのあいだのテーブルに置いた。ブレイクは自分の分は断り、カップに紅茶が注がれるのをいらいらと待った。

彼はミス・トゥイードが磁器製のきれいなカップから紅茶を飲むのを見つめ、改めて彼女の手に目を奪われた。女らしい手で、とても美しい。指はほっそりとして器用そうで、爪はきちんと切りそろえられている。その手が彼の胸をそっとなで、誘うように体をなぞっていくところをふいに思い浮かべてしまった。

ブレイクは心のなかで自分をいさめた。「やむをえまい。その長い話とやらをしてもらわなければならないみたいだな、ミス・トゥイード。きみはどこから来たんだ?」

「生まれということでしょうか?」ミス・トゥイードの目にまた愁《うれ》いに似た影が差したが、それもほんの一瞬だった。彼女は深く息を吸いこんだ。いかにも自分を奮いたたせているように見えた。

ミス・トゥイードは自分を哀れんでいないところもいい。ブレイクが若い女性についてこれほどたくさんの点に気づくのはめったにないことだった。長年社交界に身を置いてきて、若い女性は誰もたいした違いはないと思うようになっていた。しかし、ミス・トゥイードは例外らしい。

「わたしはドーヴァーで生まれましたが、そこには長くは住んでいません。両親はわたしが七歳のとき、馬車の事故で命を落としました。そのあとわたしは、ただひとりの親戚である父の末の弟のフィリップ・ベネット卿夫妻と暮らすことになったのです。不運にも、フィリップ卿はその数年後に海の事故で亡くなりました。後見人として次に定められていたのは、ウェストハヴェナー子爵夫妻でしたが、夫妻はとても親切にしてくださいました。家庭教師を雇って、読み書きと計算、そして若い女性が家庭を切り盛りするために必要なことをいろいろと教えてくださったのです。夫妻とは四年半暮らしました」

「それから何があったんだ?」

「ウェストハヴェナー子爵は、ある日の午後遅く庭を散歩中に雷に打たれて亡くなったのです。奥さまはそのあとも一緒に暮らせるかと尋ねてくださいましたが、残念ながらそれは許されませんでした。わたしの処遇は、父がつくった長いリストで厳密に定められていたのです。そのあとは、ドーセットのブレンブリー卿夫妻に引きとられました。そしてブレンブリー卿が屋根から落ちて亡くなったあと、今度はエセックスのミスター・ヘンリー・ピピンの屋敷に移りました。ミスター・ピピンはわたしが着いた直後に馬から落ちて亡くなり、今度はパーマー卿のもとに送られました。残念ながら、パーマー卿は数週間ほど前に病で亡くなりました」

「なんてことだ。十二年のあいだに、あまりに多すぎる後見人だ」

「ええ、このうえなく不運でした。そして今、わたしはリストの最後に記されている方のお屋敷を訪ねているわけです」

「それがぼく……ブレイクウェル公爵だと」

「ええ」

やれやれ。もしミス・トゥイードの話がすべて真実だとしたら、いったいどうしたらいいんだ？　とはいえ、もはや真実でないとは考えにくい。だが、公爵としての義務を果たすだけですでに手いっぱいだ。おまけに最近は、議会で父の議席を引き継げと政治にかかわっている連中から圧力をかけられている。そもそも、若い女性を預かる責任を引き受けることなどできるはずもない。どうすればいいか、まったく思いつかない。

「ミス・トゥイード、もし父と母がここにいたら、きっとふたりはきみの父上の願いを聞き入れて後見の任につくことを名誉に感じただろう。しかし理解してほしいんだが、ぼくはきみの後見人にはなれない」

ブレイクは自分が何を期待していたのかわからなかったけれども、少なくともミス・トゥイードの明るい瞳が勝ち誇ったように輝くことではなかった。彼女はまるでブレイクがまさに聞きたかった答えを口にしたかのように喜んでいた。

「後見人にはなれないというお気持ちはとてもよくわかりますわ。わたしはこの夏の終わりには二十歳になります。実のところ、もう世話をしてくれる人は必要ないのです。わたしには独り立ちする資格が十分すぎるほどあります。ですから、ただ書類に署名して、わたしが遺産を自由にできる許可を与えてくだされればいいのです」

ブレイクはミス・トゥイードのきれいな顔を見つめた。その表情と青い目を見れば、本気でそう信じているのがわかる。自分が男と同様に日々の問題をつつがなく処理し、ひとりで生きていけると思っているのだ。彼は笑いだしそうになった。帳簿をきちんと確かめるだけでもどれほど大変か、ぼくはほかの誰よりもよく知っている。

ミス・トゥイードには世間ずれしたところがなく、いかにもうぶな顔つきをしている。ひと目見て、彼女に必要なのはまさに後見人だとわかった。誰か守ってくれる者がついていなければならない。なぜなら、ミス・トゥイードの唇がどれほどキスを誘うか、肌がどれほどやわらかそうに見えるか、均整のとれた体がぴったりと押しつけられてきたらどれほど心地よいか、彼ですら考えてしまうからだ。

ブレイクは咳払いをして、そんな気まぐれな考えを打ち消した。彼女は誘惑するそぶりさえ見せていないのに、強烈に惹きつけられてしまう。

「まだきみに対する責任があることに完全には納得していないが、今のところ書類に署名しないことだけは間違いない」

ミス・トゥイードは空《から》のカップをトレイに置いた。「わたしが言っていることが真実だと信じていただけたら、そのときは考えなおしてほしいのです。それがお互いにとっても最善なのです。あなたさまの身に何かが起きるのを見たくはありません」

妙な発言だった。「どういうことだ?」

「避けられないことです。これまでの五人の後見人は、みんな亡くなりました。遠い昔に父がつくったリストは呪われているのです。もしわたしの後見人になったら、あなたさまも命を落とされてしまうのではないかと心配しています」

ブレイクは思わず口もとをほころばせ、それから吹《ふ》きだした。まったく新鮮なほどにてらいがない。すっかり彼女に魅せられてしまった。

「ぼくを楽しませようとしてくれているとしか思えないな。ミス・トゥイード、おめでとう。

きみの狙いどおりになったよ。だが、きみはいささか混乱しているようだ。この世に呪いなんて存在しない」

ミス・トゥイードは彼に寛大な微笑みを向けて言い返した。「失礼ながら、それは間違いです。これまでわたしと、わたしの少なくない財産の責任を引き受けた人はすべて、ときならぬ死を迎えているのです」

もちろん、ブレイクはすぐに死ぬつもりなどなかった。

彼はいたずらっぽい笑みを浮かべた。「不運だったということだ。それはただ、不運だったというしかない」

ミス・トゥイードは長椅子に座りなおし、膝の上で両手を重ねた。「それなら、たぶん今の状況について深く真剣に考える必要がありますわ。なぜなら、その不運のすべてを背負った者がこの家の戸口に現れたのですから」

2

愛する孫、ルシアンへ

最近、今は亡き友チェスターフィールド卿の叡智の言葉をよく思いだします。〝なにごとも、やる価値があることはうまくやる価値がある。そしてなにごとも、きちんと注意を向けなければうまくできるはずがない〟

愛をこめて　レディ・エルダー

「ミス・トゥイード、〝禍福《かふく》はあざなえる縄のごとし〟と言ったのは、たしかチェスターフィールド卿だった。きみが自分とこれまでの後見人にかけられていると信じている呪いとやらは、ぼくにはかからないんじゃないかな」

ブレイクウェル公爵はわたしをばかにしている。ヘンリエッタは息をのんだ。心臓が急に激しく打ちはじめる。どうして彼はわたしの言葉を真剣に受けとめて、自分が明らかに危険なことを認めてくれないの？

反抗心が頭をもたげ、ヘンリエッタはふいに見えない鎖から解き放たれたかのように肩をいからせた。公爵という高貴な身分の男性と会うのはこれがたぶん初めてで、ブレイクウェル公爵は間違いなくこれまでに目にしたなかでもっともハンサムな男性だが、同時にもっともいらだたしい相手でもあった。

公爵が客間に入ってきたのを目にしたとたんに心臓が止まりそうになったからといって、彼が自分をからかって楽しむのを黙って見ているつもりはなかった。

「ご冗談を。チェスターフィールド卿が息子にあてて書いた手紙の本は読みましたが、そんな一節はありませんでした。適当にでっちあげたものとしか思えません」

ブレイクウェル公爵の口もとにいたずらっぽい笑みが浮かんだ。「ユーモアは大切だよ、ミス・トゥイード」

「これまで何人もが亡くなったことを冗談の種にするなんて、わたしには無理です」

ヘンリエッタの非難に公爵の笑みはゆっくりと薄れていったが、その目は深く悔いているようには見えなかった。「もちろん、人の死は笑いごとではない。そんなつもりはなかった。ただ、きみが呪いを持ちだしたのがおかしかっただけだ」

「どうしてそれがそんなに面白いのですか？　呪いも笑いごとだとは思っていません」

たちまち愉快そうな笑みがまたしても彼の口もとに浮かぶ。「ぼくは怪しい儀式のたぐいを信じていないんだ。率直なところ、きみは呪いを口にするまではとても……分別があるように見えた」

ヘンリエッタは深呼吸をしたあと、つかのま息を止めて公爵を見つめ、今の言葉は褒《ほ》めてくれたのか非難されたのか確かめようとした。

ただ、どちらであっても関係なかった。呪いがくり返し現実となるのを見てきた彼女にとって、それを信じないという選択肢はなかったからだ。両親が亡くなったあと最初の後見人に引きとられるまでのあいだ一緒に暮らしていたミセス・グールズビーの言葉は、今もなおヘンリエッタの心に刻みこまれていた。

ミセス・グールズビーは意地悪な老婆で、ヘンリエッタに降りかかっているという呪いに対する恐怖を隠そうともしなかった。長いあいだヘンリエッタは、ミセス・グールズビーのとがった顔も、呪いや幽霊や死に関する彼女の話も忘れようと努めてきたが、まさにその予言のとおりに、後見人が――今、目の前に座っている公爵を除いては――次々と亡くなったのだから、そうするのは難しかった。

大衆紙の社交欄を飾る公爵の記事を目にしていたせいで、彼がこれまでの後見人たちほど年をとっていないことはわかっていたけれど、まさかかつて見た絵に描かれていたアドニスのような美しい男性だとは思いもしなかった。長身で、実に堂々とした誇り高い雰囲気をまとっており、肩幅は広くてたくましく、腹部は平らで腰が引きしまっていて、とても力強い姿だった。

服装も申し分ない。淡い黄褐色の乗馬用ズボンにぴかぴかの黒い乗馬ブーツを履《は》いている。広い胸を包む白いシャツの上に、真鍮《しんちゆう》のボタンがついた赤いキルトのベスト、それにいかにも高級そうな軽いウールで仕立てられた黒い乗馬用の上着を合わせている。慌てて結んだらしく、クラヴァットは曲がっていた。それが少しもだらしなく見えず、かえって噂どおりの放蕩者《ほうとうもの》の気配を漂わせていた。

豊かな淡い茶色の髪は流行とは違って長く、きれいに櫛《くし》が入れられて耳のすぐ下あたりまでまっすぐに伸びていた。彫りの深い顔は頬骨が浮きでていて、きちんと髭《ひげ》を剃《そ》っているためにかすかにとがった顎の輪郭がはっきりと見えた。豊かでくっきりした形の唇と、細くて高い鼻筋がいかにも貴族的な顔立ちを引きたてている。胸をときめかせるほどに美しい男性だ。

けれども何より魅力的なのは、乾いた木の色にも似た、灰色がかった茶色という珍しい色合いの瞳だった。その魅惑的な瞳をのぞきこんだとたん、ヘンリエッタはそのまま永遠に見つめていても飽きないように感じた。

「わたしには分別がありますわ、閣下」ヘンリエッタはようやくそう答えて、呪いを信じるなんて愚かだという暗黙の非難に異議を唱えた。「わたしの理性は、公爵さまの安全を脅かす危険を警告するよう求めています」

「そしてぼくの理性は、見ることも感じることも聞くこともできない危険など存在しないと告げている」公爵が言い返した。

「わたしの父がつくったリストに記されていた後見人のうち、まだ生きているのはひとりだけだというのに、どうして呪いが存在することを疑えるんです？　お父さまも……本来、後見人になっていただけたはずなのに、もはやこの世にはいらっしゃらないんですよ」

ブレイクウェル公爵は余裕たっぷりに腕組みした。とてもくつろいでいて、何ひとつ気にかけていないふうに見える。「たぶんそれは後見人たちの年齢と関係があるのではないかな。みんなぼくよりずっと年上で、父と同年代だったに違いない」

「それはおっしゃるとおりです。ですが、誰ひとりとして老衰で亡くなったのではありません。もちろん、お父さまは別かもしれませんが」

公爵は少しためらってから答えた。「いや、父はある晩、クラブを出たところで氷に足をすべらせて転び、花壇の石で頭を打ったんだ。そのまま二度と起きあがれなかった」

ヘンリエッタはうつむいて弔意を示した。「お悔やみ申しあげます。さぞおつらかったでしょうが、それでおわかりのように、わたしの後見人は病気で亡くなったひとりを除いてはすべて事故で亡くなっているのです」

「なんと面妖《めんよう》な」ブレイクウェル公爵はわざとらしく真剣な口調をつくったが、口もとは笑いをこらえるあまり引きつっていた。「事故と病気こそは人を死にいたらしめる二大要因だ」

ヘンリエッタはむっとしたが、なんとか我慢した。公爵をいらだたせているつもりはないのに、どうしてか彼はいちいちまぜ返してくる。

「わたしを笑っていらっしゃるんですね」

ブレイクウェル公爵の顔に笑みが広がり、そのせいでいっそうハンサムに見えた。「ああ。なぜかきみにはからかいたくなるところがあるんだ」

「わたしに？　失礼な態度をわたしのせいにするんですか」

「いや、そんなつもりはない。だから気を楽にして、ぼくの話を聞いてくれ。きみが信じている呪いとやらについて、ぼくはたしかに警告を受けた。だからもしこのあとぼくの身に何かが起こったとしても、決して良心の呵責《かしゃく》に悩まなくてもいい」

これでは公爵のほうが分別があるように聞こえてしまうわ！　ヘンリエッタはいらだちをつのらせた。それなのに、彼を見ると思わず息をのんでしまった。なぜかからかっているときの公爵はいっそう魅力的に思えてしまう。

「ささやかなぐさめになりますわ。ありがとうございます」彼の言葉に、ヘンリエッタは真剣な口調で礼を述べた。

ブレイクウェル公爵は炉棚の時計に目をやった。「とはいえ、きみをどうするかという問題がまだ残されている」

ヘンリエッタは顔をあげた。「わたしが先ほど提案した現実的な解決策を、ぜひお考えいただけないでしょうか」

公爵の視線が彼女の唇に向けられ、そのまま長いあいだ動かなかった。ヘンリエッタは頬が熱くなった。下腹部のあたりが自分でも理解できない感覚でゆっくりとかきまわされる。ブレイクウェル公爵に見つめられるたび、奇妙な興奮を覚えて落ち着かなくなる。乳房が張り、おなかの下のほうになじみのないあたたかさが広がって、息が苦しくなる。

「きみが遺産を自由にできるようにする書類に署名して、このあといっさいきみとかかわらないという選択肢のことかな？」

「ええ」ヘンリエッタはあまり熱心に期待を抱きすぎていると思われないように気をつけて答えた。「もしそうしていただけたら、閣下がわたしのせいで思いわずらうこともなくなりますし……」意識して一拍置いた。「わたしからも、これまでわたしの後見人たちにかけられていた呪いからも解放されます」

「呪いとやらについてはまったく心配していないよ。それに、ぼくが本当にきみの後見人なのかどうかもはっきりしていないのだから、何かに署名するなど論外だ。もう二度と口にしないでくれ。しかも、きみが財産の管理にかかわるすべてを心得ているとはとても思えない。そもそも、若い女性にはそうしたことの難しさを理解する能力が欠けているものだ」

なんて無神経なの！　たいていの男が女性をそんなふうに見くだしていることは知っていたが、面と向かって言われるのは屈辱そのものだった。

ヘンリエッタは反抗的に見えないよう願いながら、身を乗りだして静かに言い返した。

「客人である立場で言い返すのは不本意ですが、今の閣下のお言葉に反論させていただきます。わたしは計算や、さまざまな仕事上の取引に精通しております。ブレンブリー卿は帳簿の手伝いも任せてくださいました。それでおわかりいただけるかと思いますが、ブレンブリー夫妻はわたしの計算力と判断力を心から信頼してくださっていたのです」

「ぼくはブレンブリー卿とは違うんだ、ミス・トゥイード」

ブレンブリー卿は彼より少なくとも三十歳は年上で、ずんぐりした体型で、おまけに禿《は》げていたので、その指摘について言い争うつもりはなかった。

ヘンリエッタが何よりも望んでいるのは、目の前にいる公爵が自分のせいでこれまでの後見人たちと同じ運命をたどるのではないかと心配せずにすむことだった。呪いから自由になりたかった。自分の家と呼べる場所が欲しかった。ひとつの場所に腰を落ち着けて、そこを自分の居場所だと思えるようになりたかった。急に別れなくてすむ友達をつくりたかった。それまでの生活から引きはがされて、新しい人々と暮らすために違う土地へと追いたてられる心配をすることなしに、普通の生活を送りたかった。

遺産を自由に使えるようになったら、どこか適当な場所に小さな家を買うつもりだ。家政婦を雇えばメイドを連れて歩けるので、どこへ行くにしても礼儀を欠かずにすむ。何よりもう二度と、自分のせいで誰かが死ぬことを心配しなくてよくなる。もう二度と、いきなり別の家に連れていかれることもなくなる。針仕事をしたり、詩を書いたり、読書をしたり、そうしたごくありふれたことをして満ち足りた日々を過ごせるのだ。

ヘンリエッタはもう十二年ものあいだ他人の庇護《ひご》のもとで暮らし、誰かの負担になりつづけてきた。公爵がたいていの男たちよりも女性の理解力と能力を高く買っていて、後見人の手助けなしでも自立できると見なしてくれるかもしれないと期待したのは、望みすぎだったのだろう。あるいはブレイクウェル公爵もたいていの男たちと同じで、たんに権力を手放したくないだけなのかもしれない。

理由はどうあれ、公爵にある事実を思いださせなければならないことに気づいた。

「わが国には長い年月、すべての国をきちんと統《す》べてきた女王がいらっしゃいます。わたしも同じ女として、数十万ポンドある預金をきちんと扱って、救貧院や債務者監獄に入るはめにならないようにできる自信があります」

一瞬、公爵の瞳の奥が感心したふうにきらめいたかに思えた。しかし、またすぐ彼の口もとにあのいらだたしい笑みが浮かぶと、ヘンリエッタは鼓動が乱れ、息遣いが速くなった。

彼女にならって、ブレイクウェル公爵も身を乗りだして穏やかに尋ねた。「どうして背伸びをするんだ?」

ヘンリエッタは公爵の古くさい考え方にあきれ返った。彼女の覚悟に対する冷ややかな反応に、頬がかっと熱くなる。「他人の意見に耳を傾けるつもりはないということでしょうか?」

「そんなところだ。もう長いあいだこうしてきたが、別に誰からも注意は受けなかった」

「おそらくそれこそがあなたの問題ですわ」公爵ほど地位の高い人物に対して、これほど向こう見ずな話し方をするのは非常識きわまりなかったけれど、なぜか自制心が吹き飛んでいた。

しかしブレイクウェル公爵はヘンリエッタの大胆さに少しも怒る様子もなく、くすくす笑った。「たぶんね。ともあれ、なんとしてもぼくを説き伏せようとするきみの勇気には感銘を受けたよ。ただきみの提案には検討の余地があるかもしれないが、さしあたっては何の解決にもならない」

公爵が炉棚の飾りのついた大きな時計にまた目をやった。ブレイクウェル公爵を言い負かそうと躍起になっていたせいで、ヘンリエッタは彼の貴重な時間を奪っていることを忘れていた。最初にこの屋敷に着いて面会を求めたとき、公爵には予定があるかもしれないことに思いいたるべきだった。ブレイクウェル公爵の社交界での地位を考えれば、とても忙しいのはわかりきっていたのに、思慮を欠いていた。

「思っていたのとは違って、わたしの訪問を予期していらっしゃらなかったようですので、これ以上ご迷惑をおかけしたくありません。お手数でも安全で適当な宿を教えていただき、そこまでの馬車を手配していただければ、今夜はメイドとその宿で体をやすめるようにいたします。ロンドンを訪れるのはこれが初めてなので、この街にはまったくなじみがないのです」

ブレイクウェル公爵は心配そうに眉根を寄せた。「もちろんそんなことをさせられないのはわかっているね、ミス・トゥイード。当面はこの屋敷の家政婦がきみの世話をする。彼女に部屋を用意させて、荷物を運ぶよう伝えよう」

ブレイクウェル公爵は機転がきく男性だが、ヘンリエッタの登場には不意を打たれ、どうすればいいかいまだ決めかねているようだ。けれども、少なくともこのまま彼女を放りだすつもりはないらしい。

ヘンリエッタには、ミスター・ミルトンの手紙がどうなったのか見当もつかなかった。ただその手紙がないために、とても不安定な立場に立たされていることは間違いない。公爵は、最近はずっと、手紙をきちんと読めていなかったと言っていた。それに執事に促されるまで、飲み物を勧めることさえ忘れていた。秩序だった生活をしていないことは一目瞭然だ。そして秩序こそは、ヘンリエッタの波乱に満ちた人生を支えつづけてきたものだった。

幼いころからいくつもの家を転々としたせいで、ヘンリエッタはたくましく環境に順応し、ひとりで何でもできるようにならざるをえなかった。若くして、どんな運命も受け入れてそのときの状況に応じて精いっぱいのことをするしかないと学んだ。今も、そうする以外にない。

「すぐにミスター・ミルトンに手紙を送り、とうに届いているはずの後見に関する書類がどうなったのか確かめて、しかるべき対応をとってほしいと頼むべきではないでしょうか？」

ブレイクウェル公爵は目を細めた。「ミス・トゥイード、まず第一に、何をすべきかをきみに指図される筋合いはない。第二に、そのような手配をするにはもう遅い時間だ。第三に、ミスター・ミルトンからの手紙はぼくの机のどこかにある可能性がある。先ほども言ったとおり、まだ目を通していない手紙がたくさんあるんだ」

誤解をすぐに解く手立てがあるかもしれないことがわかり、ヘンリエッタははじかれたように立ちあがった。「それならすぐに手紙を捜して、わたしが真実を語っていることを確かめましょう」

公爵も立ちあがったが、彼の視線はまたしても炉棚の時計に向けられた。「きみが真実を語っていることは疑っていない。率直に言って、きみの話は途方もなさすぎるので、とてもでまかせとは思えないんだ。きみに関しては、必ず何らかの手を打つつもりだ。だが今は、約束の時間が迫っているのでその暇がない」

十二年のあいだにヘンリエッタが学んだもうひとつのことは、ときには自分から一歩引いて、次の機会が訪れるのを待つことの重要性だった。さしあたって、できる限りのことはした。

「わかりましたわ。約束があるのにお邪魔してしまい、申し訳ありませんでした。それに、わたしをここに泊めてくださるお心遣いに感謝します。これ以上ご迷惑にならないよう心がけます」

ブレイクウェル公爵は、ヘンリエッタの謝罪を無視して言った。「ミセス・エルスワースがきみを二階に案内して、夕食と必要なものを用意する」

夕食という言葉に、ヘンリエッタのおなかが小さく鳴った。夜明け前に出発したあとは途中でチーズとパンしか食べられなかったので、食事ができるのはとてもありがたい。

「ありがとうございます」

公爵は無言でうなずいて彼女の感謝に応え、ミセス・エルスワースを呼んだ。やがて背が低くずんぐりした、白髪が目立つ家政婦がためらいがちに客間に入ってきた。焦げ茶色の目は親切そうだ。背が高く痩せている、陰気な顔の執事アシュビーも一緒だった。ふたりの使用人は、ヘンリエッタを世話するよう指示する公爵の言葉に忠実に耳を傾けた。

それからブレイクウェル公爵はヘンリエッタに向きなおった。「あとはアシュビーとミセス・エルスワースが引き継ぐ。ではまたのちほど、ミス・トゥイード」

ヘンリエッタはその場に立ったまま、新しい後見人が外套と帽子と手袋を執事から受けとってドアの外へと消えていくのを見送った。これまでに出会ったなかでもっともハンサムな男性が、これまでに出会ったなかでもっとも腹立たしい男だなんてあんまりだ。尊大で、おまけに一方的でもある。

ミセス・エルスワースとアシュビーは客間の入口に立ったまま、小声で話しながらヘンリエッタにちらちら目をやっていた。ヘンリエッタにはふたりの声は聞こえなかったが、これからどうすればいいか相談しているに違いない。

ふたりが、ヘンリエッタに部屋と食事を用意するようにという雇い主の命令のほかに何をすればいいのか考えあぐねていることは、頭を使わなくてもわかる。

ヘンリエッタが新しい屋敷に到着して使用人たちを戸惑わせたのは、今回が初めてではない。こうした状況はいやというほど味わってきた。彼らはどうしたらいいのかわからないのだ。けれども、ヘンリエッタにはわかっていた。この場を自分で仕切って、人生に秩序をとり戻すべきときだ。

彼女は息を吸いこんで胸を張ると、親しげな笑みを浮かべてふたりのほうを向いた。「ミセス・エルスワース、二階へあがっていいかしら。そうすればどの部屋がいいか、一緒に決められるわ。それからわたしのメイドのために、階下に小さな部屋を用意していただきたいの。安心して。本当に必要なとき以外は、あなたたちの仕事の邪魔をしないよう気をつけるから」

三十分とたたないうちに、荷物をたっぷり詰めこんだヘンリエッタの旅行鞄は贅沢《ぜいたく》な家具が置かれている寝室の床に広げられていた。部屋は春の若葉を連想させる薄緑色でまとめられていて、心地よい雰囲気だった。メイドのペギーがたたまれていた緑色のベルベットのドレスを出しているあいだに、ヘンリエッタは洗面器に冷たい水をためて顔を洗った。

ペギーはヘンリエッタが十二歳のときメイドとして雇われ、それ以来ふたりはずっと一緒だった。ペギーは小柄なアイルランド人で、ヘンリエッタの倍以上も年上だったが、若い女主人に命令されることを少しも気にしていなかった。ころころした体型で、いつも簡素な濃い灰色の服を着て、糊《のり》のきいた白いエプロンをつけている。豊かな赤毛の上に、細かいレースの縁取りがついた白い帽子をいつもきちんとかぶっていた。

「これまでこんなに素敵な部屋を使わせていただいたことはありませんわ、ミス・ヘンリ」ペギーが言った。「見てください、衣装だんすがふたつもあります。もっとも、お嬢さまにはふたつどころか、ひとつのたんすをいっぱいにするだけの服もありませんけれど。どういたしましょう？」

「もちろん、片方は空のままにしておくわ」ヘンリエッタは頬を小さなタオルで軽く叩いて乾かしながら、落ち着いた声で答えた。

ふだんこの広い部屋に泊まる女性は、午前と午後に分けてそれぞれ何着かの服を、そしてさらに夜のための特別なドレスとそのすべてに合わせたボンネットや手袋やショールを持ってきているに違いない。そして立派な屋敷で開かれる選《よ》りすぐりのパーティに出たり、ひと晩じゅう続く舞踏会に足を運んだりするのだろう。ときにはオペラを見にいったり、ヴォクソール・ガーデンズの秘密の小径をのんびりと歩いたりすることもあるかもしれない。

ヘンリエッタはつかのま目を閉じて、数えきれないほどの蠟燭《ろうそく》の金色の光に照らされた部屋でくり広げられる美しい舞踏会に自分がいるところを思い浮かべた。男性たちが美しく着飾った女性と踊っている様子を。音楽と笑い声が聞こえる。想像するだけで興奮してしまう。自分がクリスタルのグラスでシャンパンを飲み、ハンサムな紳士に微笑みかけている姿を頭に描いてみる。

それから、はっと目を開けた。頭のなかの舞踏会でヘンリエッタの前に立っていた紳士は、あろうことかブレイクウェル公爵だった。

ヘンリエッタはじれったくなってかぶりを振った。いつもはこんなふうに空想に引きずられたりしないのに。ロンドンの上流階級の贅沢な夜会の話は読んだことがあるし、いつの日かそうした華やかな世界に身を置けたらと何度も願ってきた。ひょっとしたら、ヴォクソール・ガーデンズで夜の花火を見物できる日が来るかもしれない。さぞ素敵だろう――いつか後見人の言いなりにならずにすむようになったらそうしたいと願っていた、シャンパンを飲むことと同じくらい。

これまで暮らした小さな田舎の村でも、たまにダンス・パーティに出かけたことはあったが、信じられないほど高価なのにめったに着る機会もない美しいドレスや、豪華な飾りのついた舞踏会用のドレスで衣装だんすをいっぱいにしたことなどなかった。

「わたしの言っている意味はおわかりでしょう、ミス・ヘンリ」ペギーの声に、ヘンリエッタは物思いからわれに返った。「ここはとても立派なお屋敷ですし、公爵さまはとてもおしゃれな紳士に見えました。きかれてもないのに余計なことを言うのをお許しください。でも閣下はこれまでの方たちのように、わたしたちがいつもそばにいることをお望みになるとは思えません。現に、お嬢さまと会っても少しもうれしそうではありませんでした」

ヘンリエッタは、鏡に映るペギーが緑色のドレスの皺を気にして、厚い生地を懸命になでつけている姿を見つめた。

「たしかにブレイクウェル公爵は喜んではいなかった。だけど公爵は名誉を重んじる方だから、わたしたちの世話をきちんとしてくださるわ」

ペギーがかぶりを振る。「そうであることを願ってますよ、ミス・ヘンリ。わたしたちにはほかに行く場所がないんですから」

「元気を出して、ペギー」ヘンリエッタは内心の不安を抑えて陽気な声を出した。「公爵はわたしたちに対する義務をなおざりにはしないわ。心配しないで、わたしが保証する」

ヘンリエッタは、鏡に映る自分の姿を見つめた。このあとの心配はすべて引き受ける覚悟だった。けれども、そう思っていることをペギーには知られたくない。彼女は心配性なところがある。ヘンリエッタ自身、内心は不安でいっぱいだったが、それでもきっとこの家で暮らせるからと言って、メイドをくり返し安心させなければならなかった。

その夜遅く、ヘンリエッタは数時間前に階段をあがったときと比べればはるかにくつろいだ気分で同じ階段をおりていた。一日の旅の汚れを洗い落として、丸い襟ぐりの簡素な薄緑色のドレスに着替えていた。長い袖とウエストの高い位置にはサテンのリボンが巻かれていて、裾には簡素なひだ飾りがついている。

厨房つきのメイドが料理人に命じられて、熱々の子羊のシチューや厚切りのパン、それにおいしそうなプラムのコンポートを部屋まで運んでくれた。ヘンリエッタはそれをありがたくいただいた。

まだ寝るには早かったので、そのあと彼女は荷物の整理をペギーに任せて部屋を出た。一日ずっと揺れる馬車に座っていたため、しばらく足を動かしたかった。公爵の屋敷を探検するちょうどいい機会だ。

ロンドンの夜の訪れは早かったが、サイドテーブルに灯りのついたランプがひとつ置かれていて、誘いかけるように金色の光を放っていた。ヘンリエッタは玄関広間に立ち、たくさんの使用人がいるはずの屋敷が驚くほど静かなのに気づいた。ミセス・エルスワースとアシュビーも含め、この屋敷の使用人たちは一日の仕事を終えたあと公爵が出かけたときには自分の部屋にさがるか、それぞれ自由に過ごすことを許されているのかもしれない。

ヘンリエッタはランプを持って、客間の入口からなかをのぞきこんだ。公爵と一緒にいたときには気づかなかったものがいろいろと目に入った。暖炉の上には大きな花の絵がかかっている。部屋の隅には背の高い真鍮の枝つき燭台《しょくだい》があり、奥の壁際にはピアノが置かれていた。きちんと整えられた、独身男性の家らしいこだわりのない雰囲気だった。

ヘンリエッタは振り向いて暗い廊下をさらに進み、今度は食堂の前で立ちどまってなかをのぞいた。しゃれた紫檀《したん》のテーブルがあり、そのまわりに美しい彫り模様の施された椅子が並べられていた。コーナーテーブルには大きなフルーツの盛り皿が置かれている。

磨きあげられた家具に蜂蜜色《はちみついろ》の光が反射してきらめき、どこを見ても塵《ちり》ひとつなかった。

廊下をはさんだ反対側のドアは厨房につながっていた。ヘンリエッタはそちらには入らなかったが、焼きたてのパンのおいしそうなにおいが漂ってきていた。さらに廊下を進むと小ぶりな部屋があった。そこは昼間に公爵と会ったどこかよそゆきで完璧な雰囲気の客間よりも、ずっと心地よくくつろげそうに見えた。

趣味のよいつくりで、立派な家具や高価な美術品がさりげなく置かれていた。窓は古典的な花綱で飾られていて、金の房が垂れている。床には贅沢な絨毯が敷きつめられていた。

公爵の屋敷は広くて居心地がよかった。ここが自分の家だったらどれほどいいだろうと思ったが、ヘンリエッタは誰の家にも満足しすぎないよう自制することを遠い昔に学んでいた。その向かい側には別の部屋があった。その入口に近づく前から、そこが公爵だけの個人的な空間であることが理屈ではなくわかった。

ヘンリエッタはためらった。なかに入っていいものかしら？

でも、これからの自分の人生を決める力を持つ男性に対する好奇心を満たすためなら、ちらりとなかをのぞくくらいは許されるだろう。

ヘンリエッタはそれ以上考えずに書斎へ入った。たちまち蜜蠟《みつろう》の芳醇な香りと、暖炉に残った焼けた木のつんとするにおい、それに男性的な革のにおいに包みこまれた。部屋をもっとよく見たくて、彼女はランプをかざした。

壁の一面は天井から床まで本棚になっていて、本で埋めつくされていた。ヘンリエッタは、厚く美しい革張りの本の背表紙に沿って指をすべらせていった。科学、歴史、詩集。途中、ふいに手を止めて微笑んだ。公爵は彼女のお気に入りの本も持っていた。薄くて安っぽい装幀の怪談話だ。これほどたくさんの蔵書は見たことがない。公爵はここにある本を全部読んだのだろうかと思わずにいられなかった。

本の背表紙を眺めていると、ほかにも何冊か読んだものがあった。ヘンリエッタは『禁じられた小径』という本で指を止めた。心惹かれる題名だ。彼女はずらりと並ぶ本にまたゆっくりと指をすべらせていき、これまで読んだことのないさまざまな題名を見ていった。

ここにある素晴らしい本をすべて手にとることができたら天国だ――この屋敷にいることを許されたなら、その希望がかなうかもしれない。ただ公爵と話した限りでは、その可能性は高くないように思えた。改めて、自分の家を持ちたいという願いが心の底から浮かびあがってきた。

わたしがここから一冊くらい借りても、公爵は気にしないはず。

ヘンリエッタはその誘惑と本に背を向け、書斎のなかを見まわした。反対側の壁には立派な炉棚のついた暖炉があり、凝《こ》った飾りつけの燭台が置かれていた。暖炉に積もっている灰から、心をなごませてくれるあたたかさが伝わってくる。窓の前には公爵の机があった。ブレイクウェル公爵がいないあいだに断りもなくのぞきまわっている無作法さにちらりと罪悪感を覚えたが、それでもヘンリエッタは近づいて机をもっとよく見たいという思いを抑えられなかった。

深く濃い色のマホガニーの机の前には、クッションのついたウイングバック・チェアが二脚あり、それと向きあうように貫禄のある革張りの椅子が置かれていた。机には帳簿や封筒の山が乱雑に積みあげられ、子牛皮紙、洋紙、羊皮紙があちこちに散らばっている。それに隠れて、きっと美しいはずの天板はまったく見えなかった。

どうしてこれほど乱雑にしたままで平気でいられるのかしら。

わたしが今日到着することを公爵が知らなかったのも無理はないわ！　封を開けていない封筒の山を見れば、公爵が最後に手紙を読んでから数日どころか何週間もたっていることがわかる。几帳面で有能な秘書なら乱雑な机を整頓して手紙を仕分けし、きちんと綴《と》じるか、すぐに返事を出させるかしていただろう。

どうやら、公爵にはちゃんとした秘書がいないらしい。秘書がひとりもいないなんてことがありうるだろうか？　まさか、彼は公爵だ。世話をしてくれる秘書が何人もいるはずだ。

若い女性には財産を管理できないと言われたことを、ヘンリエッタは思いだした。自分の机は冬の嵐に襲われたようなありさまなくせに、よくあんなことが言えたものだ。公爵ほどに重要な立場にある人物がどうすればこれほどいいかげんでいられるのか、とても理解できない。もしこれがわたしの机だったら、あまりの乱雑さに頭がどうにかなってしまいそうだ。その前に、誰が自分に手紙を書き、何を言ってきたのか知りたくてたまらなくなるだろう。

散らかった紙の山を前にしてヘンリエッタが最初に感じたのは、机の向こう側にまわってすべてを片づけたいという衝動だった。まず封筒の山をきちんと整えて並べなおす。そのあと封を開けて中身を確かめていき、大切なものから選んで三つのまとまりに分ける。すぐに対応する必要があるもの、あとまわしにしてかまわないもの、そして最後に返事の必要もない通知のたぐい。

公爵には郵便物を仕分けする方式と、実際の作業を代わりにしてくれる有能な秘書が絶対に必要だ。

でも、だめだ。ブレイクウェル公爵の机にはさわれない——どれほど片づけたくても。出しゃばりすぎだし、言うまでもなく彼の親切に対して恩をあだで返すことになる。そもそもブレイクウェル公爵の机がどうなっていようが、わたしには何の関係もないはずだ。

ヘンリエッタは名残おしく思いながら散らかり放題の机に背を向け、本棚に注意を戻した。

そして『禁じられた小径』を棚から抜き、脇に抱えた。ここを出て自分の部屋へ戻り、寝る前に読もうと決めた。

けれども、そこでもう一度机を見てしまったのがいけなかった。だめだとわかっているのに、気がついたらまた手を伸ばせば触れられるほど机の近くに戻っていた。

机の上のものをいじったらだめだ。

絶対に。

公爵は、他人に心配される筋合いはないと言わんばかりだった。たぶんこうしてだらしなく散らかったままでも、まったく平気なのだろう。

それでも……せめてインクの瓶に蓋をして、中身が乾いてしまわないようにするくらいならいいはずだ。下手をしたら、大切な書類にインクがこぼれてしまうかもしれないのだから。蓋の開いたインク瓶を大切な文書のそばに置いたままにしておくなんて、あまりにずさんすぎる。

「公爵も、わたしが蓋をすることを望むわよ」ヘンリエッタは心のなかでつぶやき、紙の山を注意深く押しのけて、それまで手にしていたランプと本を机の隅に置いた。

それから手を伸ばし、瓶の蓋をとって丁寧にはめなおした。

「これでいいわ」ヘンリエッタは小声で言った。「ささやかなことだけど、これで机が前よりも少しだけきれいに、そして安全になったもの」

ついでに手紙の山を多少整えて、きちんと並べておいてもいいかもしれない。きっと公爵は、それくらいなら気にしないだろう。

それに、本当にミスター・ミルトンの手紙があるのかどうか、この山を確かめるべきじゃない？　もちろん封を開けたりはしない。それは絶対に許されないことだ。それでももし手紙があったら、公爵はそれが整理された山のいちばん上に置かれていれば喜ぶに違いないわ。

そうじゃないかしら？

3

親愛なるルシアンへ

日々の務めを果たすなかで、チェスターフィールド卿の賢明な言葉を思いだして銘としたくなることがあるでしょう。〝詩人や数学者や政治家を装い、そう見られるよう振る舞う者はいない。だが、誰もが常識があるふりをする〟

愛をこめて　レディ・エルダー

ハイドパークにあるロットン・ロウの突きあたりに男たちが集まっている姿が見えてくると、ブレイクは手綱《たづな》を引いて去勢馬を並足に落とした。青く広い空には、地平線近くに夕暮れどきの濃い灰色と紫色の雲がかかっていた。初春の草葉の新鮮で強いにおいをのせ、ひんやりとした風が夕方近くの空気を揺らしている。馬を走らせるには申し分ない天気だったが、ミス・トゥイードのおかげですべてのレースを見逃してしまった。

いとこのモーガンはすぐに見つかった。まわりに立っている男たちよりも背が高くて目立つだけでなく、握手を求められたり背中を叩かれたりと、持ち馬がまた勝ったことがひと目でわかる様子だったからだ。ブレイクは驚かなかった。モーガンには駿馬を見分ける目があり、めったに駄馬をつかまされないのだ。

モーガンの背後には栗毛の牡馬が立ち、まだいくらでも走れるとでも言いたげに地面を前脚でかいていた。馬は興奮気味で、自分の主人とは違って体を叩かれて勝利を祝福されるのを素直に喜んではいないようだった。

その脇に、ブレイクのもうひとりのいとこであるレイスがいた。レイスは負けたほうの馬主たちと話していた。運のなかった男とその友人たちが今日の負けから立ちなおれるようなぐさめているのだろう。

ブレイクたち三人のいとこはとても仲がよかったが、それぞれの心のなかでは決して言葉に出しては言わないライバル意識がいつも渦巻いていた。

上流階級の人々の目には、レディ・エルダーの三人の孫息子たちの結束はかたく、いざというときには力を合わせているふうに映っていた。けれども実際のところ、三人は射撃であれ、馬の競走であれ、フェンシングであれ、いつも相手の優位に立とうと争っていた。ただ彼らは、若い独身女性を口説き落とすときを別にすれば、その競争意識を互いに決して認めようとはしなかった。

彼らにはそれぞれ長所と短所があった。しかし三人とも、最初に結婚することだけはしたくないとかたく心に誓っている点は共通していた。今は亡き祖母のしつこいお節介にうんざりさせられつづけたせいで、かたくなに結婚をこばむようになってしまったのだ。

レディ・エルダーが、ときに褒められない手まで使って孫息子たちを無理やり結婚させようと何度も試みていたことは、社交界の誰もが知っていた。実は彼女自身は、四回も幸せな結婚をしていた。そして新たな夫と結ばれるたびに地位をあげていき、ついに晩年にはエルダー伯爵夫人となった。けれども彼女の三人の孫息子は、どれほど財産を持つ女性に心を寄せられても、誰ひとりとしてその相手に結婚を申しこむ気にならなかった。

何十年も前、レディ・エルダーは三人の娘をそれぞれ爵位を持つ紳士と結婚させ、そのせいで当時もっとも有名な女性になった。やがて、三人の娘は同じ年にレディ・エルダーの孫を産んだ。最初に生まれたのはルーカス・ランドルフ・モーガンデイルで、のちに第九代モーガンデイル伯爵になった。ふたり目はアレキサンダー・ミッチェル・レイスワースで、こちらは第四代レイスワース侯爵になった。

ブレイクは七カ月遅れのいちばん若い孫であり、父親が亡くなって彼が公爵になり、ふたりより地位が上になったあともモーガンとレイスには末っ子のように扱われつづけていた。

三人のいとこはそろって背が高くてハンサムで、まだ決まった相手がいなかった。そのため若い独身女性やそれより年上の未亡人や美しい相続人たちにいつも追いかけられていたが、三人とも三十代になっても独身生活を謳歌していた。

ブレイクは盛りあがっている男たちからさほど遠くないあたりで馬を止めて、鞍《くら》から飛び降りた。去勢馬を引いてモーガンに近づいたときには、公園に残っているのは数人ほどに減っていた。そのなかに第九代ロッククリフ公爵クレイトン・ロッククリフと、彼といつも一緒にいる弟のウォルド卿の姿が見えた。もともとブレイクは、ロッククリフを親しい友人だと思ったことはなかった。数週間前の高額を賭けたカードで彼がいかさまをしていることに気づいたあとは、顔を見るのもいやになっていた。

ウォルドがいつも兄にへばりついているさまは——そしてそれをロッククリフが許していることも——滑稽《こっけい》だった。ブレイクには、そんなふうにいつも影のようにつきまとわれても平気でいられる神経がまったく理解できなかった。

祖母が毎月送ってきた手紙にいつも書かれていた、彼女の親しい友人だった故チェスターフィールド卿の言葉をなぞった忠告を、ブレイクはずっと嫌っていた。ただ、チェスターフィールド卿が息子にあてて書いた長いだけで役に立たない手紙のなかにも、いくばくかの真理が含まれていた。そのひとつは、カードでいかさまをする男は人生のありとあらゆる局面でいかさまをするだろうというものだ。

ブレイクが二年前に公爵になるまで、ロッククリフは社交界でただひとりの独身の公爵であり、イングランドの女性にとってもっとも望ましい男性だった。しかしブレイクが公爵になったとたん、彼はロッククリフよりずっと若くてハンサムでもあったために、もっとも人気のある独身男性の称号をあっさり奪いとった。それからというもの、ロッククリフはブレイクの存在を好ましく思っていないことをたびたびほのめかしていた。

ブレイクはすれ違った男のひとりに会釈し、もうひとりとは握手をし、ロッククリフとウォルドのことは完全に無視して、モーガンとレイスのそばに近づいた。

「今ごろになってのこのこ姿を見せるくらいなら、どうしてレースに間に合うように来ないんだ、ルシアン？」祝福してくれた最後の知人が歩み去ると、モーガンが呼びかけてきた。

ブレイクはいとこに顔をしかめてみせ、馬の手綱を鞍の角にかけた。モーガンは、祖母だけが使っていたファーストネームで呼ばれるのをブレイクが嫌っていることを知っている。ブレイクが遅れてきたことに気を悪くして、あてつけに〝ルシアン〟と呼んでいるのだ。モーガンは三人のいとこのなかでいちばん早く生まれ、礼儀にうるさい。自分の新しい持ち馬の勝利を見届けなかったことを不満に思っていると、言外に伝えているのだ。

ブレイクはモーガンのとげのある呼びかけは無視して、サラブレッドに近づくとたくましくあたたかい首を軽く叩いてやった。馬はいななき、首を振って応えた。

ブレイクは約束を軽んじているつもりはまったくないのに、遅刻してしまうことがよくあった。どうしてか、時間にあまりにも無頓着な面がある。

遅れたことを冗談めかそうと、ブレイクは言った。「〝行かないよりは遅れるほうがましだ〟と言ったのは、チェスターフィールド卿だったかな？」

モーガンが悪態をついた。長い黒髪が風になびいて顔にかかる。「そんなたわごとは誤りだ。あの男が息子にあてて書いたくだらない言葉はどれも間違っている」

「そう怒るなって、モーガン」レイスが会話に割りこんできた。「それに、おばあさまが自分が遅れた言い訳にその言葉を使っていたことは、きみもよく知っているだろう。どこかで仕入れてきたのか、それとも自分ででっちあげたのかはわからないけれどね。なにしろおばあさまが書いたり言ったりしていた教訓めいた言葉は、すべて親友のチェスターフィールド卿の受けうりだとされていたんだから」

モーガンとのやりあいに助けなど必要なかったが、それでもブレイクはレイスににやりとしてみせた。レイスは自分だけがかやの外におかれることが我慢ならない性分なのだ。

「実のところ、今のはチョーサーの『カンタベリー物語』の一節だと思う」ブレイクは言った。「だが、出典なんてどうでもいいだろう」

「まったくだ」レイスもにやりとする。「そんなことを気にしていたのはおばあさまだけだよ」

そのせりふに、モーガンも笑った。「たしかにそうだな。目くじらを立てないことにしよう」

「ギビーはもう帰ったのかな？」ブレイクはサー・ランドルフ・ギブソンの姿が見えないの

で尋ねた。ギビーは三人とは血のつながりがまったくないのに、自らを祖父のような存在と心得ていた。

「きみと同じく、ギビーも姿を見せなかった」モーガンが言った。「ただ彼には、今日は来られないと連絡をくれるだけの誠意があったけれどね」

「レースを見逃すなんてギビーらしくないな」レイスが眉根を寄せた。

「実に珍しいことだ。手紙には、気球への出資がどうとかで誰かと会うとあった」

「気球？ 冗談だろう？」レイスが言う。

「ギビーが真剣なはずがない」ブレイクはまぜ返した。

「どういうことか、確かめる方法はひとつしかないな」モーガンがブレイクに向きなおった。

「そしてあのご老体が今度は何をやらかすつもりか確かめるのは、きみの役目だ」

最近、サー・ランドルフ・ギブソンは頭の働き具合が怪しくなり、商売に関するまともな決断ができなくなりつつあるように見えた。気球というアイデアは、彼が最近投資して大損させられるはめになったふたつのでたらめな計画に劣らず怪しい。三人とも、ギビーを気にかける責任があるように感じていた。たんに祖母から頼まれていたからだけではなく、祖母が亡くなるまでの最後の数年間、彼がずっとよき友人でいてくれたからだ。

「明日、ギビーを訪ねて、今度は誰が彼の財産を狙っているのか確かめてみよう。その様子しだいで対応を考える」

「何かわかったら連絡してくれ」レイスが言った。

「あるいは助けが必要なときも」モーガンが言い添える。

ブレイクはうなずき、帽子を脱いで手袋をはめた手で髪をかきあげた。「レースを見られなくてすまなかった、モーガン。午後になって思いがけないことが起こって、身動きがとれなかったんだ」

「愛人にベッドに縛りつけられていたとか？」レイスが笑った。

たちまちブレイクの脳裏に、清楚《せいそ》なミス・トゥイードの姿が浮かんだ。だめだ、彼女がそうした楽しみを求めて奔放になっている姿など思い浮かべてはならない。

「いちいち答えなくていい」モーガンが言った。「新しい愛人との奮闘ぶりなんて聞かされたくないからな」

「勝手に決めつけるなよ、モーガン」レイスが目をいたずらっぽくきらめかせた。「ぼくはその顛末《てんまつ》に興味がなくもない。あまりくどくど話されても迷惑だが、教訓的とまではいかなくても、面白くてそそられる話なら聞いてみたいね」

「ぼくがここに来た本来の目的に戻るが」ブレイクはレイスの下世話な言葉を無視した。

「おめでとう、モーガン。きっと勝つと思っていたよ」

そしてポケットから角砂糖をとりだして、問いかけるようにモーガンを見た。彼がうなずいたので、ブレイクはその砂糖を馬にやった。

「それで、いくら勝ったんだ？」馬がいななないて手綱を引き、ブレイクが差しだした手にまだごちそうがあるかどうか探している横で、モーガンが尋ねた。「それとも、今日はぼくが負けるほうに賭けたのか？」

「あてこすりを言うなよ」レイスがかばった。

「すまない、レースには賭けられなかったんだ。ここに来る前に賭けるつもりでいたのに、いろいろなことが重なって時間がつくれなかった」

「まあいいじゃないか。今夜のカードでモーガンのパートナーになって埋め合わせをすればいい」レイスが言う。「ロッククリフとウォルドが来る予定になっている。この何週間か、きみがロッククリフに含むところがあったことは知っているよ」

何カ月もだ。

「ああ、最後にあの男とカードをしたとき、いくら負けたんだ？」モーガンは手綱を馬丁に渡して三人だけになると、ブレイクにきいた。

「思いだしたくもないほどだ」ブレイクはモーガンの背後に目をやり、ロッククリフとウォルドが見栄えのいい馬にまたがって土埃《つちぼこり》をあげて走り去っていく姿を見ながら答えた。

「あるいは、忘れることができないほどに、かな」レイスがにやりとした。

「そうも言える」ブレイクはレイスに向きなおった。「すまない、事情があって今夜のカードにはつきあえないんだ」

「いったいどうして？　またコンスタンスと会うようになったのか？」

「それとも、いよいよ新しい恋人を見つけたとか？」モーガンが尋ねる。

「実のところ、これからコンスタンスに会いにいくつもりだが、きみたちがほのめかしているような理由からではないんだ」

ふたりのいとこの表情は、そんな言葉はまったく信じられないと告げていた。

「ぼくたちにまだ話していないことがあるんじゃないか」モーガンが言った。

「そのとおり。ここに着いたときからずっと話そうとしていたのに、ふたりとも他愛ないおしゃべりのほうに興味があるように見えたからだ」

「それなら早く話してくれ」モーガンが言う。

ブレイクはどこから話すべきか、そもそも自分がどこまで話したいと思っているかよくわからなかったので、単刀直入に切りだした。「今日の午後、若い娘がいきなりやってきて、ぼくが自分の後見人だと言いだしたんだ」

「何だって？」モーガンが言った。

「本当に？」とレイス。

「もちろん本当だ。裏づけになる書類はまだ確かめていないが、とりあえず彼女の話は嘘ではなさそうなんだ」

モーガンがうめいた。「近ごろは、貴族をカモだと思っている悪党がどっさりいるんだぞ、ブレイク。きっとどこかの男がてっとりばやく金をせしめようとたくらんで、その娘を使ってきみに一杯食わせようとしているんだ」

ブレイクはそういう印象は受けなかった。ミス・トゥイードには腹黒いところがみじんもないように思えた。

「その娘は何か証拠を持ってきたのか?」レイスがきいた。

「証拠はなかった」

「やっぱりな」モーガンが言った。「そんな話があるはずない。きみは誰かの後見人になるような年じゃないし、それだけの知恵もない」

「まったくだ。自分の世話さえできないんだから」レイスが笑った。「きみが他人の世話をするなんてありえない。まともな神経の持ち主なら、飼い犬の世話係にさえしないだろう。その娘とシャペロンには丁重にお帰り願ったんだろうな?」

ブレイクはためらった。「少し違うんだ」

レイスとモーガンは顔を見合わせ、同時に尋ねた。「どうして?」

「第一に、娘にはシャペロンがいなかった……メイド以外には。第二に、彼女が本当のことを話している可能性がわずかながらある」

「いつかの夜に飲みすぎて、誰かの後見人になると請けあったなんてことはないだろうな?」モーガンが言う。

「もちろん違う」ブレイクはこの会話にいらだちはじめていた。

「カードでぼろ負けして、責任を押しつけられたとか？」レイスが探るようにきいた。

「それとも大きな賭けで、後見人になる名誉を勝ちとったとか？」

「まったく違う。彼女は弁護士から前もって連絡があったはずだと言っていた。問題は、ぼくがもう何週間も手紙のたぐいには目を通していなかったことだ」

「やれやれ、すべては冗談だと言ってくれ」レイスがため息まじりの悪態をついたのに続いて、モーガンがそう吐き捨てた。

「ありのままを話しているんだ」

「どうして手紙を整理させるために秘書を雇わないんだ？」レイスが尋ねた。

「わかっているだろう。ブレイクにはそんな暇もないんだよ」モーガンがかすかにあざけるような口調で言った。「有能な後任が見つかるまでは、父上の秘書をくびにするべきではなかったんだ」

　モーガンが正しいのはわかっていたが、それを認めたくなかった。父が亡くなったあとブレイクは、秘書や執事や家政婦などメイフェアの屋敷に大勢いた使用人たちをそのまま雇いつづけることに決めた。月日がたつにつれ、ミセス・エルスワースには慣れ、陰気な顔つきのアシュビーにもなんとか我慢できるようになった。けれども、いばりくさった尊大な秘書だけは我慢がならなかったのだ。そしてそのあと、秘書がいないまま長い時間がたってしまった。

ぜひとも新しい秘書を雇いたいとは思っていたものの、日々が過ぎて一週間に、そしてそれが何カ月にもなるのに、まだ誰ひとりとして面接すらできていなかった。そのせいで何週間分かの手紙がたまっていたが、これまではそれが問題になったり、悩みの種になったりしたことはなかった。

「それで、その娘が言っていた手紙はもう見つけたのか？」レイスがきいた。

「まだだ」

本当のところブレイクは、手紙の存在自体は疑っていなかった。ミス・トゥイードは、根拠もなくあれほど突拍子もない話をするようには見えない。そもそも、これまでに五人の後見人が死んだなどという途方もない話を、まともな頭の持ち主がでっちあげるだろうか。あまりに常軌を逸しているので、むしろ真実だとしか思えなかった。

「いったいどうして？」

「ああ、まったくだ、ブレイク。ここでこんなふうにつったっている場合じゃないだろう」

モーガンが言った。

「それは失礼。誰かが聞きつけてきみたちに話す前に、年若い娘がぼくの家にいることを自分の口から直接知らせておきたかったんだ」

「なるほど、それはいい心がけだ」レイスが言った。「もしこのニュースを噂で聞かされていたら、心中穏やかではなかっただろうな」

「その娘の名前は？」

「ヘンリエッタ・トゥイード。彼女の父親はサー・ウィリアム・トゥイードだ。どうやらぼくの父の古い友人だったらしい」

それからブレイクは、これまでの後見人が全員亡くなっていること、そしてそのせいで呪いを信じているというミス・トゥイードの数奇な物語を順を追って説明した。

「なんてことだ。もしその話が本当なら、なんとも波瀾万丈な人生だな」ブレイクが話し終えると、モーガンが言った。「呪いを信じてしまうのも不思議はない」

「ああ。だが問題は、きみが彼女をどうするつもりかだ」レイスが言う。

「とりあえずはコンスタンスを訪ねて、これからどうするか決めるまでのあいだ、ミス・トゥイードのシャペロンになってくれるよう頼むつもりだ」

「信じられないな。自分の恋人にその娘のシャペロンになれと頼むつもりなのか？」

「コンスタンスはもう恋人じゃない」ブレイクはいらだちながら答えた。コンスタンスとはとうに恋仲ではなくなっている。ふたりは出会った瞬間に激しく惹かれあったが、その激情は始まったときと同様に唐突に消え去ってしまった。

「コンスタンスは今では喪も明けて、社交界では敬意を払われている。彼女ならミス・トゥイードの完璧なシャペロンになれるだろう」

「コンスタンスが敬意を払われているのは、夫が亡くなった数週間後にはきみの恋人になったことを誰も知らないからだ」

モーガンの言い方からすると、コンスタンスはいかにもふしだらな女性に聞こえるが、それは真実からはほど遠い。コンスタンスの夫は何カ月も昏睡状態が続いたのち、ついに息を引きとった。彼女はずっと孤独で、最初に差しだされた愛情にすがったのだ。ふたりとも、お互いが恋人としてふさわしくないことに気づくまでにはそれほどかからず、そのあとはほどよい友人としての関係に落ち着いたのだった。

「きみたちふたり以外は誰もぼくとコンスタンスのことは知らないし、それはそのままにしておいたほうがいい」

「ぼくたちの口がかたいことはわかっているだろう」モーガンが言った。

「絶対に話したりしない」レイスも請けあう。

「コンスタンスなら、きっとミス・トゥイードをどう扱えばいいかわかるだろう」

ふいにレイスが笑った。「きみに若い娘の世話をしてほしいと告げられたときのコンスタンスの顔をぜひ見たいものだ」

モーガンの顔にも愉快そうな笑みが浮かび、それから彼は笑いだした。「さぞ見ものだろうな」

ブレイクがくすりとも笑わないので、その笑いはすぐに咳払いとなって消えた。

「滑稽な状況なのは認めるだろう?」レイスが言った。「それで、その子は何歳なんだ? 十三歳か十四歳といったところか?」

「それならどれほどよかったか」ブレイクは声を落とした。「子供じゃないんだ」

ふたりのいとこは、興味津々とブレイクを見つめた。

「彼女はきみたちに分別を説いてたしなめることができるほどにしっかりしている。十九歳なんだ」

「十九歳?」

「美人なのか?」レイスが目を輝かせる。

「ふたりとも、よからぬことを考えるのはよせ。彼女を見れば、これまでレディとして育てられていることはすぐにわかる。絶対に手を出したりしないでくれよ」

「それで、その女性は今どこにいるんだ?」

「ぼくの屋敷でミセス・エルスワースに世話をさせている。そろそろ夕食をとり終えて、ぼくが帰るころにはぐっすり寝ているに違いない」

風が吹きつけ、ブレイクは空が暗くなっていたことに気づいた。彼は帽子をかぶりなおした。

「そんなわけで、悪いがカードで勝ってロッククリフから金を奪い返すのは、ミス・トゥイードの問題に決着がつくまで待たなければならないんだ」

二十分後、ブレイクはコンスタンスの屋敷の居間に座って彼女を待っていたが、頭のなかはミス・トゥイードのことでいっぱいだった。本来であれば彼女をこのあとどうするか考えるべきなのに、きらきら光る青い目や、ふっくらした形のいい唇を思いだしてしまう。いきなり面識のない男の屋敷を訪れて、自分の後見人であることを認めさせようとした勇気を賞賛せずにはいられない。

最初にミス・トゥイードが近づいてくる姿を見たとき、ブレイクの体のなかを熱いものが走り抜け、突然男としての露骨な欲望がこみあげてきて下腹部を鈍くうずかせた。それはもちろん、後見人が被後見人に対して感じてはならないものだ。

男が女を求める欲望そのままに、彼女を求めてしまった。

「ブレイク」コンスタンスが部屋に入りながら呼びかけた。「招待したわけでもないのに、会いたいという連絡もなしにいきなり押しかけてくるなんてひどい人ね」

コンスタンスは深い襟ぐりの黒いベルベットのドレス姿で、笑顔が美しかった。鳶《とび》色の髪を頭の上できちんとまとめている。大きな緑色の目をうれしそうにきらめかせ、紳士とのつきあい方を心得ている女性らしい余裕のある態度でブレイクに近づいてきた。

すでに何人かの男から誘いを受けているのに、コンスタンスがそのすべてを断ったことをブレイクは知っていた。彼女はこのあとも男性の申し出を断りつづけるのではないかという予感がした。亡くなった夫にまだ忠誠を誓っているからでも、ほかに心を決めた男がいるわけでもない。コンスタンスは裕福な未亡人としての人生を、そしてその立場が与えてくれる自由を存分に楽しんでいるのだ。

ブレイクは立ちあがり、コンスタンスの両手をとってやさしく握りながら、目尻と口もとに軽くキスをした。もうベッドに誘いたいとは思わなかったが、それでも彼女の新鮮で女らしい香りは今でもいとおしかった。

「祖母はずっと、ぼくに紳士のたしなみの大切さを説いていた。どうか無礼を許してほしい」

コンスタンスはブレイクの目をのぞきこんで答えた。「あなたであれば、どんなことでも許すわ……一度だけなら」

ブレイクはくすくす笑った。「それは幸運だった。同じ間違いをくり返さないように気をつけるよ。とりわけ女性に対しては。きみは素敵だよ、コンスタンス」

「ありがとう。あなたも相変わらずハンサムよ。どんな様子かきく必要はなさそうね。とても元気そうだわ」

ブレイクは彼女の賛辞を軽く受け流した。「今のところ順調だよ。きみはどうだい？」

「わたしも楽しく暮らしているわ。とにかく座って、どうしていきなり来たのか教えて。飲み物を用意するわね」

ブレイクは立ったままで待った。そしてコンスタンスが花柄の長椅子の背後にあるサイドテーブルまで行き、デカンタの栓を開けるのを見つめた。彼らが愛しあったのは十回ほどだったが、それでも多すぎるくらいだった。ぞくぞくする期待に心を震わせたのは、最初のときだけだ。ふたりともそのことに気づくと、何の未練もなく別れを受け入れた。コンスタンスは聡明で、正直で、思いやりがある。今でも彼女のためならどんなことでもしてあげたいと思えたが、ただブレイクにとって恋人となるべき女性ではなかった。

「どうして黙っているの？」コンスタンスはワインをグラスに注ぎながらそう促した。

「もし幸運にも妹をひとり持てるなら、きみであってほしいと思っていたものでね」

コンスタンスは振り向いて、ブレイクに微笑みかけた。「それは、これまで誰かがわたしに言ってくれたなかでもっとも素敵なせりふだわ」

「本心だよ」

「わかっているわ。だからこそいっそう特別に思えるの」

ブレイクはため息をついた。「ぼくの頼みを聞いたあとも、そんなふうに思ってもらえることを願うよ」

コンスタンスが彼のそばに戻ってきて、ワインのグラスを渡した。ブレイクは彼女が長椅子に座るのを待ってから自分も腰をおろした。

「頼みごとがあるなら言って。もしわたしにできることであれば、あなたの望みどおりにするとわかっているでしょう」

コンスタンスは乾杯のためにグラスを差しだした。

「頼みを聞くと答える前に、ぼくが何を求めるつもりか確かめたくはないのかい？」

「あなたを信頼しているもの」

コンスタンスのまなざしに、そしてためらいなくそう答えてくれた態度に、彼女に助けを求めたのが正しい決断だったことをブレイクは改めて確信した。

彼はグラスを重ねあわせた。「ぼくもきみを信頼しているよ、コンスタンス。だからこそ、無理難題を押しつけようとしているんだ」

コンスタンスが穏やかに笑った。「もったいぶった言い方をするのね。好奇心をかきたてられるわ。さあ話して、わたしに何をさせたいの？」

「最初からすべてを話すべきか、それともぼくが何を望んでいるかを伝えるだけにするか、ずっと迷っているんだ」

コンスタンスがグラスを口に運んだ。「もちろんそれはあなたが決めて。でも、まだ早い時間だし、ワインの最初の一杯を注いだばかりよ。その気があるなら、時間はたっぷりあるわ」

ブレイクは大きく息を吸いこんだ。これからは時間と義務には、今より注意を向けるようにしなければならない。

「そうできればうれしいが、残念ながらひと晩じゅうきみと一緒にいる時間がないんだ。簡単に言おう、きみに若いレディのシャペロンになってもらいたいんだ」

コンスタンスが目を細めた。口もとからゆっくりと笑みが消えていく。彼女はグラスをおろした。「シャペロン？　わたしが？　冗談を言っているようには見えないわね」

「このうえなく真剣だ」

「わたしはどんな仕事も必要としていないわ。それはよくわかっていると思うけど」

「もちろんわかっている。これは一時的、せいぜい数週間だけの話なんだ。こみいった事情があってね」

「やっぱり、一部始終を話してほしくなってきたわ」

ブレイクは深く息を吸いこんだ。自分でもまだすべてを理解していないのだ。

「どうやら何年も前に、父の友人のひとりがブレイクウェル公爵を娘の後見人に選んで、その名前を遺言書に記していたらしい。父が公爵でいるあいだは、何の問題もなかった。だが残念なことに、きみも知ってのとおり父はこの世を去ってしまった。それでその娘の人生を預かる責任が、新たに公爵となったぼくに降りかかってきたんだ」

コンスタンスは緊張を解いて、グラスをふたりの前の紫檀のテーブルに置いた。彼女の顔にまた笑みが戻ってきた。

「それなら簡単に解決できるわ。その子にきちんとした家庭教師を雇ってあげて、ふたりをあなたの田舎にある屋敷のどれかに送りだすのよ。そして毎日馬に乗る許可を与えてあげれば、もう二度とあなたを悩ますことはないわ。小さな女の子はみんな馬が大好きだから」

ブレイクはそっと笑い、力を抜いて長椅子の背にもたれかかった。「そのくらい話が単純ならいいんだが、残念ながらそれではだめなんだ」

「どうして？」

「彼女は小さな女の子じゃない。十九歳なんだ」

しかも美しく、落ち着いていて、とても魅力的だ。

「なんてこと」コンスタンスがつぶやく。「十九歳。それはたしかに問題だわ。彼女には年老いたおばか、疎遠だったおじか、いっそ評判の悪いいとこでもいいから誰か援助を求められる相手はいないの？」

「ひとりもいない」

「なんてかわいそうなの。この世に本当にひとりきりだなんて、さぞ心細いでしょうね」

ブレイクもミス・トゥイードに親戚がひとりもいないと聞かされたとき、まったく同じように感じた。ブレイクにはふたりのいとこがいるだけでなく、祖母が何度も結婚したおかげで親戚があちこちにいる。それにもちろん、ギビーも。改めて考えると、この世にひとりきりで、助けを求める相手は他人と使用人だけしかいない境遇に置かれたらどんなふうに感じるかは想像もできない。

「どうやら、彼女の父親の遺言書には後見人候補が何人か記されていて、ブレイクウェル公爵の名前がその最後だったらしい」

コンスタンスが顔をしかめた。「ということは、彼女はあちこちの家をたらいまわしにされたあげく、あなたに送りつけられてきたわけね。それはいいしるしじゃないわ、ブレイク。よほど扱いにくい娘なのよ」

ミス・トゥイードの数奇な人生についてこれ以上詳しく話したくなかったので、ブレイクは簡単に答えるにとどめた。「いや、そうではないんだ。素行には何の問題もない。不運にも、これまでの後見人たちはみんな天に召されただけだ」

「その前に両親も亡くしているの？　なんてことかしら。教えて、彼女はどんな子？　礼儀正しくて上品なの？」

「申し分ない」

「頭はいい？」

「賢すぎるほどに」

「美しいの？」

「とても」

コンスタンスは唇をすぼめてから微笑んだ。「そうだとしたら、わたしには何の問題もないように思えるわ」

「きみがそう思ってくれるのはうれしいよ。だが、なぜかぼくには問題しか見えない」

「完璧な解決策があるわ。わたしの考えを実行に移せば、すぐに彼女を何の問題もなく送りだせるはずよ」

ブレイクはコンスタンスを警戒の目で見つめ、ワインを飲んだ。「それで、具体的にはぼくにどうしろというんだ？」

「簡単だわ」コンスタンスがにっこりする。「彼女の結婚相手を見つければいいだけよ」

4

親愛なるルシアン、いちばん年下の孫息子へ

チェスターフィールド卿は、かつて息子にこう書きました。〝自分の仲間と同じ言葉で話しなさい。飾りたてず、ありのままを話しなさい。まわりにいる人たちよりも賢く、より多くを学んでいるふうには見えないよう努めなさい。学んだことは懐中時計のごとく、自分だけのポケットにしまっておきなさい〟

愛をこめて　レディ・エルダー

「ミス・トゥイード？」

ヘンリエッタはハッとして、見つめていた封筒から顔をあげたまま凍りついた。ドアのところにブレイクウェル公爵の広い肩が見えた。顔をしかめて彼女をにらみ、体をこわばらせている。彼の視線はとても厳しく、ヘンリエッタの心の奥まで貫いた。公爵には、いきなり

裸にされたかのように感じさせる威圧感があった。刺すようなまなざしは強烈で、ヘンリエッタは思わず隅に縮こまって、誰にも見られないよう隠れてしまいたい衝動に駆られた。

それも当然だ。無断で公爵の椅子に座って、机の上にあった手紙を見ていたのだから。

どうしよう! 絶体絶命の状況だわ。

ヘンリエッタは彼の手紙を勝手にさわっているところを見つかった戸惑いと恐怖を押さえこんで、ゆっくり立ちあがった。非難の視線が突き刺さるのを感じながら、できる限り冷静に、努めて明るく微笑んでみせた。「おかえりなさいませ、閣下」

ブレイクウェル公爵は彼女の平然とした態度に虚をつかれたらしかった。けわしい表情は変わらないが、肩から少しだけ力を抜いて部屋へ入ってきた。公爵が手ごわい相手なのはわかっている。落ち着いて毅然と振る舞わなければならない。

「わたしがここで何をしているのかとお考えなんでしょう?」ヘンリエッタは心臓が暴れまわっているのを押し隠して、懸命に普通の声を出そうとした。

「いや、そんなことは考えていない。きみが何をしていたのかは、きかなくてもわかる」

ヘンリエッタの息づかいは苦しいほどに浅くなった。「おわかりなのですか?」

公爵の広い額に刻まれた皺がいっそう深くなった。「ああ。きみがぼくの個人的な手紙を盗み読みしていたのは、誰の目にも明らかだ」

ヘンリエッタは息をのんだ。頬が焼けるように熱くなる。あからさまな侮辱に、すぐには声が出せなかった。

「盗み読み？　わたしが？」ヘンリエッタは憤慨して胸に手をあてた。「とんでもないわ。ひどすぎます」

「そうだろうか？」ブレイクウェル公爵は彼女の目の前にある封筒を指し示した。「ぼくはそうは思わない」

これほどの屈辱を受けたことはなかった。「とんでもない誤解です」

「本当に？」

ブレイクウェル公爵の声は疑わしげだ。もっとも今の状況を思えば、それは何の不思議もない。

「ええ」

「それなら、ぼくがどこをどう誤解しているのか説明してもらいたいな」

ヘンリエッタは平静をとり戻した。「ぜひとも説明させていただきたいですわ」

机の前に出てその脇に立ち、体の前で両手をきつく握りあわせて言葉を継いだ。「今日は長いあいだ馬車に揺られつづけたあと、あなたとの話が思いがけずこじれたせいで、気持ちが高ぶったまま眠れずにいました。それで、何か読む本がないかと思ってこの部屋に入ったんです」彼女は手を伸ばして『禁じられた小径』をとり、無実の証拠だとばかりに掲げてみせた。

もちろんブレイクウェル公爵に非難を撤回するつもりはなかったらしい。「もし本を探していただけなら、どうして本棚の前に立っているのではなく、ぼくの机に座っていたんだ？」

この厄介な状況を自分の非を認めずに切り抜けられるかもしれないと考えたのは甘かった。けれども、ヘンリエッタは簡単には降参しなかった。まだあきらめたりしない。てごわい公爵を説き伏せるためには、動じずに振る舞い、決して隙を見せてはならない。

「やましいことは何もしていません。それはきちんと説明できます」

「そうであってほしいものだな、ミス・トゥイード。今のきみは、他人の手紙を盗み読みしていたようにしか見えない」公爵はかたい表情のまま、威嚇《いかく》するように腕組みした。

ヘンリエッタは心を落ち着かせようと、ゆっくり息を吐《は》いた。「本棚を眺めていたとき、机の上にあるインク瓶の蓋がはずれたままになっているのが目に入ったんです。そのまま放っておいたら危ないので、思いきって蓋を閉めました。インクが乾いてしまったり、瓶が倒れて大切な書類にインクがこぼれてしまったりしたら、お困りになるだろうと思いましたので」

ブレイクウェル公爵はきれいに整頓された机に目を落とし、その様子をすばやく確かめた。灰色がかった茶色の目を細め、疑いをこめてヘンリエッタを見つめなおす。

「きみがしたのは本当にそれだけなのかな、ミス・トゥイード？」

どれほど不注意な者でも、机が家を出たときとは似ても似つかない状態になっていれば気がつくだろう。ヘンリエッタは散らかっていた書類や、封を開けただけで無造作に放ってあった手紙を、きちんとまとめなおしていた。未開封のまま乱雑に置かれていた手紙は、見やすいよう四つの山に分けられている。羽根ペンは帳簿からはずされてペン立てに入れられ、しおり代わりにきれいな子牛皮紙がはさんであった。

けれども何より明らかな違いは、磨きあげられた美しいマホガニーが見えるようになっていることだった。豊かな色味の天板が、やわらかなランプの光を浴びて招くように輝いている。いくつかの手紙に記されていた日付からすると、公爵はこの美しい机の表面をもう長いあいだ見ていなかったはずだ。

ヘンリエッタが机の上を片づけたことは隠しようも否定しようもなかったが、それでも彼女はなんとかとりつくろおうとした。

咳払いをして、机から一歩離れた。「少しだけ机の上をいじって、手紙をよけたりしたかもしれません」

「かもしれない?」ブレイクウェル公爵はヘンリエッタの目を見つめながら、あざけりの口調で尋ねた。

いくら説明しても理解してもらえないことはわかっていたが、あのときは本当にそうせずにはいられなかった。ただ、公爵に向かって机をあれほど散らかしたままにしているなんて信じられないなどと言えるはずもない。手紙をもらったのにいつまでも返事をしないのは、言い訳できないくらい失礼だと思っていることも。

「ええ、でもご心配には及びませんわ。誓って、机にあったものは何ひとつ捨てていないし、封が開いている手紙も読んでいません。人のものをのぞき見したりはしません。ただこうして並べなおしただけです」彼女はきちんと積まれた紙の山を示した。

息を止めて落ち着こうと努めながら公爵の様子をうかがった。彼の顔から不快感が薄れ、戸惑いの、さらにまったく違う表情へと変わっていくのがわかった。表情が変化しただけでなく、威圧的な瞳の荒々しい輝きがゆっくりと溶けてやわらかく穏やかな色になった。口もともやわらいで、心臓が止まりそうになるほど魅力的な笑みがうっすらと浮かぶ。そのせいで、ヘンリエッタは脚から力が抜けそうになった。部屋のなかのすべてのものがどこかに消え失せて、公爵だけしか見えなくなった。

その公爵が近づいてきた。

あまりに近くまで。

すでにヘンリエッタの心臓は胸のなかで暴れまわり、息は浅く速く、あえぐようになっていた。こんなふうに感じたことはこれまでなかった。そのことに困惑するべきなのに、説明できない新しい感情に魅せられてしまった。

「どうしてこんなことをしたんだ、ミス・トゥイード？」ブレイクウェル公爵がさらに一歩踏みだして尋ねた。

「何ですって？」彼が近づいてきたせいで、ヘンリエッタはそれまで何を話していたのかすら思いだせなくなり、慌ててきき返した。ハンサムな公爵がすぐそばにいることを痛いほど意識してしまう。

「どうしてぼくの個人的なものを動かして整えたりしたんだ？」

いつのまにか声までが変わっていた。なめらかで低く、これまでに聞いたどんな声よりも誘惑的だ。そのせいでヘンリエッタは肌がぞくぞくして、胃が締めつけられた。

最初に顔を合わせた際に、しかめっ面で威圧的な公爵を相手にしていたときのほうがはるかに気が楽だった。今の質問にも、どう答えたらいいのかわからない。自分の後見人に対して感じてはならない気持ちを呼び起こす力を持つこの男性の前でどう振る舞えばいいのか、まったくわからなかった。

公爵のせいでどぎまぎさせられていたが、それはなじみのない感情だった。彼女はいつもとても冷静で、簡単にはとり乱さない。呪いを信じていることを公爵にどう思われているかは別にして、分別を持ちあわせているつもりだった。公爵がこれまでの後見人たちとこれほど違うのはなぜだろう。こんなときこそ、気持ちを引きしめなければならない。袋小路に追いつめられた際には、真実を語ることこそがいちばん簡単な出口であり、もっとも難しい選択でもあることをヘンリエッタはよく知っていた。

彼女は公爵の目を見すえて答えた。「わたしの弱さのせいです」

ブレイクウェル公爵が問いかけるように眉を動かした。瞳が愉快そうにきらめいている。彼はさらに近づいてきた。

「ぼくをからかおうとしているのかな、ミス・トゥイード？」

「違います」

公爵はヘンリエッタの目を見つめた。「そうだとしか思えない」

「そんな愚かなことをするわけがありませんわ」

「それはどうかな？　きみはとても意志が強くて有能で分別もあるから、自分の弱さを認めたくないだろうし、認めるふりもできないだろう」

公爵の鋭さにヘンリエッタは内心舌を巻いた。「どうやら慌てたせいで、間違った言葉を選んでしまったみたいですね。わたしはただ、秩序のない状態には我慢がならないことを申しあげたかっただけです」

「だとしたらきみは、〝すべてのものにはふさわしい場所があり、すべてのものはその場所にあるべきだ〟というチェスターフィールド卿の言葉に共感するんじゃないかな？」

「それがチェスターフィールド卿の言葉なのかどうかは存じませんが、誰であれ、それを口にした人はとても賢明な方だったと思います」

「もしすべてを適切な場所に置きたいと望むなら、どうしてこんなものが顔にかかっているのかな」ブレイクウェル公爵はそう言いながら、ヘンリエッタに見せるために、束ねた髪からこぼれたひと筋の長い金髪をゆっくりと引っぱってまわしてみせた。

ヘンリエッタは、ほつれていた髪を耳にかけようとして反射的に手を持ちあげたが、そのはずみで指が彼の指に触れてしまった。たちまち甘美な震えが体を走り抜け、彼女はさっと手を引っこめた。

ブレイクウェル公爵が微笑み、指の先をヘンリエッタの頰に沿ってすべらせて髪を顔から払い、耳にかけてくれた。公爵の指はあたたかくてやさしく、触れられると心が落ち着き、不思議に心地よかった。ヘンリエッタは思わず目を閉じて彼の男らしい指先の感触にひたり、もっと触れていたいと願ってしまった。公爵の手をとって頰に押しつけたいという大胆すぎる欲望がこみあげる。彼の香りを吸い、彼の肌を味わい、彼の力強さを感じたくてたまらない。

ヘンリエッタはまつげを震わせて、自分を見つめている公爵の顔を見あげた。彼の目はうっすら閉じかけていた。湿った唇はかすかに開いている。ヘンリエッタは頰に公爵の息がかかるのを感じた。彼はとても近くにいて、互いの鼻が触れてしまいそうだ。ふたりの唇はすぐそばにあった。

けれども心のどこか奥深くで、ヘンリエッタは自分が公爵に感じている感情は適切ではないと冷静に判断していた。彼女は意志の力を奮い起こし、大きく息を吸いこんで後ろにさがった。

「申し訳ありません。髪が乱れていたことに気づかなくて。髪をまとめるときにもっと注意するべきでした」

ブレイクウェル公爵も一歩さがり、すばやく言った。「たぶんぼくの手紙を整理するのに忙しくて、気がつかなかったんだろう」

それから、机に目を落とした。ヘンリエッタは公爵の視線が、彼が部屋に入ってきたとき自分が見つめていた封筒に向けられたことに気づいた。

「これはいったい何だ？」公爵が手を伸ばしてその手紙をとった。

「手紙を整理していたときに、わたしが申しあげた弁護士のコンラッド・ミルトンからの封書があることに偶然気がついたんです。それで、すぐお読みいただけるようにいちばん上に置きました」

「偶然と言ったね？」

「ええ」

「ぼくの手紙を整理しているうちに、たまたまこれを見つけたというのか？　本当はこれを捜すために書斎に入ったのではないと言いきれるのか？」

「ええ、もちろん。でもその封筒を見た瞬間に、差出人の名前が目に飛びこんできたんです。ご覧のとおり、封は開けていません。それをいちばん上に置いたのは、わざわざ探しなおさなくてもすむようにと考えたためです。ここはあまりに……」ヘンリエッタは舌先まで出かかった言葉を口にしてはならないことに気づき、慌てて言葉を切った。

「あまりにもひどいありさまだった？」ブレイクウェル公爵が彼女の言葉を引きとって言った。

「あまりに捜しにくいと言いたかったんです。とにかくわかっていただきたいのは、わたしが手紙はいっさい読んでいないということです」

「だが、読みたい誘惑に駆られただろう？」

ヘンリエッタは、せわしなくまばたきをした。「いいえ、少しも」

ブレイクウェル公爵はまた眉を動かして、疑いに満ちたまなざしを向けてきた。

ヘンリエッタは思わず顔をしかめた。じれったさのあまり床を踏み鳴らしたくなったが、そこまで幼稚でみっともない姿を見せたくはない。「わかりました、認めます！　もちろん誘惑は覚えました」

ふいにブレイクウェル公爵が腕組みをして笑った。その笑い声があまりに魅力的だったせいで、問いつめられたことに対するいらだちはたちまち消えてしまった。公爵は、いともたやすくわたしの心をかき乱す。これまでそんなことができる男性には出会ったことがない。

「それはずるい質問です」

まだどこか面白がっている気配を漂わせながら、ブレイクウェル公爵が答えた。「今のは質問というよりも断定だ、ミス・トゥイード。ぼくはすでにその答えを知っていた」

「わたしをとがめているふうに聞こえます」

「たぶんそれは、きみが罪悪感を抱いているからだ。だが、ごまかそうと思えばそうできたのに、正直に答えてくれたことに礼を言うよ。たとえ認める前に二度も否定したとしても」

「またわたしを笑っていらっしゃるんですね。あなたのような立場の方にはふさわしくないことです」

「そうかもしれない。だが、きみのせいなんだからしかたがない。前にも言ったように、きみにはからかわずにはいられないところがあるんだ」

ブレイクウェル公爵はきちんと積みあげられている山のいちばん上に手紙を戻し、ヘンリエッタの脇を通って机の前に立った。「その本を持って部屋に戻るといい。きみも言っていたとおり、ぼくにはするべき仕事があるのに、きみはその邪魔をしている」

そう言ったきり、まるでヘンリエッタがメイドか何かで、弁護士からの手紙は何の意味もないかのように彼女をさがらせようとした。

ヘンリエッタは戸惑いながら、彼のほうに一歩踏みだした。「手紙を読んでくださらないのですか？」

「今はね」

ヘンリエッタはなおも待ったが、公爵は手紙の封を開けるそぶりはまったく見せなかった。

ふたりは目を合わせ、一瞬そのまま見つめあった。

「読んでくださるまで、ここに座っていてよろしいですか?」

「かまわないが、そんなことをしても意味がないよ、ミス・トゥイード。今夜は手紙を読むつもりなどないんだから。ぼくにはしなければならないことがほかにあるんだ」

ヘンリエッタは驚いて彼をにらみつけ、さらに一歩近づいた。「どうしてでしょうか? その手紙を読めば、わたしの身の上話がすべて本当だと証明できるのに」

「いや、たんにミルトンという男がきみと同じことを言っていることが判明するだけにすぎない。それに、きみの話を疑ってはいないと言ったはずだ。あまりに突飛で信じがたいので、逆に真実だとしか思えない。きみのためにしなければならないことが何であれ、それをするのは明日になってから……あるいは、近いうちにだ。いずれにせよ、今夜は何をするにしても遅すぎる」

「でもその手紙に何が書かれているか、好奇心を覚えるのが普通では?」

「ぼくはいたって好奇心旺盛《おうせい》だが、この件についてはさしあたり興味がないんだ、ミス・トゥイード」

もしヘンリエッタが公爵の立場なら、手紙に何が書かれているのか確かめるのを朝まで待てないだろう。けれども、自分と公爵がいろいろな点で違うことはわかっていた。ただ、彼が後見人としての責任にあまりに無頓着なのは許せなかった。

公爵という高い地位にあり、しかも何の証拠もないのに彼女を自分の家に迎え入れてくれた相手に対してさらに何かを要求するなど、あまりに畏れ多い。それだけに、ヘンリエッタの言葉は大胆きわまりなかった。「それなら、わたしからお願いしてもよろしいでしょうか？　今夜のうちにそれを読んで、わたしが安心して眠れるようにしていただけませんか？」

時間だけがじりじりと過ぎていったが、ブレイクウェル公爵はまったく動かなかった。心の奥までのぞきこむような澄んだ瞳でヘンリエッタを見つめているだけだった。ヘンリエッタは彼がその願いを拒否するのだと思った。けれども次の瞬間、公爵は彼女が机の右側の目立つ場所に置いておいたペーパーナイフをとって、封筒の蠟の封印を開けた。なかには数枚の紙が折りたたまれて入っていた。彼はランプをかざして最初の一枚だけをざっと読んでから、手紙を机に置いた。

「今夜は何の心配もしなくていい。誰にも邪魔されず、ぐっすり眠ることだ。ミスター・ミルトンからの手紙はきみの話を一字一句裏づけている。後見人の名前については、きみの父上の遺言の一部をそっくり書き写している。原本を見たければ弁護士をよこしてくれてもいいし、必要なら自分が持参してもいいと書いてある」

ヘンリエッタは安堵《あんど》のため息をつき、公爵に感謝の笑みを向けた。「読んでくださってありがとうございます。おかげで気持ちがとても楽になりました」

「感謝するのはまだ早いよ、ミス・トゥイード。きみの将来のために必要な段取りは、これから考えるところなのだから」

公爵の口調の素っ気なさに、ヘンリエッタは身震いした。

「どんな段取りでしょう?」

「法律で定められた庇護者として、普通の後見人が務めと心得ることをするつもりだ」

後見人の監視の目から解放してもらえるかもしれないという希望が、ヘンリエッタの心のなかでふくらんだ。ロンドンで自分の家を持てたらどれほどうれしいだろう。もう二度と呪いが降りかかることを恐れずに友達をつくることも、パーティに出ることも、ハイドパークを散歩することも、ヴォクソール・ガーデンズを歩くこともできる。

「わたしを独り立ちさせようということですね」希望があふれて胸がいっぱいになり、ヘンリエッタはあえぐようにささやいた。

公爵は一瞬、ヘンリエッタの顔を探るように見てから答えた。「そうじゃない、ミス・トゥイード」

「ここで暮らすことに?」

「それは、ごく短いあいだだけだ。そうでないと、あまりに危険すぎる……受け入れるわけにはいかない。ぼくはひとり身の男で、きみは若い女性なのだから」

「それなら、わたしをどうすると?」自分に選択肢がないことを思い知らされ、ヘンリエッ夕の希望はたちまちしぼんだ。「まさか、修道院に入れとおっしゃるのでは?」

「いや、そんなことは考えもしなかった。それがきみの望みだというなら話は別だが」

「いいえ、わたしはそうした務めを果たすには、あまりに我が強すぎるかと思います」

「それはぼくも心から同意する。ぼくが考えているのは、きみにふさわしい夫を見つけることだ」

「死んだほうがましだわ!」ヘンリエッタは最初に思い浮かんだ言葉をそのまま叫んでしまった。

ブレイクウェル公爵が顔をしかめた。「自分を傷つけるようなことを考えてはいけない、ミス・トゥイード」彼は厳しい声で言った。

ヘンリエッタは公爵の言葉に激しく動揺し、体をこわばらせてまっすぐに彼を見つめた。自分を見ている公爵の鋼《はがね》のようなまなざしを受けとめ、精いっぱいにらみ返した。

「ええ、もちろんそんなつもりはありません。ただ、結婚させられるということをどれほど嫌っているか、わかっていただきたかっただけです」

「だが、それこそがきみみたいな年ごろの女性が願うことだろう」

「自分で選んだのではない男性と……しかも他人が決めた相手と無理やり結婚させられるくらいなら、いっそ修道院に入ります」

「ぼくは冷酷な男ではない。もちろん、ぼくが紹介した相手をきみが気に入ることが前提だ」

いつの日か結婚しなければならないことはわかっていた。それが普通のことだ。けれども、これまでは結婚を考える理由がなかった。ずっと自分の家と呼べる場所が欲しかったが、そこに夫なるものがついてくるなど考えたこともなかった。

ヘンリエッタはいらだちを押さえきれなかった。「遺産を使えるようにするための書類に署名して、わたしを自由にしてください」

「それはできない。もし父から引き継いだこの立場を真剣に考えるなら、きみの提案に応じるのは無責任というものだろう。きみの父上もぼくの父も、ぼくがきみを適切な相手と結婚させることを期待したはずだ」

「父が生きていたら、わたしをロンドンに連れてくることがあったかもしれませんが、着いた次の日から夫を探しはじめようとは考えなかったと思います」

ブレイクはミス・トゥイードの目に浮かぶ必死さに免じて、きっと彼女の父親はロンドンに連れてきた翌日から結婚相手を探していたはずだと答えるのは控えた。それよりブレイクに考えることができるのは、ミス・トゥイードを抱きしめ、身も心もとろけさせてすべてを彼に任せるようになるまでキスをしたいということだけだった。

運命のいたずらでこの家に魅力的な若い女性が現れるさだめなら、どうしてぼくが守らなければならない娘ではなく、奪うことができる娘にしてくれなかったのだろう。

ブレイクは首を振って、机の上の帳簿の山に目を落とした。まったくうんざりだ。

「もう寝るんだ、ミス・トゥイード。しなければならないことがたくさんあるのに、きみはぼくの邪魔をしている」

一瞬、ブレイクはミス・トゥイードが立ち去らないのではないかと思った。さらに何か別の話を持ちだす気がしたが、ありがたいことに彼女は背を向け、本を脇に抱えて憤然と部屋から出ていった。

「やれやれ」ブレイクは階段をあがっていく足音を聞きながらつぶやいた。

もしあらゆる被後見人がミス・トゥイードみたいに遠慮がなく、弁が立ち、おまけに欲望をかきたてる存在であったなら、若い女性の後見を引き受ける男などこの世からいなくなってしまうだろう。いまいましいのは、彼と対等であるかのように挑んでくる態度が魅力的に思えることだ。今どき、そうした勇気と自信を備えた女性がどれだけいるだろう。これまでパーティや舞踏会で踊った女性たちは、失言を恐れてほとんど話そうとすらしなかった。だが、ミス・トゥイードは違う。彼女は天使ですら踏むのを恐れるところに勇ましく踏みこんでくる。

ブレイクは背後の本棚に向きなおってブランデーを注ぎ、椅子に座った。そして酒を飲みながら、先ほどの出来事を思い起こした。ミス・トゥイードの髪に触れたとき、あやうくキスをしそうになった。キスがしたくてたまらなかった。もしあのまま彼女から離れなかったら、唇を重ねてしまっていただろうか。

ブレイクは静かに笑った。仮にそうだとしても、どうして自分を責められるだろう？　ぼくは美人も、刺激的な女性も大好きだ。そしてミス・トゥイードは、そのどちらにもあてはまる。とびきり魅力的だ。もちろん、彼女にキスをしたかった。ミス・トゥイードはこれまでに出会ったどんな女性よりも刺激的だ。

けれども、キスをしてはならない。いくらそうしたくても、いくら我慢できなくても、目下のところ彼女はぼくの庇護のもとにある。それゆえに、触れてはならない存在なのだ。思いどおりにことが運べば、コンスタンスがミス・トゥイードのシャペロンになって世話をしてくれる。そのあとはミス・トゥイードと会うことも、話すこともほとんどなくなるだろう。

ミス・トゥイードほどに美しく、有能で、頭のいい若い女性なら、喜んで手を差し伸べてくる男がいくらでもいるはずだ。

けれども、結婚相手は十分に吟味《ぎんみ》しなければならない。半端な男とは結婚させたくない。それにミス・トゥイードが秘めている情熱の激しさからして、年をとりすぎて彼女をベッドで幸せにできない男はお呼びではないだろう。

ブレイクはグラスを置き、弁護士からの手紙を手にとってそれに添えられていた書類に目を通した。ミス・トゥイードを貧乏人のように扱えないことがわかった。彼女が相続する遺産はかなりの額だ。どうやらこれまでの後見人たちは、その財産に手をつけたりしなかったらしい。もちろん、ミス・トゥイードの夫となる男にこの財産を食いつぶさせてはならない。彼女を賭博中毒や浪費家と結婚させるわけにはいかない。

彼はブランデーのグラスをとり、椅子に腰をおろした。チェスターフィールド卿はこう言った。〝女にはつまるところふたつの情熱だけしかない。虚栄心と愛だ。そのふたつこそが女に共通不変の感情なのだ〟

祖母によれば、チェスターフィールド卿はめったに間違えない——そして女性については決して間違えないという。

ブレイクの顔にゆっくりと確信に満ちた笑みが広がった。ミス・トゥイードに限っては、祖母の友人のこの格言はあてはまらない気がした。

彼は小声で笑った。いずれ、この警句をミス・トゥイードに話してみよう。

そのときの彼女の反応が楽しみだ。

5

最愛の孫、ルシアンへ

チェスターフィールド卿の賢明なる言葉を記します。〝思慮ある者は目と耳を使い、自分の前を通り過ぎていくすべてのことを覚えている〟

愛をこめて　レディ・エルダー

明るい光に、ヘンリエッタは深い眠りから目覚めた。彼女は名残おしげに目を開け、まばゆい光のほうに顔を向けた。窓にかかっていたカーテンを開けている女性の背中が見える。暗かった部屋に朝日が差しこんでいた。

細身のその女性は、深い薔薇色の上質そうな薄いベルベット生地のドレスをまとっていた。濃い鳶色の髪はうなじのあたりでシニヨンにまとめられ、しゃれた玉飾りの櫛でとめてあって、その櫛飾りが日差しにきらめいていた。

ヘンリエッタは肘をついて体を起こし、両手の甲で目をこすった。この二日間の記憶がよみがえってくる。揺れる馬車での長旅、かたくなな公爵とのやりとり。父が選んだ最後の後見人である公爵は、彼女を歓迎していないことをこのうえなくはっきりと伝えてきた。今はこうして彼の屋敷にいるものの、この先どうなるのかまったくわからない。

ヘンリエッタは、見知らぬ女性がカーテンを引いて壁の大きな真鍮のフックにかける姿を見つめた。使用人にしてはあまりに立派な服を着ている。この家を訪ねてきた別の客かもしれない。けれども、その客がわたしの部屋でいったい何をしているのだろう。

それに、よく考えればそんなことはありえない。寝ぼけていた頭がすっきりしてくると、ヘンリエッタは考えなおした。もう二日この家にいるので、誰か別の客がいたとしたらさすがに気づいているはずだ。

たぶんあの女性は、わたしがベッドに寝ているのが目に入っていないのだ。ヘンリエッタは咳払いをして呼びかけた。「失礼ですが、あなたはどなたですか？」

その女性は気持ちを整えるように深く息を吸いこんでから、ゆっくり振り向いて彼女を見た。そしてヘンリエッタが落ち着かなくなるほど長いあいだ、そのまま目をそらさなかった。何も答えぬまま、値踏みするようにじっと見つめている。けれども、ヘンリエッタのほうもそのあいだに見知らぬ女性を注意深く観察した。

きれいな肌をしていて、顔立ちも美しい女性だった。瞳は表情豊かな緑色、形のいい細い眉と整った顔。ヘンリエッタほど背は高くないが、ハイウエストのドレスに包まれた体は彼女よりも少しだけふっくらして見えた。首の傾け方やたたずまいが、いかにも自信に満ちた女性の雰囲気を漂わせている。

その女性は微笑もうともせず、かすかに小首をかしげた。「最初に名乗らせていただくわ。わたしはミセス・コンスタンス・ペッパーフィールドよ」

ネグリジェ姿でベッドに入ったままのせいで、ヘンリエッタは美しく冷静なこの女性の前で居心地の悪さを感じた。

「わかりました、ミセス・ペッパーフィールド。よろしければ、わたしの部屋で何をしているのか教えていただけないでしょうか？」

「あなたを手伝いに来たの」

「それはご親切に。でも、わたしにはもうメイドがおりますの」

ミセス・ペッパーフィールドは一瞬驚いた顔になったが、やがて口もとの緊張を解き、さとすように微笑んだ。「ふだん部屋のカーテンを引くのは使用人の仕事かもしれないけれど、勘違いしないで、ミス・トゥイード。わたしは使用人ではないわ」

「申し訳ありません。それは失礼しました」

ミセス・ペッパーフィールドがきっぱりとうなずいた。「気にしないでいいわ。わたしたちは十歳も年が離れていないと思うの、ミス・トゥイード。だからさっそくだけど、これからわたしのことはコンスタンスと呼んで。わたしはあなたをヘンリエッタと呼ぶから」

お互いにまだ正式に紹介されてもいないのに、それはいかにもぶしつけな要求に思えた。そもそもヘンリエッタには、この女性が何者で、ここでいったい何をしているのか、まったくわからなかった。

「わかったわ、コンスタンス」ヘンリエッタは戸惑ったまま答えた。「わたしに何かできることはあるかしら？」

「何もないわ。わたしが、あなたのためにいろいろとしてあげることになるの。ブレイクから、このあと社交シーズンのあいだ、あなたのシャペロンになるよう頼まれたわ。てっきり彼から直接か、使用人の誰かから、話を聞いていると思っていたのに」

シャペロン？　社交シーズン？

ヘンリエッタは、ロンドンの社交シーズンが何のためにあるのか知っていた——若い女性にふさわしい夫を見つけるためだ。そう考えたとたん、背筋に寒けが走った。どうやら、先日の夜に公爵が彼女に夫を見つけるつもりだと言ったのは本気だったらしい。そして彼はミスター・ミルトンの手紙を読んだあと時間を無駄にせず、すぐさま計画を実行に移しはじめたようだ。

どうすればいいの？

これまでの人生をずっと小さな村で過ごしてきたので、ロンドンの舞踏会やパーティには心がときめいた。シャンパンを飲んだり、夜明けまで踊ったりすることをずっと夢見てきた。でも……いつもそこにはためらいがあった。男性のことは何も知らないし、結婚願望などまったくない。若い女性の誰もが結婚を願うのが理解できなかった。とはいえ、たいていの若い女性は彼女のような育てられ方はしていない。ヘンリエッタは紳士を誘惑したり、たわむれたりといった機微には通じていなかった。そして何よりも望まないのは、また別の後見人か夫のところに放りだされることだった。

この数年間、ヘンリエッタは恋愛や夫や家族について考えたことはほとんどなかった。誰にも追いだされることのない、自分の家を持つことだけを心に描いてきた。

自分の人生には自分で責任を持ち、過去十二年のあいだ苦しめられてきた呪いから解放されること以外に望みはない。

落ち着かない気分のまま、ヘンリエッタは上掛けをはぐと、精いっぱい優雅にベッドからおりて服をつかんだ。

彼女は服に袖を通しながら答えた。「公爵の気配りはありがたく思うけれど、わたしみたいな年齢になればシャペロンはもう必要ないわ」

コンスタンスが信じられないとばかりに腕組みした。「あなたみたいな年齢？　もちろんそれは冗談よね」

「もうすぐ二十歳になるもの」

「まだ大人とは呼べないでしょう」

「でも、それこそわたし自身が誰かのシャペロンや家庭教師や話し相手《コンパニオン》になれる年齢だわ。公爵は、あなたを雇う前にわたしに相談するべきだったのよ」

コンスタンスは腕組みを解いてヘンリエッタに向かって近づいてきたが、威嚇するような態度ではなかった。ヘンリエッタを見すえ、噛んで含めるように話しはじめる。「いいこと？　第一に、これは気配りとかいった話ではなくて、絶対に必要なことなの。どうやらロンドンの社交界について教えなければならないことが、思っていたよりもたくさんありそうね。第二に、わたしは雇われているわけではないし、これまで雇われた経験もない。ここに来たのは、ブレイクのためよ。彼とは長いつきあいで、友人の頼みだからこそ引き受けたことなの。わかってもらえたかしら、ヘンリエッタ？」

コンスタンスが肩をいからせて首をかしげている姿からは、人生に対する揺るぎない自信がはっきりと伝わってきた。それに公爵の名前の呼び方で、ふたりが親密な間柄であることもよく理解できた。

「わかったわ、ミセス・ペッパーフィールド……コンスタンス。失礼なことを言ってごめんなさい」

「あなたが何も知らなかったのは承知しているわ。この街には来たばかりなんでしょう？　でも、ブレイクは望んだものは絶対に手に入れるということだけは覚えておくべきね」

公爵はわたしにこの屋敷から出ていってほしいのだ。そして明らかに、それを実現するもっとも簡単な方法は、手を差し伸べてきた最初の男と結婚させてしまうことだ。

ヘンリエッタは怒りを覚えた。どうすればあの公爵にわたしにふさわしい夫が見つけられるというのだろう。自分の机の整理整頓さえできないくせに。

しかしヘンリエッタは、コンスタンスに対してはこう言うだけにした。「公爵ですもの、それが当然なんでしょうね。公爵という立場にはとても力があると教わったわ」

「たしかにそれがごく普通の考え方でしょうけど、そういうことではないの。ブレイクは普通の公爵とは違う。それは、そのうち自分の目で確かめられるわ」

コンスタンスはヘンリエッタの返事を待たずに背を向け、衣装だんすに近づいて扉を大きく開けた。

彼女が最初に引っ張りだしたのは、水色の旅行用のドレスと、それに合わせた外套だった。コンスタンスはそれを手にとって確かめながら言った。「ここに来る前に、あなたのメイドにホットチョコレートとトーストを持ってくるよう頼んでおいたわ。ふだんあなたはお昼前には起きないと教えられたけれど、今日はしなければならないことがたくさんあるの。メイドがそろそろ来るはずよ」

ヘンリエッタはいつも明け方近くまで本を読んでいるので、早起きは苦手だった。このふた晩も『禁じられた小径』をベッドに持ちこんでいた。だが実際はそれを読むよりも、ひと筋縄ではいかない公爵と、結婚相手を見つけるという彼の発言について考えている時間のほうが長かった。

「これはだめだわ」コンスタンスがドレスを床に落とした。

彼女は衣装だんすのなかにある別のドレスをつかみ、それも同様にすぐさま投げ捨てた。何が起きているのかよくわからないまま、ヘンリエッタは呆然と立ちつくした。コンスタンスが服をとってはちらりと眺め、即座にそれをまた投げて床に服の山ができていくのを見つめるばかりだった。

ペギーが二日かけてすべてきちんとたたんでしまったのに、この女性はいきなりその服をぶちまけて部屋をめちゃくちゃにしようとしている。

ヘンリエッタはショックから立ちなおると呼びかけた。「お願いだからやめて！　わたしの衣装だんすを空にする理由はないはずよ」

けれどもコンスタンスはケープにスリップ、ボンネット、手袋を次々にとりだしては、それぞれにちらりと目をやっただけで残りのものと一緒に床へと落としていった。

ヘンリエッタは服の山に駆け寄り、コンスタンスが足もとに落とすのに負けない速さで拾いはじめた。しかしすぐに腕いっぱいになって、それ以上抱えきれなくなってしまった。

「こんなひどいことはやめて。どうかしているわ。お願い、コンスタンス、わたしの大切な服を乱暴に扱うのは今すぐやめて」

コンスタンスが肩越しにヘンリエッタをちらりと見た。「そうできればどれほどいいか。でも、ここにあるドレスや小物はどれひとつとして……」言葉を切り、すりきれてはいるがまだ使える手袋を差しあげてから、それも床に放り投げた。「どれひとつとしてロンドンの社交界では通用しない。ブレイクの被後見人が人前で着るのにふさわしいものは一枚もないわ」

腕に抱えている服の山があまりに大きくなって、ヘンリエッタはもはや前が見えなかった。

「どういう意味？　どれも去年仕立てたばかりなのに。どの服も素敵で完璧だわ」ヘンリエッタは二枚の黒いショールと、大切な金色のベルベットの手提げ袋《レティキュール》が床に捨てられるのを見ながら言い返した。

「こんな古風なドレスを着ていたら……。どこだか知らないけれど、あなたがこれまでいた小さな村では申し分なかったでしょうね、ヘンリエッタ。でもロンドンで暮らすのであれば、こんなものはまるで使いものにならないの。いい？　これからはブレイクの評判も考えなければならないのよ」

「どういうこと？」

「もし公爵の被後見人が貧乏人みたいな格好をしていたら、きちんと気にかけてもらっていないと思われて、彼が非難されるはめになるの。こんな服では、招待されたどんな屋敷でも舞踏会でもパーティでも認めてもらえない。古くさくて流行からはずれた服を着ているのを見られたら、間違いなく笑いものになってこの街にいられなくなるわ」

コンスタンスは、ヘンリエッタの両手からあふれそうな服の山を示した。「そもそもその前に……」

まだあるの？

「ほとんどの服の色が、あなたの肌の色には淡すぎるか、くすみすぎよ。デザインにしても、あなたのように若くて美しい人が着るには年寄りじみているわ」

ヘンリエッタは、コンスタンスが着ている薔薇色のドレスを見た。軽そうなベルベットの生地は、ヘンリエッタがこれまでに見た最高のシルクよりもやわらかくて上等そうに見える。襟ぐりと袖につけられた細かいレースの飾りは繊細で、とてもきれいに縫いつけられていた。

ふいに、コンスタンスが何を話しているかわかった。これまで毎年新しい服を仕立ててきたが、そのどれひとつとしてコンスタンスが着ているドレスのように最高の生地やレースは使われていなかったし、細かいところまで手がこんでいるわけでも、流行のデザインでもなかった。

ヘンリエッタはこれまでずっと、ドレスや服やそれに合わせる手袋やショール、ボンネットといったものを人並み以上に持っていると思ってきた。これまでの後見人はみな、彼女が折々にふさわしい服を着ることができるよう気を配ってくれた。ただ、そのどれひとつとしてコンスタンスの目にかなうほど上等でも、しゃれてもいなかった。

腕に服の重みがのしかかって痛みはじめた。ヘンリエッタはそれをベッドに落とした。

「でも、どの服もとてもいい状態だわ。このまま捨てるなんてできない」

コンスタンスは背の高い衣装だんすの扉を閉め、そこに優雅にもたれかかった。「もちろん捨てたりしないわ。そうすべきだとも思わない。流行遅れの服を引きとって、贅沢ができない人たちのためにつくりなおす小さな店があるの。あなたにはもう必要ない服であっても、たくさんの女性の役に立つはずだし、そうした人たちが手に入れられるようにできる。でも新しい服を仕立てたあとは、あなたはもうどれも着ることはないわ」

服がごみとして捨てられるのではないとわかったのは、せめてものなぐさめだった。

コンスタンスはヘンリエッタに返事をする間も与えずに話しつづけた。「あなたを一度裸にして、すべての服を一から用意してあげなければならないみたいね。そのためにどれほどお金がかかるか、ブレイクが理解していることを願うわ」

ヘンリエッタは身をすくめた。「公爵がわたしのためにお金を使う必要はないわ。自分の服の代金は自分で払える。わたしにはとてもたくさんの遺産があるから」

「それは結構ね。でもその遺産は、大切な持参金として役に立つわ。それに、今後は物事がそんなふうには運ばなくなるの。今ではあなたの問題は公爵の責任なのだから。まだわかっていないようだから言っておくけど、ブレイクは望んだものはすべて手に入れる。それは覚えておいて」コンスタンスがにんまりする。「それに、勘定をすべて彼のつけにして買い物をするのは、きっととても楽しいわ」

ようやくヘンリエッタは、コンスタンスといくら言い争っても無駄だと悟った。

「あなたが朝食をとって着替えたら、仕立屋へ行きましょう。わたしたちが行くことは前もって伝えてあるから、女主人が即座にあなたのドレスにとりかかってくれるはずよ。彼女は公爵を喜ばせたがっている。たくさんのものを急いで用意したいから、ほかの店や帽子屋にも必要なら協力を求めるよう言うわ。再来週末までに服をそろえなければならないの。もう社交シーズンは始まっているし、あなたをパーティに出席させるまでにあまり時間がない。ブレイクの庇護を受けていることが知れたら、すぐに山ほど招待状が届くはずよ。もちろん、どのパーティや舞踏会に出席すべきかはわたしが決めてあげるわ。たぶん、最初のうちはひと晩にひとつのパーティだけに行くようにして、できる限り謎めいた雰囲気をつくるのがいいかもしれない。誰に〈オールマックス〉に招待してもらうかは、とりわけ慎重に考えなければならないわ。知ってのとおり、あそこの店は社交界のなかでも選りすぐられた人だけしか入れないの。そうね、まだまだ言いたいことはたくさんあるけれど、さしあたってはここまでにしておくわ」

ええ、お願いだからもうやめて。ヘンリエッタは哀れっぽく訴えそうになった。

頭のなかが混乱している。コンスタンスはこれまでに世話になったどんなシャペロンとも違う。まるで摂政皇太子の軍隊の将軍だ。もしナポレオンがワーテルローで敗れていなかったとしても、彼女ならひとりでその軍隊を負かすことができそうだ。

「わたしの指示にきちんと従ってくれさえすれば、わたしたちはとてもうまくやっていけるわ、ヘンリエッタ。力を合わせて、あなたが最高の印象を持たれるようにするのがわたしの役目よ。これからは、ロンドンでいちばんハンサムで、いちばんお金持ちの紳士たちと会うことになる。爵位のある男性の目にかなう可能性だってある。もう社交シーズンが始まっているから、婚約したカップルがもういるかもしれない。でも、きっとあなたにふさわしい相手を見つけてあげるわ」

ヘンリエッタは、コンスタンスの声を頭から締めだした。もう婚約が決まった人もいるかもしれないと聞いて、かすかな希望の光がともった。もし公爵が同意もなく無理やり結婚はさせないという約束を守ってくれるなら、紹介された相手を片っ端から断ってしまえば、次の社交シーズンまで時間を稼いで、そのあいだに結婚という考えに慣れることができるかもしれない。

パーマー卿が数週間前に亡くなってからというもの、ヘンリエッタの心にあったのはただひとつのことだけだった。新しい後見人を説得して、遺産を自由にできることを認める書類に署名させることだ。

コンスタンスがまだしゃべっているところに、ペギーがホットチョコレートとトーストを持って入ってきた。ペギーは床とベッドに散らばっている服を見るなり、驚いて目を大きく見開いた。

「やっと朝食が来たわね」コンスタンスが言った。「よかった。もう午前の半分を過ぎてしまったわ。あなたが食事と着替えをするあいだ、席をはずしているから。せかすつもりはないけれど、無駄にできる時間はないの。下の客間で待っているわね」

コンスタンスはベッドに積みあげられた服の山に近づき、そのなかから銀青色のレースがついた淡い灰色のモーニングドレスを選んで脇に置いた。

「このドレスを着て。いちばん似合う色ではないけれど、今日のところはこれでいいわ」そう言うと、薔薇色のスカートを華麗にはためかせながら出ていった。

ペギーがチェストにトレイを置き、両手を腰にあてて散らかった服をにらみつけた。

「あの人は誰なんです、ミス・ヘンリ？　それにこの服はいったいどういうことですか？」

「彼女はミセス・コンスタンス・ペッパーフィールド。新しく決まったわたしのシャペロンよ」

「まあ、どうしてシャペロンを頼んだんです？　わたしがいるじゃないですか」

「コンスタンスは公爵がわたしのために選んだ人なの。むくれないで、ペギー。彼女はあなたの仕事を奪ったりしないから安心して。あなたを辞めさせたりしないわ。そんなことはわかっているでしょう」

「でもあの人は今朝、厨房にいきなり入ってきて、まるでわたしがお嬢さまではなく自分のために働いているみたいに指図しはじめたんですよ。ミス・ヘンリは朝早くに起こされるのが好きじゃないって言ったのに、食事を運ぶようにって言い張って」

「いいのよ、ペギー。ミセス・ペッパーフィールドが何か決めたら、誰にも止められないと思うわ」

「でも、どうして服を全部引っ張りだしたりしたんです？　わたしのしまい方が気に入らなかったんですか？」

「おかしなことを言わないで。もちろん満足していたわ。あなたはいつもどおりきちんと仕事をしてくれた。これは将軍の……つまり、ミセス・ペッパーフィールドのせいなの」

「こんなことをされるほど怒らせるなんて、お嬢さまはいったい何を言ったんです？」

ヘンリエッタは衣装だんすとベッドのあいだの床に散らばっている手袋やケープやドレスをもう一度見て微笑んだ。「コンスタンスは怒ってこんなことをしたんじゃないの、ペギー。わたしの服がロンドンの社交界にはふさわしくないと思っていて、すべて新調するつもりなのよ」

ペギーはまたしても目を大きく見開いた。「あの人には気をつけたほうがいいです、ミス・ヘンリ。ものすごく意地悪ですよ、きっと」

「コンスタンスは意地悪じゃないわ」ヘンリエッタは笑った。「ただ、こうと決めたら譲らず、何をするにも徹底しているだけ。当面は言うとおりにするしかないみたい。さあ、熱いうちにこのホットチョコレートを飲んで、コンスタンスがしびれを切らす前に着替えないと」

「わたしは納得できません」ペギーが服を拾いはじめた。「他人の持ち物に対する敬意が足りませんよ」

ヘンリエッタは急いで朝食をとり、コンスタンスが選んだモーニングドレスに着替えた。それは最高のドレスではなく、コンスタンスの言うとおりいちばん似合う色でもなかった。でも、すぐに新しい服を身につけるのだから、今は何を着ようが問題ではないということだろう。

階段をおりても玄関広間に人の気配はなく、屋敷のなかは静かで、廊下のずっと先からくぐもった話し声が聞こえてくるだけだった。ヘンリエッタは客間をのぞいたが、コンスタンスはいなかった。ヘンリエッタはもう一度廊下に目をやり、話し声が書斎から聞こえてくることに気づいた。公爵とコンスタンスが話しているとしたら邪魔をしたくないので、爪先立ちになって歩いて開いたドアにそっと近づき、つかのま耳を澄ましてみた。

「ヘンリエッタがすぐにおりてきて、飲み物をいただく時間がないことを願うわ、ブレイク」コンスタンスが話している。「でも、勧めてくれてありがとう。あの子としなければならないことがたくさんあるけれど、そのための時間があまりにも少ないの。これが、あなたにお願いしたいことのリストよ」

紙がこすれる音が聞こえた。

「リストのいちばん下に書いてある店で、ヘンリエッタの名前でつけがきくようにしてもらいたいわ。それと彼女のために、四頭の行儀のいい馬に引かせる、贅沢だけれど派手すぎない馬車を用意してほしいの。御者と従僕もきちんとした男を選んで、しゃれた制服を着させること。もちろん、ヘンリエッタだけに仕えさせるのよ」

ヘンリエッタは思わず声に出してあえぎそうになった。そっと一歩さがったが、コンスタンスの途方もない要求にふらついてしまった。四頭の馬が引く馬車に、御者と従僕ですって?

「どれも当然の要求だ。すぐに手配しよう」公爵が答えた。

「今日のうちに必ず手配してほしいの、ブレイク。もしヘンリエッタを再来週末までに最初のパーティに出席させたいなら、遅れは許されないわ」

「わかった。任せてくれ」

コンスタンスが物事を先延ばしにしがちなブレイクウェル公爵の性格を心得ていることに、ヘンリエッタはショックを受けずにはいられなかった。運がよければ、自分の結婚相手探しもあとまわしにされて、手つかずのままになるかもしれないと踏んでいたのに。

「わかっているでしょうけど、社交シーズンが終わる前にヘンリエッタをちゃんとした相手と婚約させるためにはお金がかかるわ。それはいいわね?」

「もちろん。金は必要なだけ使ってくれ。ミス・トゥイードをきちんと世話していないと思われるのが何よりも困る」

「素晴らしいわ。それともうひとつ、あなたにはわたしたちと一緒にすべてのパーティに出てほしいの」

椅子のきしむ音が聞こえた。「そこまでする必要があるかな?」

「当然よ。どのパーティでも、あなたが必ず彼女と最初のダンスを踊るべきなのだから。ヘンリエッタに求婚する男性には、彼女があなたの保護と指導を受けているだけでなく、愛情も注がれていることを知らしめなければならない。そのために、ヘンリエッタをあなた自身の娘のように扱う必要があるわ。そして、彼女の評判をほんの少しでも傷つけたら決して許さないとあなたが考えていることをみんなに伝えるの。もし社交シーズンの終わりまでにヘンリエッタをふさわしい相手と結婚させたいなら、これだけは譲れないわ」

社交シーズンの終わりまでに結婚? 残りほんの数週間しかない。ヘンリエッタは現実を突きつけられて打ちのめされた。

ヘンリエッタにとって夫を持つことの唯一の利点は、自分の家ができるということでしかない。結婚すれば、数年おきにそれまでいた場所からどこか別の村へ、別の家へ、別の後見人のもとへと追いだされることはなくなる。けれどもこれまでは、誰かの妻になることなど考えもしなかった。どの後見人も、結婚しなければならないとほのめかしたことすらなかった。

「これでひととおり決まったかしら?」コンスタンスが尋ねた。

「完璧だ」

「よかった」コンスタンスがため息をつく。「ねえ、ブレイク、これまで誰かのシャペロンをした経験はなかったけれど、このあいだの夜あなたから頼まれたあとしばらく考えて、引き受けてもいいかもしれないと思うようになったの。そうすれば、自分の結婚相手を探すためにパーティに出る以外にもすることができるから」

「結婚相手を探すだと? コンスタンス、きみは裕福な未亡人としての自由を楽しんでいるのかと思っていた」

やわらかく女らしい笑い声が響くのが聞こえた。

「楽しんでいるわ。これまで楽しんできたし、これからも楽しむつもり。あなたならよく知っているでしょうけど、今のこの立場はとても快適よ。それでもときどき、また結婚して夫といろいろなことを分かちあうのもいいかもしれないと思うことがあるの。ただ、そのときには亡くなったあの人よりもずっと若い相手がいいわ。もうつらい思いはしたくないから」

「コンスタンス、きみは美しくて頭もいい。きみならどんな男とでも結婚できるだろう。誘いに応じる用意があることを態度に表しさえすれば、すぐにも手をあげる男を何人も知っている」

「たぶん来年には」

ヘンリエッタは、ふたりの個人的な会話を耳にして落ち着かなくなった。自分が話題になっているあいだは聞く権利があると思えたが、今は違う。彼女はゆっくりとドアからあとずさり、客間へと戻りはじめた。

どうしたらいいだろう。話が終わってコンスタンスが自分を捜しに来るまで客間にいるべきだろうか？　それとも、書斎にまた戻って出かける用意ができたことを伝えるべきだろうか？

ヘンリエッタはそれ以上考えるのをやめ、きびきびとした足取りで廊下を戻り、書斎に近づいてドアをノックした。机の向こうに座っている公爵を見るやいなや、心臓が激しく打ちだした。彼があまりにハンサムなせいで、言おうとしていた言葉を忘れてしまった。淡い茶色の髪、灰色がかった茶色の瞳、のみで彫ったような彫りの深い顔立ち、清潔な白いシャツと美しく結ばれたクラヴァット、そして濃い色の上質な上着。

とても素敵だ。

書斎で机を前にして座っているのを見つかったあの夜以来、公爵とは顔を合わせていなかった。

ヘンリエッタは余裕たっぷりに微笑みかけたが、実のところは生まれてこのかた、このふたりほど気おされる相手には会ったことがなかった。「ここから声が聞こえた気がしたんです。おはようございます、閣下、コンスタンス。お話の邪魔をしてしまってごめんなさい」

公爵はすぐに立ちあがった。「おはよう、ミス・トゥイード。この家の居心地はどうかな?」

「おかげさまでとても快適です、ありがとうございます」

コンスタンスも立ちあがった。「ヘンリエッタ、すぐに着替えておりてきてくれてうれしいわ」公爵に向きなおった。「先ほど頼んだことを忘れずに手配してね」

「すぐに段取りをつけるよ」

コンスタンスが満足げなため息をついた。「よかった。それでは、わたしたちは出かけるわ。行きましょう、ヘンリエッタ」

「ちょっと待ってくれ、コンスタンス」公爵が呼びかける。「きみたちが出かける前に、ミス・トゥイードとふたりきりで話したいんだ。かまわないかな?」

ヘンリエッタは驚いて公爵とコンスタンスを見た。コンスタンスのこわばった表情を見れば、ブレイクウェル公爵がヘンリエッタとふたりきりで話したがるとは思ってもいなかったことがわかる。

「もちろんかまわないわ。わたしはケープと手袋をとってきて、ボンネットをかぶっているわ。玄関広間で待っているわね」

コンスタンスはそれ以上何も言わず、ヘンリエッタにも公爵にも視線を向けずに部屋を出ていった。

ブレイクウェル公爵が机の前に出てきて、ヘンリエッタのすぐそばに立った。公爵には、彼女がこれまでにほかのどの男性からも受けたことがない威圧感があった。いくら冷静でいようとしても息が浅くなり、胸の鼓動が速くなり、胃のあたりが落ち着かなくなってしまう。これまでどんな男性に対しても、こんなふうに感じたことはなかった。なじみのない感覚にヘンリエッタは戸惑い、同時に魅せられてもいた。

ブレイクウェル公爵がかすかに笑みを浮かべて彼女の目をのぞきこんだ。「本当にぼくたちの邪魔をしたことを申し訳なく思っていたのかな?」

「もちろんです。わたし――」

ふいに公爵の指先が唇にあてられ、ヘンリエッタは動けなくなった。予期せぬ興奮の炎が燃えあがって頬を熱くし、全身に広がっていく。彼の愛撫はやさしく、ショックを受けるべきなのに逆に心を癒してくれた。

「覚えているかい? きみが真実を否定するのがあまり上手でないことはもうばれているんだよ」

公爵は話しながら指先でヘンリエッタの唇をゆっくりとやさしくなぞり、そのあいだずっと彼女の顔を見つめていた。彼に触れられているせいでしゃべることができず、ヘンリエッタは無言でうなずいた。

もちろん、覚えていた。本当はブレイクウェル公爵あての手紙を読みたくてたまらなかったのに、そんな誘惑には駆られなかったと答えてしまった。

「きみはとても静かにしていたが、あそこにいることはわかっていた」

ブレイクウェル公爵は指をヘンリエッタの唇から離し、顎にそっとあてて自分のほうを向かせた。彼の手は髭剃り用のせっけんの香りがした。公爵の穏やかな目を見つめているうちに、ヘンリエッタのせつなげな息は静まり、両肩から緊張がとれていった。彼がこうして近くにいると、妙に心が落ち着く。

「どうしてわたしがあそこにいるとわかったんです？」

ブレイクウェル公爵は指でもう一度ヘンリエッタの唇をなぞってから、その手を離して名残おしげに一歩離れた。「この家で何が起きているのかわからなかったら、主人失格だ。そうだろう？」

ヘンリエッタはかぶりを振り、大きく息を吐きだした。「どれほど身動きしないでいても、あなたには気づかれてしまうとわかっているべきでした」

「机を片づけて手紙を整理してくれたことに礼を言いたかった」

「つまり、わたしのさしでがましい振る舞いをもう怒ってはいないのですか？」

ブレイクウェル公爵はくすくす笑い、ヘンリエッタの顔全体に視線を走らせてからすぐまた目を合わせた。「ああ、怒っていない。実のところ、きみのおかげでずっとたまっていた仕事がとてもはかどったよ」

ヘンリエッタは、ほっとして微笑んだ。「お役に立てたのならうれしいわ。あまりにたくさんのものがあったので、どこから手をつけたらいいか迷いました。秩序は物事の見通しをよくする……そう思いませんか？」

公爵が笑った。「ああ。ただ、それはチェスターフィールド卿の言葉に似すぎている気がする。ぼくはあの男とはまったく意見が合わないんだ」

「もちろん冗談でしょう。チェスターフィールド卿はあらゆる紳士が理想とする人物のはずです」

「だからこそ気に食わないんだ。ぼくはむしろ、女性が理想とする紳士でありたい」

「でも、チェスターフィールド卿は完璧な紳士になる方法の達人だったのでは？」

「どんな女性が完璧な男性を望むというんだ？」

ヘンリエッタは微笑んだ。公爵と軽口をたたきあえるなんて。「あなたはとても頭のいい方ですから、いっそご自分で男性に関する本をお書きになったら？」それは正直な気持ちだった。

ブレイクウェル公爵は軽く笑った。「いいかい、ミス・トゥイード、きみはときとしてあまりに無邪気で、あまりに――」

「年寄りくさいでしょうか？」

「いや、年寄りくさくはない。賢すぎると言いたかった。たくさん本を読んでいるからという単純な理由からかもしれないが」

「そのとおりだと思います」

「さあ、もう行ったほうがいい。コンスタンスをあまり待たせたくない。ぼくにさせたいことをさらに思いついてしまうかもしれないからね。すでにして要求が多すぎて、そのすべてに応えるためには午前中いっぱいかかりそうだ」

「次に読む本を選ぶために、ここにまた来てもいいですか？　あのあと、ここに入るのをためらっていたんです」

「もちろんだ。好きなときに入って、好きな本を持っていけばいい」

「うれしいわ」

公爵は机に注意を戻した。ヘンリエッタはさらに一瞬だけ彼を見つめてから、部屋を出た。ブレイクウェル公爵に触れられたときの奇妙で素晴らしい感覚が何だったのか理解しようと努めながら。

6

最愛の孫、ルシアンへ

チェスターフィールド卿のとても賢明な言葉にこのようなものがあります。〝人生でもっとも大切なことのひとつは礼節だ。礼節とはすなわち、適切なことを適切な場所でおこなうことである。多くの物事が、あるときある場所では適切でありながら、それとは別のとき別の場所ではきわめて不適切になりうるからだ〟

愛をこめて　レディ・エルダー

ブレイクは約束どおり、コンスタンスに頼まれたヘンリエッタのためのさまざまな準備をさせるため、すぐにアシュビーを出かけさせた。ブレイク自身は馬車に乗り、弁護士の事務所に向かう途中だった。座席の両側には、弁護士に渡す帳簿が置かれている。ヘンリエッタが机をきれいに片づけてくれたおかげで確認を終えることができた。弁護士との打ちあわせのあと、数日前にいとこたちと話しあったとおり、ギビーを訪ねて今度はいったい何に手を出そうとしているのか確かめるつもりだった。

馬車が石畳の通りを揺れながら進むあいだ、ブレイクは向かいの座席に靴を履いたままの足を投げだして、クッションに頭をもたせかけていた。気持ちを整理して、中心街までの十分ほどのあいだ、ひとり静かな時間を楽しもうとしていたのだが、悩ましいことにヘンリエッタのことが思い浮かんでしまった。

ヘンリエッタにどうしようもなく惹かれていた。それも、ベッドに誘いたい相手として。彼女は誘いかけるようにまつげをひらひらさせたり、手に持った扇《おうぎ》で笑った顔を隠したりしない。女性たちが注意を引こうとしてよくやるように、わざと小さな声で話したりもしない。なのにこんなふうに気がそそられてしまうなんて、どうかしている。ひょっとしたら、許されない相手だからこそ、いっそう惹きつけられてしまうのだろうか。

ブレイクは弁護士の手紙を念入りに読み、ヘンリエッタが本当に自分の被後見人なのだと納得した。そうとなれば、恋愛感情など抱けない。自分の唯一の役割は、ヘンリエッタが結婚するまで守ることだ。

たとえば彼女が貧しい親戚であったなら、話ははるかに簡単だっただろう。その場合は何ポンドか渡し、家庭教師か世話係といった適当な仕事を探すのを手伝ってやり、あとは本人任せにするだけで何の問題もなかったはずだ。けれどもヘンリエッタは、ただの身寄りのない娘ではない。美しいだけでなく、相当な財産も持っている。ミルトンの説明によれば、彼女の父親は海運業を起こし、東洋の香辛料の取引で財をなしたという。遅い結婚のあとドーヴァーに居を構えたらしく、ヘンリエッタは彼のただひとりの子供だった。

そしてヘンリエッタの父親は、娘の後見人をたしかな目で選んでいた。これまで誰ひとりとして彼女が相続した財産に手をつけた者はなく、それどころか何人かはその資産を増やしさえしていた。ヘンリエッタはどんな男性にとっても――それこそ立派な身分の男にとっても、申し分ない結婚相手になる。

それにしても、若い女性のために夫を探すなんて、あまりに思いがけない展開だ。なんという運命のいたずらだろう。

ブレイクはその皮肉さに笑ってしまった。

ただ、ヘンリエッタに伝えた感謝の言葉は、心からのものだった。思いがけないことに、机がきれいに片づいているのを見ると、腰を落ち着けてずっと先延ばしにしてきた雑務を終えてしまおうという意欲がかきたてられた。おかげでこの二日のあいだに机の上にあったすべての手紙を読み、返事を書き、帳簿の確認までできた。

ヘンリエッタがブレイクの家に来てからまだ二日しかたっていないのに、すでに彼の人生はいい方向に――同時に悪い方向にも――変わっていた。そう、机の上から手のついていない書類はきれいになくなったが、その一方で絶対に自分の愛人にはならない女性のために馬と馬車、それに服まで買おうとしている。

求められたことに応じて、後見人としての役割を真剣に果たそう。ただ、それが簡単とは思えない。

朝に触れたヘンリエッタの唇の甘い感触がよみがえってきた。ブレイクは指をこすりあわせ、そこにあたっていた唇の余韻にひたった。いったいどうしてあんなことをしたのかわからない。そうせずにはいられなかった。これまでは、いつだって自らの望むままに行動してきた。

ヘンリエッタが大人びた自信を漂わせてこの屋敷にやってきたあの日から、ブレイクは彼女に魅せられていた。たしかにきれいな顔立ちだが、彼を惹きつけたのは美しさではない。落ち着いた物腰、ブレイクに向けられたまなざし、彼に挑み自分の意見を通そうとする態度。呪いのせいでブレイクの身に危険が降りかかると本気で心配していることさえもが、魅力的に感じられた。

それでも、ヘンリエッタに触れるべきではなかった――とりわけ唇には。彼女の唇はやわらかく、ブレイクにされるがままになっていた。ふっくらして、濃いピンク色で、美しい形をしていた。彼はその唇にキスをしたくてたまらなかった。そう、ブレイクの机に座って手紙を仕分けているのを見つけたとき、キスをしたくなったのと同じように。しかしありがたいことに、欲望に流されてしまう前にかろうじて理性をとり戻した。ただ、ふたりのあいだに距離を置くためには、意思の力を振り絞る必要があった。

馬車が大きく揺れて止まると、ブレイクは目を開けた。ヘンリエッタに早く結婚相手を見つけなければならない。彼女を心のなかから、そして屋敷から追い払わなければ。このまま感情に任せて突き進んだら、ヘンリエッタの評判を損ない、自らの自由を脅かす危険きわまりない状況にはまってしまう。


数時間後、ブレイクはいとこたちと長年利用している小さな紳士用のクラブ、〈ハーバー・ライツ〉を訪れていた。ロンドンでいちばん人気のクラブといえば〈ホワイツ〉だが、爵位を持つ男たちのあいだでは、もっと小規模で会員を限定したこまやかなもてなしが期待できるクラブが人気だった。

ただ、午後ずっと弁護士と過ごしたあと、ブレイクがあまり知られていない〈ハーバー・ライツ〉を訪れた理由は別にあった。サー・ランドルフ・ギブソンと会うためだ。ギビーは夜のパーティに顔を出す前に早めの夕食をとるとき、よくこのクラブを使う。ギビーは年老いた今も、社交をこよなく愛していた。

かつてギビーはブレイクたちに対して、結婚したいと思えるほどに愛した女性は彼らの祖母のレディ・エルダーだけだと話したことがある。しかし祖母は子爵か伯爵との結婚を望んでいたためにギビーをこばみ、実際にのちに爵位を持つ相手と結婚した。しかしギビーはそのあとも彼女が亡くなるまで友人でありつづけ、自身はいまだに独身を保っていた。

ブレイクにとって、ギビーはこれまでの人生でいつもそばにいる家族のような存在だった。ただそれは、ギビーがレディ・エルダーの三人の孫息子以外に親しい友人がいないということではない。彼は上流階級の人たち、とりわけ未亡人たちのあいだで絶大な人気を誇っている。女性たちは舞踏会ではダンスを、ハイドパークでは午後の乗馬を、そしてギビーが所有するオペラのボックス席に招かれることをいつも求めていた。

ビリヤードやカードの部屋と図書室をすばやくのぞいたあと、ブレイクはギビーがバーの奥にある窓際の席に座っているのを見つけた。テーブルには空の皿とポートワインのグラスが置かれている。彼の丸い顔とがっしりした肩に、ひと筋の日の光が降り注いでいた。銀髪が夕日を浴びて輝き、実際の年齢よりもずっと若く見せている。いつもながら服装は非の打ちどころがなく、輝かしい若さをとうに失った今も颯爽《さっそう》としていた。

ブレイクはしばらくその場に立ったまま、ギビーが窓の外を眺めて微笑む様子を見つめた。彼の邪魔をしたくはなかった。外の通りの何かに目をとめて楽しんでいるようだ。そんな姿を見ていると、結婚せず家族を持たなかったことをギビーは後悔していないのだろうかと思わずにはいられない。ギビーにとってはブレイクたち三人がもっとも家族に近い存在であり、彼らもギビーをずっとお気に入りの祖父のように思ってきた。

またしてもブレイクはヘンリエッタのことを、そして彼女には助けを求めることができる家族がまったくいないことを思いだした。ヘンリエッタが頼れるのはぼくだけなのだ。

ギビーが窓から振り向いたのを見て、ブレイクはそばに近づいた。ブレイクがテーブルの向かいの椅子を引いて腰をおろすと、ギビーは目をきらりと輝かせ、眉間に皺を寄せた。

「誰か別の者のためにその席をとってあるのだとしても、きみはおかまいなしなのだろうな」

「まったく気になりませんね」

「そうだと思ったよ」ギビーは両手で空の皿を脇に押しのけると、ポートワインのグラスを手もとに引き寄せた。「しかたがないな。何を飲む？」彼は給仕に合図をして呼んだ。

「エールを」

ギビーが給仕に注文を伝え、ブレイクに向きなおった。「それで、ここには何か大切な用事があって来たのかね？　それとも、またわたしの個人的な問題に口をはさみに来たのかね？」

「誰かがそうする必要があるとは思いませんか？」

「まったく思わん」

「もしレイスとモーガンから聞いた話が本当なら、あなたは面倒ごとに巻きこまれずに生きる知恵をなくしたように見えますね」

「面倒ごとだと？　やれやれ、世の中の老人がみなわたしみたいに幸運で、いちいち気を配ってくれる暇な若者が三人もいたらどれほどいいか。きみたち三人のおかげで、わたしのような頭の悪い者もロンドンでずっと安全に暮らせるだろう」

ブレイクは笑った。「まったく、少しは感謝したらどうなんですか?」

彼らがいつも気にかけているのをギビーが内心喜んでいることはわかっていた。たとえお節介は迷惑だとばかりに振る舞っているとしても。

ギビーは微笑んで椅子に背を預け、えらそうに胸を張った。「人の見方はそれぞれということだ」

「もしぼくたちがあなたの世話をしなくなったら、いったい誰がしてくれるというんです?」

「自分のことは自分でできるのが幸せなんだ。そんなこともわからんのかね?」

ブレイクは笑いともため息ともつかない声をもらした。この洒脱《しゃだつ》な老人と冗談を言いあうのは楽しかった。ギビーの父親は一七七〇年代、まだイングランドが太平洋を越えて植民地を支配していた時代に海運業で財をなした。彼自身は海の商人として築いた富で楽しむことなく世を去ったが、息子であるギビーは父親の商才のおかげで大いに恵まれた生活を送ることができた。ギビーは大変な資産家であり、国王に協力したことで数年前にはナイトの称号を授与されていた。しかし最近、ギビーは怪しげな事業への投資話にくり返し引っかかっていて、ブレイクたちはそれを心配していた。

「教えてください。あなたに気球に投資するなどというくだらない考えを吹きこもうとしている悪党はいったい何者なんですか？」

「きみにその話はしたくないね」

「へそを曲げないでください、ギビー。まったく、そんなでたらめな計画を考えつくなんて、よほど頭がいかれた男に違いない」

ギビーが指を一本立てて、目をきらめかせた。「そらそら！　きみの話にはすでに間違いがあるぞ。きみたちお節介焼きが、わたしの行動のすべてを知っているわけではないことがわかってうれしいよ」

ブレイクは警戒の目でギビーを見つめた。「どういう意味です？」

「気になるだろう？」

「非常に」

「そいつは痛快だ」

「いいですか、ぼくたちがこうしてあなたを気にかけていることに感謝してくれませんか。これまでも一度ならず、あなたが魂《たましい》を悪魔に売り渡しそうになるのを救ってきた。なぜかあなたを放っておけないんです」

「ああ、ああ、わかっている」ギビーがぼやいた。「その愚痴は前にも聞かされた。もし守護天使ならぬ過保護天使の三人がいなければ、わたしは今ごろ債務者監獄か、救貧院にいるだろう。なけなしの財産を守ってくれるきみたちには、足を向けて寝られんよ」

ブレイクはにやりとした。まったく、年をとってもこの頑固者は本当に口が達者だ。「ぼくたちは〝過保護天使〟ですか？」

「わたしのお気に入りの、チェスターフィールド卿の造語だよ」

ギビーは、レディ・エルダーが亡くなるまでずっと、孫息子たちにチェスターフィールド卿の言葉を記した手紙を送りつづけていたことを知っている。それに、三人がそうした言葉をどれほど嫌っていたかも。

「いいかげんにしないと地獄に落ちますよ」ブレイクは冗談めかして言った。

「わかった、わかった。ひょっとしたら、彼の傑作な造語ではなかったかもしれない。本当のところはわからん。きみの祖母があの男の言葉だと言っていたから、それを信じるまでだ。どちらももうこの世にいないので、今さら確かめようもない」

「くだらないおしゃべりはもう十分です。気球の会社をつくるというばかげたアイデアと、それを思いついた男のことを詳しく話してください」

ギビーはグラスの中身をあおってから言った。「きみが雇った調査員は甘いぞ。わたしに気球を買う資金を出すよう求めているのは男ではないんだ。女性だよ」

ブレイクは思わず口にしかけた悪態をなんとかのみこんだ。唇の片端がかすかに引きつったが、それ以外には表情が変わっていないことを願った。女詐欺師はとりわけたちが悪く、扱いにくいと思っていることをギビーには知られたくない。けれども、誰が相手でもなんとかするしかなかった。

せめて、その女が自分に恋しているとギビーが勘違いしていないことを願うばかりだ。ギビーがその女にのぼせていたりしたら最悪だ。サー・ランドルフ・ギブソンは、ずる賢い女にとってみれば理想的なカモだろう。

ブレイクは急に落ち着かない気分になったのを隠すために椅子の背にもたれかかり、わざとゆっくりとした口調で尋ねた。「女性？　それだけでは上流階級の女性とも、仕事をしている女性とも、夜の女性とももとれますね」

「ずいぶんと皮肉っぽいな、ブレイク」

心配しているからこそだ。

「それだけの理由があります」

「彼女は優秀だよ」ギビーが答えたところに給仕がやってきて、ブレイクの前にエールのジョッキを置いた。

ブレイクはゆっくりとエールを飲んだ。ギビーが女性がらみの怪しい計画に首を突っこんでいる話を聞かされるのは、自分がヘンリエッタの後見人であると聞かされるのに劣らずうれしくなかった。けれども、問題はひとつずつ解決していくしかない。さしあたっては目の前にいるギビーからだ。ヘンリエッタは頭から消し去らなければ。

「つまり、その女性は社交界よりも事業の世界で知られていると？」

ギビーがユーモアたっぷりにうなずいた。「きみは正しいだけじゃなく、どうやら頭もいいらしい」

ブレイクはつい笑ってしまった。ギビーを言い負かすのは難しい。「そのとおりですが、社交界で事業のパートナーを探しているその女性について、さっさと教えてくれませんか？」

「彼女は気球が旅行のための移動手段として、とりわけ女性のあいだではやるだろうと信じているんだ。わたしも同意見だ。女性は馬車よりも、ゆったりと飛ぶ気球のゴンドラに乗って旅するほうを選ぶようになるだろう。馬車は窮屈で揺れるし、ぬかるみにはまって車輪が動かなくなったり、追いはぎの標的になったりしがちだ。それに比べて気球は強くていい風さえあれば、森を抜けたり迂回したりする必要もなく、空を楽々と飛んでいける。馬車の半分の時間でケント州まで着けるんだ」

ここに来るまで、ブレイクはうまく話せば投資をやめるよう説得できるかもしれないと考えていたが、そんな甘い考えはたちまち消し飛んでしまった。その女がまつげをぱちぱちさせながらあらぬことをギビーに吹きこんでいる様子が、そして彼がそれを子犬が初めてあたたかいミルクをなめるようにありがたがって拝聴している姿が目に浮かぶ。

「気球の危険性についてはどうなんです？　それも聞かされましたか？　上空の風で大きく

進路をはずれてしまうかもしれない。ゴンドラがひっくり返ったり、建物や木にぶつかったり、水面に叩きつけられたりして壊れてしまうかもしれませんよ」

ギビーの年老いた目がきらめいた。「もちろんだ。彼女はきみと同様に頭がよくて、そうした問題点はすべて検討ずみだ。風が強すぎたり悪天候だったりしたときには、気球は飛ばさない。馬車が冬場にスコットランドの北海岸の猛烈な風雨のなかでも走るのとは違う」

「ほかにも危険はあります」ブレイクは言い張った。「たとえば、熱い空気をつくるための炎が消えてしまう可能性があります。気球が墜落して、乗客全員が命を落とすかもしれない。いかにもありそうですが、炎が気球に燃え移ってしまったら最悪です。そうした事故は過去に何度となく起きています」

「そんなことはきわめてまれだ。不具合があればすぐに降下させて、無事に着陸できるはずだ。きみも知ってのとおり、過去に何度となくそうしてきたように」ギビーはブレイクの言葉を引用して言い返した。

ブレイクはこれ以上挑発的なことを言っても逆効果だと悟って、代わりに尋ねた。「その女性の名前を教えてもらえますか？」

「きみは聞いたことがないだろうが、ミセス・ビヴァリー・シンプルだ」

「ひょっとして、ミセス・シンプルは未亡人ですか？」

「そうだ。それも魅力的で若い未亡人だ。夫を亡くして数年になる」

「最後にもうひとつ質問です、ギビー。彼女にはもうお金を渡したのですか？」

ギビーの顔がこの午後初めて真剣になった。彼は無言のままだった。

「ギビー？」

「渡していない。だが、支援するともう約束した。約束を破るのは愚かなことだ。誰からも信頼されなくなる」

ブレイクは、それがもともとはチェスターフィールド卿の言ったことだと気づいていたが、ギビーも今度はそれを口にしないだけのたしなみがあった。

「紳士であれば、約束は必ず守るものだ。もちろんきみも知っていると思うが」

そしてロンドンの誰もが、ギビーが紳士であることを知っている。ブレイクは、その女にいくら渡すと約束してしまったのかとギビーにきくのは控えた。

「あなたのためにミセス・シンプルのことを少し調べてもかまいませんね？」

「わたしのために？　いいかね、それは余計なお世話というものだよ、ブレイク。必要な調査はすべてすませた。もっとも、もしきみが自分の金で自分のために調べたいというのなら好きにすればいい。どうせミセス・シンプルが立派な女性で、素晴らしいアイデアの持ち主であるという事実以外、何も見つからないだろう。彼女はこれまでにわたしの金をだましとろうとしたやからとは違う。新しい事業を始めたいと本気で考えているんだ」

「たぶんあなたの言うとおりなんでしょう」ブレイクは精いっぱい軽い口調で答えた。

ふいにギビーが目を輝かせ、愉快そうな表情に戻った。「ひらめいたよ、ブレイク。土曜日、一緒にミセス・シンプルに会いにいこう。彼女はロンドンの郊外に倉庫を持っていて、そこに気球を二機置いているんだ。ミセス・シンプルは気球に乗りながら、どんな質問にも答えてくれるだろう」

ブレイクはためらった。気球に乗るのは気が進まない。数年前に一度乗ったことがあるが、楽しい経験とはとても言えなかった。ゴンドラの端から外を見たとたん、地面に転落してしまいそうな感覚に襲われたのだ。いとこたちはにこやかにシャンパンを飲み、空の体験を楽しんでいた。だがブレイクはそのあとまっすぐに前を見つづけ、絶対に地面を見ないようにしてなんとか耐えたのだった。

「どうだろう?」

「いいでしょう」ブレイクはしぶしぶ同意した。「手配してください。一緒に行きますから」

「これは楽しみだ。気球に乗るのにいちばんいい時間帯は早朝だ。朝早くはたいてい風が穏やかなんだ。きみはわたしの世話をするのが楽しくてしかたないようだから、土曜日の朝四時に馬車で迎えに来てくれ」

「四時ですって? 勘弁してください。ぼくはふだん、まさにそのころベッドに入るんです」

「それなら起きたままでいて、ベッドに入らないことだ。ミセス・シンプルには、日の出までに行くと連絡しておく。きみの屋敷の料理人に、フルーツタルトを用意しておくように言うのを忘れずにな」

ギビーは椅子に背中を預け、ブレイクに満足げな笑みを向けた。ひょっとしたらこの老人は自分が気球に乗りたくない理由を知っているのではないかと、ブレイクは思わずにいられなかった。

7

親愛なるルシアンへ

〝甲の薬は乙の毒〟人生で決断をしなければならないとき、この言葉を思いだしなさい。

愛をこめて　レディ・エルダー

ブレイクは〈グレート・ホール〉の玄関広間を進んで、舞踏室の入口に立った。蠟燭に照らされた部屋には、贅沢に着飾った女性たちと正装の紳士たちがあふれ返っている。このなかからいとこたちを見つけるのは簡単ではなさそうだ。クリスタルのシャンデリア、金箔《きんぱく》が貼られた雷文《らいもん》装飾、そして凝った彫りこみ模様の壁で飾られたこの〈グレート・ホール〉は、ロンドンでもっとも有名な社交場だった。あらゆる公爵夫人や伯爵夫人が、一度はこの壮麗な建物でパーティを開きたいと願っていた。

今宵の客は三百人を超えているに違いないとブレイクは見当をつけた。どこを見ても男と女が踊り、笑い声をあげ、扇で顔を隠して微笑み、手で口もとを覆ってささやきあっている姿があった。レイスとモーガンを捜して人々の顔を見まわすと、親しげな微笑み、愛情あふれる表情、欲望をにじませたまなざし、嫉妬のこもった視線があちこちで飛び交っているのが見えた。しかし、レイスとモーガンの姿はなかった。

意を決して人波をかき分けようとしたそのとき、突然レディ・ポーリンとレディ・ウィンダムとボーフォート公爵未亡人が目の前に現れ、一度にしゃべりはじめた。

「あなたに被後見人ができたと、ついさっき耳にしたところですのよ」年とった未亡人が早口で言った。

「いったいどうしてそんなことに？　それとも事実ではなくて、たちの悪いでたらめなのかしら？」レディ・ウィンダムが尋ねる。

「その方にはいつ会えるのでしょう？」レディ・ポーリンがすかさず口をはさんだ。

「なんでも、イングランドでいちばん美しい方だとか。そんな女性をずっと秘密にしていたなんて信じられませんわ。本当ですの？」

「もし本当なら、最初の顔見せは次の木曜日にわたしが開くパーティにしてもらわないと、閣下」レディ・ウィンダムが言う。「覚えていらっしゃるかしら。あなたはわたしに借りがありますのよ、ブレイクウェル」

借り？　ああ、そうだった。数カ月前に名誉を傷つけかねない軽率な出来事があった。

「閣下、その女性がどこの誰なのか、わたしたちにぜひ教えていただきたいですわ」

「どうしてこれまでその方の噂をまったく聞かなかったのでしょう」

「わたしたちに最初に知らせてくださるべきじゃありませんかしら」

ブレイクの頭にあるのは、いとこのどちらであれ、口をすべらせてヘンリエッタの存在をばらした者の首を絞めてやるということだけだった。

彼は無言のまま、目の前の女性たちがしゃべり終えるのを待った。それから手をあげてみせた。「せっかくの驚きを台無しにするわけにはいきません。種明かしはしかるべきときに」

それだけ言って背を向け、そのまま人をかき分けて進みはじめた。

背後から女性たちがあっけにとられて息をのむ音が聞こえ、ブレイクはにやりとせずにはいられなかった。

さらに何人かの女性や、それに男までもが物問いたげに近づいてきたが、ブレイクはすべて無視して立ちどまらなかった。公爵という立場にはそれなりの利点もある。答えたくない質問に無理やり答えさせられることがないのもそのひとつだ。

途中何人かと挨拶を交わしたあと、ブレイクはバルコニーでようやくレイスを見つけた。レイスはまもなく喪が明ける若い未亡人と話していた。もしレイスが強引に迫ったら、社交界が期待しているよりも早く喪の期間は終わりそうな案配だった。

ブレイクはレイスが気づくまで待ち、軽くうなずいてみせた。それは、いとこたちが話をするためにポーチのいつもの場所に集まるときの合図だった。それからブレイクはまた周囲を見まわして、モーガンが友人たちと馬の話をしているのを見つけた。ブレイクはいちばん年上のいとこにも同じ合図を送ってから、先に外へ出ようとして振り向いた。そこで、ロッククリフ公爵と弟のウォルド卿と鉢合わせになった。

「先日は、きみのいとこの家でカードを楽しめなくて残念だったな」ロッククリフが言った。「楽しかったか？」

「わたしとウォルドにとっては楽しい夜だった。きみのいとこたちは、はっきり言ってカードがうまくないな」

「あなたが来られなくて残念でした」ウォルドの淡い茶色の目はいつもより大きいように見えた。「たっぷり稼がせてもらいました。おかげで、帰るときにはポケットがぱんぱんでしたよ」

ブレイクはウォルドを見た。彼は兄よりも少し背が高く、ずっと痩せている。とがった鼻に、顔から飛びだしそうなほど大きな丸い目。ブレイクはウォルドには何の反感も抱いていなかった。実のところ、自分の人生を歩めず、いつも兄の陰になって生きていることに哀れみしか覚えなかった。

ブレイクはロッククリフに向きなおった。「蛇とカードをするのは難しい。相手の手が見えないからな」

ロッククリフの勝ち誇った笑顔が渋面に変わった。「わたしに難癖をつけるつもりか、ブレイクウェル？」

ブレイクは何も答えず、軽蔑をあらわにした。

「証拠が何もないのなら、そんな無礼は許されんぞ」

「好きな場所と時間を指定してくれ。いつどこでも応じよう」

ロッククリフは鼻を鳴らしただけでそれには答えず、弟を従えて歩み去った。ロッククリフに決闘する度胸はない。それは社交界の誰もが知っていた。

ブレイクは外に出る途中、さまざまな料理が並ぶビュッフェ・テーブルを通り過ぎた。イチジクのスライスがいちばん上にのっているキノコ料理がおいしそうに見えたので、歩きながらひとつとって口に放りこんだ。あとでまた食べてもいいかもしれない。

いとこたちを待つために石づくりのポーチに出ると、夜の空気はひんやりと湿っていた。雨が降りそうなのが気配でわかる。黒い雲の隙間から月が顔をのぞかせていて、もやのかかった闇を鈍く照らしていた。少し離れた場所で煙がたちのぼっているのがぼんやりと見える。主人たちが建物のなかで豪奢《ごうしゃ》な歓楽にふけっているあいだ、馬車の御者たちが火をおこして暖をとっているのだ。

ほどなく、レイスとモーガンが一緒に出てきた。ふたりは歩きながらなにやら議論を始めている。

ふたりが目の前で立ちどまると、ブレイクはいきなり尋ねた。「ぼくに被後見人ができたことをしゃべったせいで、鼻血を出すはめになるのはどっちだ？」

「何をわけのわからないことを言っているんだ？」モーガンが言い返し、確かめるようにレイスを見た。

レイスはとぼけるような表情をつくってみせた。「きみに被後見人が？」

ブレイクはレイスの冗談を無視した。「いっそふたりとも殴ることにしようか。そうすれば、どちらにせよ正しい相手に確実にあたる」

「待てよ、ブレイク。そう怒るなって」モーガンが言った。「ぼくたちはきみのこともミス・トゥイードのことも誰にもしゃべっていない。だいいち、何が言える？　きみは彼女についてほとんど話してくれなかったじゃないか」

「もちろん、いつでも聞く用意はあるけど」レイスが目を輝かせて言う。

「今夜ここでミス・トゥイードのことをきかれたが、公爵に断らずに話はできないとしか答えなかったぞ」モーガンが真剣な顔で答えた。

レイスが手を上げた。「ちょっと待ってくれ。ということは、その女性は本当に存在するのか？」

「当たり前だ」ブレイクは言った。「何を今さら」

「正直に言えば、競馬とカードをすっぽかすために話をでっちあげたんだと思っていた。これまでだって約束に遅れたり行事をさぼったりしたとき、でたらめな言い訳を口にしていた前科があるからな」

「そのとおりだ、ブレイク。きみは遅刻魔として知られている。それも、ちゃんと来たらの話だが」

ブレイクは言い返すことができずにうなずいた。ただ、わざと遅れたり、約束を反故《ほご》にしたりしているつもりはないのだ。どうやら、ヘンリエッタのことは誰にも話していないというふたりの言葉は本当らしかった。

「すまなかった。今夜ここに着いてすぐに、彼女のことをあれこれきかれるとは予想していなかったんだ」

「ぼくたち以外に、いったい誰がミス・トゥイードのことを知っているんだ?」モーガンが尋ねる。

「コンスタンスだけだ」

「きみの使用人たちも、彼女が屋敷にいることは知っているだろう」モーガンが言い返した。

「たしかに」使用人のことは頭から抜け落ちていた。

「ほらな、それが噂の出所だ」

「モーガンの言うとおりだ、ブレイク。使用人たちのあいだに秘密なんてない。あいつらの情報網は驚異的で、ロンドンの通りをモーガンのサラブレッドが走るよりも速く噂を広めることができるんだ」

「どうやらぼくの早とちりだったらしい。よく考えると、噂を流しそうな者がたくさんいる。コンスタンスとミス・トゥイードが今週ずっと通っていた店の女主人も怪しい」

「誰であれ、ぼくたちじゃない。ぼくたちは互いに助けあう。そうだろう？」レイスが言った。

ブレイクは微笑み、レイスとモーガンの肩を叩いた。「もちろんだ。ぼくはまだ、誰かの人生に責任を持つ立場になじめていないんだ。ここにいる連中にミス・トゥイードの存在を知られる前に、後見人という立場に慣れるための時間があと少しだけ欲しかった」

「慣れれば楽しいかもしれないぞ」レイスがからかう。

「彼女をどうするつもりだ？」モーガンがきいた。

「ミス・トゥイードは十九歳だ。ぼくにできるのは、ふさわしい結婚相手を見つけてやるくらいしかない」

「もし彼女が美人ならそれは簡単だ。そうでなければ、持参金をたっぷりつけてやればいい。男たちが争って手をあげるはずだ」

ヘンリエッタの花婿探しについてふたりと話していると、ブレイクはなぜか急に落ち着かなくなった。

「ミス・トゥイードはとてもきれいだし、頭もいい」それだけでなく、生意気で大胆でもある。「それにわざわざ持参金をつけなくても、たいていの相手を満足させられるだけの財産も持っている。だが、ミス・トゥイードの話はここまでだ。きみたちを呼んだのには別の理由がある。ギビーだ。気球で商売をするというくだらない計画のことで対策を立てたい」

「ギビーは誰に金をせがまれているか教えてくれたか？」レイスが尋ねた。

「ああ。ミセス・ビヴァリー・シンプルだそうだ」

レイスとモーガンが同時に言った。「女なのか？」

ブレイクはうなずいた。「女詐欺師の陰には男あり。それがぼくの持論だ」

レイスが顔をしかめる。「チェスターフィールド卿の言葉か？」

「やめてくれ。そうでないことを願うよ」

「ギビーはその女性を愛しているのか？」

ブレイクは肩をすくめた。「ギビーのことはよく知っているだろう？　これまでいつも誰か愛人がいたが、おばあさま以外の女性に真剣になったところは見たことがない」

「ついにその女がギビーの心をとらえたのだとしたら厄介だぞ」

「それゆえにぼくたちの出番なんだ」ブレイクは言った。「レイス、ミセス・シンプルについて調べてほしい。出身地や家族関係や仕事の人脈といったことを」

モーガンが手をあげた。「ぼくがすべきことはわかっている。気球に利益がからむ者を徹底的に調べればいいんだろう？　誰が売って、誰が買っているのかということまで。それは任せてくれ。きみはどうするつもりだ?」

「後見人になったからといって、自分だけ何もしないなんて許さないぞ」レイスが微笑んだ。

ブレイクは深く息を吸いこんだ。「ぼくは土曜日の明け方、ギビーやミセス・シンプルと一緒に気球に乗ることになった」

「気球は好きではなかったはずだが」

「大嫌いだ」

「そうそう」レイスが言う。「乗っている途中で具合が悪くなったよな」

「めまいがしただけだ。具合が悪くなったわけじゃない」

モーガンとレイスが目くばせしてからブレイクを見た。そして、ふたりともいきなり笑いはじめた。

「ひどいやつらだな」ブレイクはつぶやいた。

「だが、つきあうと楽しい相手でもあるぞ」レイスはブレイクの背中を叩いた。「ここはそろそろ終わりにして、〈ホワイツ〉でカードと酒を楽しもう」


その夜遅く、ブレイクは静かに屋敷のドアを開け、暗い玄関広間に足を踏み入れた。何カ月もかかったが、毎晩主人の帰りを起きて待つのはやめるようアシュビーをやっと説得できたのだ。ダンスや酒やカードを楽しんだあと、女性以外の誰かに服を脱ぐのを手伝わせるのはあまりに興ざめだった。

ブレイクは帽子と外套と手袋を脱いでテーブルに置いた。そこでふいに胃がいやな感じでざわつき、思わず立ちどまった。ろくに食べずに酒ばかり飲んでいたせいだろうか。彼は首を振った。そんなはずはない。エールをジョッキ一杯、それにワインを少し飲んだだけだ。

ブレイクは振り向いて階段をあがろうとしたが、書斎からかすかに光がもれているのに気づいて足を止めた。一瞬、ついにアシュビーがかたい鎧《よろい》から隙を見せてランプを消し忘れたのかと思ったが、ほとんど同時にヘンリエッタが家にいることを思いだした。数日前の夜、まさにあの部屋に彼女がいるのを見つけたのだ。きっと本を選んでいるか、あるいはまた机を片づけているのだろう。

ブレイクは廊下をそっと歩き、ドアのすぐ外で立ちどまって、紙がこすれる音がしないかと耳を澄ました。しかし、聞こえてきたのは歌声だった。たちまち下腹部に欲望が走り抜ける。ヘンリエッタはゆっくりとしたメロディを口ずさんでいた。その声は誘惑的なだけでなく、心を癒してもくれた。彼は目を閉じて、部屋から流れてくるやわらかく澄んだ歌声に耳を傾けた。

なぜかヘンリエッタがドアに近づいてくるのがわかり、ブレイクは彼女の顔がのぞく寸前に目を開けた。

ヘンリエッタに微笑みかけられたとたん、ブレイクはぞくりとした。彼女とギビーに対する責任のせいでたまっていたいらだちが、たちまち溶けてなくなった。帰りを歓迎してくれている笑顔に心が浮きたつ。

「入っても大丈夫」ヘンリエッタが言った。「本棚をまた見ているだけですから」

「つまり、ぼくがここにいるのに気づいていたのか」

「ええ。少し前に玄関のドアの音が聞こえたように思いました。そしてなぜか、あなたがこのドアのすぐ外に立っている気配が感じとれたんです」

「今朝、ぼくがきみが廊下にいるのに気づいたのと同じように」

ふたりの目が一瞬合い、それからヘンリエッタは部屋の奥へと戻った。

ブレイクは本棚の前で彼女と向きあった。「次の本はもう選んだのかい？」

「まだなんです。『禁じられた小径』は読み終えて棚に戻したわ。とても面白かった」彼女は話しながら指で本の背表紙をなぞっていった。「ここには読んだことのない本がたくさんあるから、次にどれを借りたらいいか迷ってしまって」

「よかったらぼくが選ぼうか」

ヘンリエッタがブレイクを見つめ返した。「それは素敵だわ」

ブレイクは彼女に近づいて、本の背表紙を眺めた。それから、もう一度見た。驚いたことに、自分が棚にある本をあまり読んでいないことに気づかされた。

「迷っているみたいですね」

「ああ」彼は真実を認めたくなくてそう答えた。

結局、とにかく途中までは読んだことがある本を選んだ。「幽霊が出てくる話が好きなら、きっと楽しめるだろう」

ヘンリエッタがまた微笑みかけた。「幽霊が出てくる話は大好き。近ごろは恐怖小説が大人気でしょう。なぜかみんな怖い思いをするのが好きなのね」

「現実ではなく、本のなかの話である限りは、ということだろう」

「ええ。この本をお借りします。厚いので、最低でもふた晩は楽しめそう」

「読むのが速いんだな」

「それほどでも。夜のあいだに長い時間読んでいるだけ。選んでくださって感謝します」

「手紙の整理を手伝ってもらったお礼がやっとできてうれしいよ」ブレイクは机に目をやり、今朝出かけたあとさらに手紙が積みあげられていることに気づいた。

ヘンリエッタもそちらに視線を向けた。「手紙は本当に厄介。毎日届いて、いつまでもきりがないもの」

「まったく迷惑きわまりないな」そう答えたものの、ブレイクの頭には手紙のことなどまったくなかった。「今夜は手紙に目を通すつもりはないが、土曜の朝早くに気球に乗る約束をしたので、それを予定帳に記しておかないと。忘れるわけにはいかないんだ」

たちまちヘンリエッタの瞳が不安げに曇った。「気球に乗るのは賢明かしら。心配だわ」

そのとき、ブレイクはまた胃に痛みを覚えた。そのせいで返事が一瞬遅れた。「ぼくのことが心配なのか？」

「ええ。これまでに読んだ話からすると、気球はとても危険なことがあるようです。あなたの身に何か起きてほしくありません」

ブレイクは訳知り顔で笑みを浮かべた。「呪いを心配しているんだね？」

「心配せずにはいられないわ。現実にあるものなのだから」

「それほど心配なら、いっそ一緒についてきてぼくの安全を守ったらどうだ？」

ヘンリエッタは信じられないといった顔になった。「本当に？　わたしも一緒につれていってくれるんですか？」

どうして自分がそんな言葉を口にしたのかわからなかったが、もはやとり消すことはできない。いったい何を考えているんだ？　前回のようにめまいに襲われたらどうするつもりだ？

「もちろん本当だ」

「まあ。とても楽しみですわ。気球に乗れるなんて夢みたい。何年か前に空に浮かんでいるのを見たときは、それは素晴らしかった。とても静かでなめらかに動いていて、馬車のようにどこかへぶつかったり、がたがた揺れたりすることもなく、穏やかな風にのってゆったりと進んでいたの」

ブレイクは、ミセス・シンプルがギビーに語ったのと似た言葉をヘンリエッタが何度も使っていることに気づいた。女性というのは気球を安全で便利な旅行手段として見ることができるものなのだろうか。

「ということは、ぼくが心配なだけで、自分が乗るのは怖くないのか?」

「呪いはわたし自身には何の影響もないし、わたしが一緒にいればあなたにも危険は及ばないはずです。これまでの後見人の誰ひとりとして、わたしが一緒にいたときには亡くならなかったもの」

ブレイクはくすくす笑った。「いいだろう。きみのゲームには、きみのやり方でつきあうことにしよう。一緒に気球に乗って、ぼくの安全を守ってくれ」

「喜んでお引き受けしますわ」

ヘンリエッタは爪先立ちになって彼の頬にキスをした。ブレイクが両手で彼女の腕をつかんで握りしめた。ヘンリエッタは床に足をおろしてから自分のしたことに驚いた。わたしは本当に彼の頬にキスをしてしまったの? うれしさのあまりわれを忘れるとは、なんて愚かなのかしら。

ブレイクの目を見ることができず、ヘンリエッタは自分の両腕をつかんでいる彼のとても力強い手を見つめた。男性的なその手から力が伝わってくる。彼女が目をあげると、ふたりの視線がぶつかってからみあった。今朝、ブレイクが指で唇に触れてきたときと同じ奇妙な感覚が下腹部に広がっていく。

ヘンリエッタのまつげは、自らの意志を持っているかのようにはためいた。彼の目をのぞきこむと体が熱くなり、息ができなくなり、興奮してしまう。

「申し訳ありません。こんなことをするべきではありませんでした。はしたない振る舞いをお許しください。ただこんな素敵な機会を、そしてあなたを守るチャンスを与えてくださったことに感謝したかっただけで」

ブレイクはヘンリエッタに顔を近づけた。理性など無視して、彼女にキスをするつもりだった。もはや自分を止められない。

彼は低くなまめかしい声でささやいた。「ぼくの頬にキスしたことを謝らなくていいんだ、ヘンリエッタ。ぼくもきみにキスすることを謝るつもりはないから」

ヘンリエッタは目を見開いた。

「キスをするつもりなの？」

「お返しだ」

「賢明じゃないわ」

「同感だ。だが、きみはぼくを止めたいとは思っていないだろう。止めたいなら止めてくれ。だがきみがやめさせない限り、ぼくはきみにキスをする」

ブレイクの口調と、灰色がかった茶色の瞳に浮かぶ誘惑のきらめきに、ヘンリエッタの体は甘く震えた。愛撫されているようなあたたかさが胸に広がっていく。彼女は懸命にブレイクから離れようとした。

ブレイクがヘンリエッタに体を寄せた。ヘンリエッタは彼の力強さと体温を感じた。ブレイクが手を伸ばして彼女の頬に触れ、そっとなでた。触れられたとたん、ヘンリエッタの体の奥からあたたかいものがあふれてきた。

唇からもれたのは、驚きのあまり息をのんだ音だけだった。ブレイクを押しのけるべきだとわかっているのに、そうしたいという気持ちはまったくわいてこない。息もできずにその場に立ちつくし、ブレイクの強引な愛撫と挑発的なせりふに心を預ける。

彼は余裕たっぷりにヘンリエッタの耳に指をあて、ゆっくりと輪郭をなぞってからうなじへと動かしてやわらかい肌をやさしくなでた。

ヘンリエッタは、たちまち両脚から力が抜けてしまった。この人に触れられると、どうしてこんなに心地よいのかしら。

「ぼくは待っているんだ。きみがここから出ていけるよう、時間をたっぷりとってね」

「だめ、すぐにそばから離れるべきだとわかっているのに、どうしてもできないの」

ブレイクはヘンリエッタの肌から決して指先を離さず、耳の後ろから顎に沿って動かしていき、ついに親指を彼女の唇の端に押しあてた。あたたかいてのひらにうなじを包まれる。心臓が激しく打つ音が彼にも聞こえているかしら。

ブレイクがさらに顔を近づけてきた。それでもヘンリエッタはこばまなかった。彼の体から放たれる熱が心をなだめてくれる。息が頬にあたり、髭剃り用のせっけんの清潔な香りが五感をかき乱す。

気がつけば、ブレイクの唇はヘンリエッタの唇のすぐそばにあった。彼はヘンリエッタの目を見つめている。ヘンリエッタは彼の息づかいをはっきり感じとった。心臓が胸のなかで暴れまわっている。

ブレイクが親指で彼女の上唇をなぞった。彼の手のあたたかさにヘンリエッタは身震いした。一瞬、キスをしてもらえないのではないかと不安になったが、すぐに唇が近づいてきて、ヘンリエッタの唇を軽くかすめた。繊細で軽やかで、誘うような触れ方だった。

ブレイクが顔をあげて彼女の目をのぞきこむ。ヘンリエッタの胸は震え、招くようなまなざしにまつげをしばたたいた。彼は問いかけている。眉を動かして、もう一度キスをしていいのか、それとも今度は彼女にこばむ力があるのかと問いかけている。

両親が亡くなって以来、頬にキスをされたことすらなく、この十二年のあいだ誰かに抱きしめられたこともほとんどなかった。これほどに素晴らしく自然に感じられるのに、どうして身を引きはがすことができるだろう。

「もう一度キスして」ヘンリエッタはささやいた。

ブレイクは微笑んで、彼女の顎をそっと持ちあげた。彼の腕が胸に軽くさりげなくあたり、袖のカフスのレースが肌をくすぐった。

ブレイクはゆっくりと顔を近づけてまたキスをし、唇を重ねたままじらすように動かしてから、唇でヘンリエッタの顎から頬、そしてあたたかくやわらかな首筋にかけて愛撫していった。彼女の香りを深く吸いこんでから、顔をあげてまた唇を重ねた。

ブレイクの熱い息が肌をなでたあと、彼のささやきが聞こえた。「天国のような香りだ。きみがこうして腕のなかにいることがとても正しく感じられる」

ヘンリエッタの心のなかで予期せぬ喜びがゆっくりとふくらんではじけた。ブレイクの腕の重みをもっと感じたくて、無意識のうちに胸を寄せていた。彼に触れられると、あたたかさが体にしみこんでいく。男性の体が欲しいという説明できない新たな感情に身を任せる。

「きみはとても誘惑的だよ、ヘンリエッタ。このままきみを奪うのがどれほどたやすいか気づいているのか？」

「ええ」ヘンリエッタはささやいた。

「怖いかい？」

ヘンリエッタはブレイクの目をのぞきこみ、そっと答えた。「いいえ」

またしてもねじれるような痛みがブレイクの下腹部に走った。「ちくしょう」彼は小さく吐き捨てて、ヘンリエッタから離れた。いったいどうしたというんだ？

「怒らせるようなことを何か言ってしまったかしら？」ヘンリエッタが尋ねる。

ブレイクは手の甲で唇をぬぐった。「いや、きみのせいじゃない」

「わたしたちはどちらも魔法にかかって、好奇心に負けてしまったのかも」

「その魔法は、欲望と呼ばれているものだ。そして好奇心などという他愛ないものではない。それが問題だ。ぼくがきみの後見人に誰よりもふさわしくないという何よりの証拠だ」

「だめ」ヘンリエッタは彼に一歩近づいた。「お願い、わたしを追い払わないで。これまで、申し分のない後見人でいてくれたのに」

「ほんの数分前まではね」ブレイクが淡々と答えた。「ぼくは自分の欲望を否定するのに慣れていないんだ。きみにキスをしたかった。きみを初めて見た瞬間から、思いきり抱きしめて、その魅力的な唇にキスがしたいと思っていた」

「本当に？　最初から、キスをするつもりでいたんですか？」

ブレイクが後悔まじりの笑みを浮かべる。「もちろん。男は女性をひと目見ただけで、相手に惹かれるかどうかわかるものだ」

「そんなこと知らないわ。男性やキスにはまったくなじみがないから」

ブレイクが微笑んだ。「だからといって、ぼくたちの状況は少しもよくならない。社交界でぼくが悪魔のように思われているのにはもっともな理由がある。自分の欲望を否定するのは、ぼくにとってはとても珍しいことだ」

「あなたの言うとおり、もっと礼儀正しく振る舞い、理性を保ってキスをさせないようにすべきでした」

「責任はぼくにある。そしてぼくがこれから果たすべき唯一の責任は、きみの純潔を守って立派な夫を見つけてあげることだ。それが責務だと思っている」

やはり、彼はわたしを自分の決めた相手と結婚させたがっているのだ。

「理解はできます。ただ、キスをしたせいで一緒に気球に乗る計画をとりやめにしないでほしいんです」

ブレイクは長いあいだ彼女を見つめ、それからようやく答えた。「いや、もちろんやめたりしないよ。思いだしてくれ。きみが一緒にいなければ、安全は保証されないんだから」

「またからかっているのね」

ブレイクは寛大に微笑んだ。「ついからかいたくなってしまうんだ。ギビーを朝の四時に迎えにいくから、早起きしなければならないぞ」

「ギビー？」

「サー・ランドルフ・ギブソンだ。彼と一緒に行く。ギビーが気球を持っている女性と知り合いなんだ」

ふいに胃をわしづかみにされたような激痛が走り、ブレイクは思わずくずおれそうになった。もはや痛みを無視できなかった。

「どうしたの？」

「なんでもない」ブレイクは顔をしかめ、驚くほど鮮烈な痛みを隠したくてヘンリエッタに背を向けた。

「大丈夫ですか。どこかが痛いんでしょう？」

「なんだ、これは！」彼は吐き捨てるようにつぶやき、震える息を吸いこんだ。両脚から力が抜けていくただならぬ感覚に、冷たい汗がにじみでてくる。

ヘンリエッタがブレイクの腕をつかみ、無理やり自分のほうを向かせた。「お願い、どうしたのか教えて！」

ブレイクは彼女をおびえさせたくなかったが、息を吸おうとあえぎ、胃を引きちぎられるような苦しさに耐えることしかできなかった。

「アシュビーを呼んでくるわ」

「やめてくれ、ただの胃痙攣《いけいれん》だ」ブレイクは歯を食いしばって声を絞りだした。「今夜キノコを食べた。毒キノコだったのかもしれない」

「毒キノコ！　ああ、なんてこと！　たくさん食べたの？」

「ひとつだけだ」

「よかった。わたしについてきて」ヘンリエッタは彼の腕を強くつかんだ。「一刻を争うわ」

ヘンリエッタはブレイクをせきたてて廊下を進み、厨房に飛びこんだ。そして彼がテーブルにもたれかかっているあいだに、すばやく戸棚を探してグラスと塩の缶を見つけた。それから塩をスプーンに半分ほどすくってグラスに入れ、水を注いで急いでかきまぜた。

「これを飲んで」

「飲めない」ブレイクは息をしようとあえぎながら答えた。

胃のなかは氾濫《はんらん》を起こしていて、濁流《だくりゅう》となって土手からあふれそうな川のごとく大荒れになっていた。並の男なら、間違いなく半狂乱になっているだろう。けれども彼はそんな意志の弱い男ではなかった。

「飲まないとだめ。キノコの毒は命にかかわるわ。さあ、今すぐ飲んで」

ブレイクはヘンリエッタの明るい瞳ににじむ恐怖を見た。彼女はぼくのせいでおびえている。もはや選択肢はなかった。

ブレイクは彼女の手からグラスを奪いとった。「ついてこないでくれ」

裏口のドアを乱暴に開けると、ふらつきながら階段をおりた。震える足で横手にまわり、膝をついてグラスの中身を一気に飲み干す。すぐに塩水が胃の中身と一緒に喉もとまでせりあがってきて、彼は嘔吐《おうと》した。

冷たく湿った芝に仰向けに倒れこんだ。体にまったく力が入らず、動くことができない。どれだけのあいだそうして暗闇のなかに横たわり、最悪の痛みが去ってくれるのを待っていたかわからなかった。

身動きもできないまま長い時間が過ぎ、ようやく力が戻ってきた。恐ろしくつらかった。

体のなかが炎に包まれ、燃えつきてしまったかのようだ。

ブレイクは立ちあがり、一歩ずつ確かめながら裏口へと戻りはじめた。そこでは、ヘンリエッタが階段に座って彼を待っていた。膝を抱えて座っているその姿を見ただけで、ブレイクの気分はよくなった。まだ若い娘なのに、緊急事態に直面してもとり乱さなかった態度には脱帽だ。自分が何をすべきかきちんと心得ていて、見事に対応してくれた。彼女に対する賞賛の念が増していく。

ブレイクは咳払いをし、ヘンリエッタのすぐ下の段に腰をおろした。

「家のなかにいるように言ったはずだ」

「わたしは命令に従うのが得意ではないの」

「それは気づいていたよ」

「気分はよくなったかしら？」

「ああ」ブレイクは答えたが、胃の痛みは薄らぎはしたものの、まだ完全には消えていなかった。

「これで呪いを信じてくれますか？」

「呪い？」ブレイクは軽く笑い、そのせいで痛みがぶり返してしまって顔をしかめた。「お願いだから笑わせないでくれ。胃がまだ痛むんだ。毒キノコを食べて具合が悪くなっただけで、それ以上でもそれ以下でもない。もちろん死んではいないし、死にそうでもない。今夜の舞踏会で、誰があのキノコを食べてもおかしくなかった」

「でも、それがあなただった。これまでに毒キノコを食べたことは？」

ブレイクはため息をついた。「いや。だが、モーガンは食べたことがある。そして、モーガンが呪われていたとは思えない」

「またわたしをからかっているのね」

「いや」ブレイクは穏やかに言った。「そんな元気はないよ。ひとつ頼みを聞いてくれるかい？」

ヘンリエッタが彼の肩にやさしく手を置いた。彼女に触れられると、ブレイクは動けなくなった。

「あなたのためならどんなことでもするわ」

ブレイクは彼女を見あげた。「よろしい。ぼくにおやすみを言って、ベッドに入るんだ」

ヘンリエッタの顔から心配の色が消え、ふくれっ面になった。「命を救ってあげたというのに、あんまりな言葉ね」

「そうかもしれない。だが、きみはぼくのためならどんなことでもすると言った。そして、これがぼくの要求だ」

ヘンリエッタが真剣な表情になった。瞳が暗闇のなかできらめく。「このままひとりにしたくありません。もう少しそばにいて、大丈夫なのを確かめたいの」

「すばやい対応をありがとう。もう大丈夫だ。おやすみ、ヘンリエッタ」

「わかりました。おやすみなさい」ヘンリエッタは顔を寄せてブレイクの頭のてっぺんにやさしくキスをし、静かに家のなかへと戻っていった。

8

親愛なるルシアン

チェスターフィールド卿はかつてこう言いました。〝人々が話す言葉だけでなく、その話し方にも注意を払いなさい。もしおまえが賢明であるなら、耳よりも目によって多くの真実を見いだせるかもしれないから〟

愛をこめて　レディ・エルダー

土曜日の早朝、ヘンリエッタは言われていた時間までに身支度を整え、ケープと手袋とボンネットを持って玄関広間の階段の脇で待っていた。奥の厨房からは話し声と鍋がぶつかる音が聞こえていたが、夜明け前のこんな時間に料理を詰めたバスケットを用意させられているのは誰なのか、あえて確かめにいこうとはしなかった。

気球に乗ると考えただけで興奮してしまい、夜中に何度も目が覚めてしまった。怖い怪談小説も、ヘンリエッタの心をブレイクからそらすことはできなかった。二日前の夜、彼と唇を重ねたときの心震える思いを忘れられない。ベッドのなかでブレイクのキスや肌の感触、彼がささやいた言葉を思い返すたび、これまで知らなかった甘くせつない感情がこみあげてきて、表現できない喜びに満たされた。

まさかブレイクのように若くてハンサムで、しかも喜びを与えてくれる後見人に巡りあえるとは思ってもいなかった。まして、女としての欲望を目覚めさせてくれた最初の男性が、公爵だなんて！　とはいえ、ヘンリエッタはこれまでずっと運命に翻弄《ほんろう》されつづけてきた。七歳のときの両親の死に始まり、ミセス・グールズビーが予言した呪いがくり返し現実になってきたのだから。

われを忘れてキスをしてしまったあと、ブレイクがヘンリエッタとは距離を置いている理由はよく理解できた。彼女を守ろうと心を決めて、そのためにふたりのあいだに壁をつくろうとしているのだ。

ブレイクが毒キノコを食べた夜以来、ヘンリエッタは彼を一度しか見ていなかった。その翌日の午後に書斎から出てきた公爵と鉢合わせしたとき、ブレイクはいつもと変わらずハンサムで元気そうに見えた。

「気分はいかがですか？」

「すっかり元気になった。ありがとう」彼は素っ気なく答え、脇に抱えていた新聞を差しだした。「これはもう読んだかな?」

「いいえ、何でしょう?」ヘンリエッタは新聞を受けとって開いた。見出しにはこうあった。〝〈グレート・ホール〉でキノコ中毒。五十人以上が被害〟

彼女は目を丸くしてブレイクを見あげた。「毒キノコはひとつだけではなかったのね?」

「どうやらトレイに盛られていたのはすべて毒キノコだったらしい。幸いにも、死者は出ていない」ブレイクが口もとをゆがめて笑みを浮かべた。「これでもまだ呪いのせいだと思うかい? それともたんに毒キノコを見分けられない、不注意な料理人のせいだったのかな?」

「あなたを言い負かすのはとても難しいわ。でも、後遺症がなくて本当にほっとしました。この新聞を借りていいかしら?」

ブレイクがうなずく。「これで安心してくれることを願うよ」

キノコのせいで具合が悪くなったのが公爵だけではなかったという事実は、その出来事の意味合いをたしかに変えた。だが、それでもヘンリエッタは呪いのことを頭から追い払えず、自分のせいで公爵が危険にさらされているという確信から逃れられなかった。

そのとき二階でドアが閉まる音が響き、物思いにふけっていたヘンリエッタはわれに返った。すぐにブレイクが階段をおりてくる姿が見えた。彼は白いひだ飾りのついたシャツに赤と白の縞のベストを合わせ、黒いウールの上着をはおっていた。クラヴァットは簡素な結び方で、淡い黄褐色の乗馬ズボンを膝まであるぴかぴかの黒いブーツにたくしこんでいる。颯《さっ》爽《そう》としたいでたちだ。つかのま、公爵がそのまま駆けおりてきて力強い腕で抱きしめ、ぐるりとまわして激しくキスをしてくれるかもしれないと期待してしまった。

けれどもドアのそばで待っているヘンリエッタを見ても、ブレイクは情熱的な微笑みなど浮かべなかったので、その夢想はたちまちかき消えた。

ヘンリエッタは失望をのみこみ、ためらいがちに笑顔を向けた。「おはようございます。よく眠れました？」

彼は挨拶らしき返事を小さくつぶやきながら、階段をすばやくおりてきた。

「とてもよく眠れたよ、ヘンリエッタ。きみはどうだった？」

「わたしも」本当は何時間も眠れずにベッドで悶々《もんもん》としていたことは知られたくなかった。

「もうお体はよろしいの？」

「心配してくれてありがとう。おかげで元気にしているよ」ブレイクはヘンリエッタの手もとに視線を落とし、彼女ががっかりするほど改まった口調で言った。「そのケープは薄くないかな？　長いあいだ馬車に乗るから、体が冷えてしまうかもしれない」

「大丈夫です」ヘンリエッタは答え、ボンネットをかぶって顎の下でリボンを結んだ。「こうすればとてもあたたかいので」

公爵が階段をおりてくる足音を聞きつけて、執事がバスケットと外套を持って厨房から姿を見せた。

「おはよう、アシュビー」ヘンリエッタは呼びかけた。

「おはようございます、ミス・トゥイード」早朝から隙のない服装の執事は礼儀正しく答えたが、主人と同様にこりともしなかった。

ヘンリエッタが手袋をはめると、ブレイクは彼女の手からケープをとった。ヘンリエッタはそれをかけてもらうために背を向けた。背後から伝わってくる体温が心地よい。ケープを肩にかけるとき、ブレイクが彼女のうなじに軽く指をあてた。そのあたたかな感触が心地よい。公爵が手を離す前にためらったことがはっきりとわかった。

「バスケットを馬車までお持ちしましょうか、閣下?」

「その必要はない。自分で持つから」ブレイクが執事に答え、丈の長い黒の外套をはおってバスケットを受けとった。

それから、ヘンリエッタに向きなおった。「用意はいいかな。馬車が待っている」

ふたりの視線がぶつかり、ヘンリエッタはブレイクと目を合わせたまま手袋を肘の上まで引きあげた。

「いつでも結構です」

ブレイクが玄関のドアを開け、ふたりは朝まだ暗く寒い外へと出た。赤と黒の目立つ制服姿の従僕が、豪華な馬車の扉を開けて待っていた。ブレイクはヘンリエッタの手をとって、乗るのを手伝った。手袋越しに、彼の指の力強さと熱が伝わってくる。贅沢な座席に落ち着いたあとも、その熱は彼女の体のなかで熾火《おきび》のごとくくすぶりつづけた。

「奥の扉のそばにある鉄の容器に、足やスカートを近づけないよう気をつけて」ブレイクがヘンリエッタのあとから乗りこみながら呼びかけた。「そのなかには道中、足をあたためるための熱い石炭が入っているから」

「とてもあたたかいわ」ヘンリエッタはそう答えたが、実のところ自分が感じている熱さは足もとの保温器のためではなく、公爵のすぐそばにいるせいだとわかっていた。

ブレイクが彼女に向きあってベルベット地の座席につくなり、馬車は大きくがたんと揺れたあと、音をたてて走りはじめた。小さな窓には厚手の茶色いカーテンが引かれていて、その隙間から車体の外にとりつけられた角灯《ランタン》の黄色い光が差しこんでいた。ヘンリエッタはブレイクの髭をきれいに剃った彫りの深い横顔を見つめ、彼が話したがっているのか、それともひとりで物思いにふけりたいのかを、表情から見きわめようとした。

たぶんいちばんいい方法は、話しかけてみて公爵が顔をしかめるかどうか確かめることだ。

「こんなふうに朝早くに気球に乗ることはよくあるの？」ヘンリエッタは尋ねた。

「とんでもない。そもそも気球に乗るのはこれでまだ二回目だ」

公爵は返事をしてくれ、顔もしかめなかった。ヘンリエッタは意を決してさらにきいた。

「でも、もう一度乗りたいと思ったということは、さぞ楽しかったんでしょうね」

「気球に乗るのはギビーのためだ」

「このあいだの夜、具合悪くなる前に話していた方ですね？　お会いするのが楽しみです。ご親戚かお友達？　それとも、仕事上のお知り合い？」

「ぼくたちに血のつながりはない。親戚でも何でもないが、ギビーとは子供のころからずっとつきあいがあった。彼は長いあいだ、祖母のとても親しい友人だったんだ。ふたりは、祖母が最初の夫と死に別れたあとに出会った。ギビーは祖母を愛し、結婚を望んだ。けれども祖母はそれには応じず、そのあと別の男たちと三度も結婚したんだ」

ブレイクが気さくに話してくれたので、ヘンリエッタはさらに問いかけた。「なんてこと。それなのに、サー・ランドルフは相手に選ばれなかったの？」

「ギビーとの結婚は考えもしなかったと思う」

「さぞつらかったでしょうね……愛する女性が三度も結婚するのを見せつけられるなんて。報われない恋の物語を読んだことがあるわ」

「ギビーは少しもへこたれなかった。いつの日か結婚できると思いつづけていたが、とうとうその日は訪れなかった」

「かつて読んだ詩によれば、無理やり誰かを愛することも、誰かに自分を愛させることもできないと」

ブレイクがくぐもった笑い声をもらした。「愛の問題じゃないんだ。祖母はギビーを心から愛していたが、ナイトの称号だけでは祖母の名誉欲を満たすには足りなかったんだよ。祖母の望みは、爵位を持つ紳士の妻になることだった。そして四度目の結婚でついにその願いどおり、エルダー伯爵夫人になった」

「おばあさまが夢をかなえたのは素晴らしいわ。でも、サー・ランドルフは哀しかったでしょうね」

ブレイクが笑った。ヘンリエッタは、彼の笑い声の快い響きが好きだった。彼女は公爵とのごく自然な会話を、そして寒いけれども居心地よい馬車のなかに彼とふたりきりでいることを楽しんでいた。

「いいかい、サー・ランドルフ・ギブソンを気の毒に思う必要なんてない。ギビーは実に扱いにくい頑固者だ。いっそ彼の世話をする法的な義務でもあったほうがずっと楽なんだけれどね。ギビーはロンドンでいちばん友人が多い男だ。年老いた今でさえ、もし彼から手を差しだされたらすぐにも結婚を承知するはずの女性が何人もいる。それに加えて、ギビーは今回の気球への投資話のように、厄介ごとに巻きこまれることを生きがいにしている。おかげで、ぼくたちは余計な時間を使わされるはめになるんだ」

「〝気球への投資話〟というのはどういうこと?」ヘンリエッタがそう尋ねたとき、馬車が大きく揺れて止まった。

「その説明はあとにしよう。どうやらギビーの屋敷に着いたらしい。ギビーが座れるように、ぼくはそちらに移ってきみの隣に座ることにするよ」

「ええ」ヘンリエッタはスカートを寄せて、彼のための場所をつくった。

サー・ランドルフが薄暗い馬車の扉を開けてなかをのぞきこみ、うめき声をもらしながら乗りこんできた。しゃれた雰囲気の老紳士で、美しい銀髪はまだ豊かだった。胸は若い男性に劣らずたくましく盛りあがっていたが、彼が向きあって座るとすぐに、目もとや口のまわりに隠せない年齢のしるしが見てとれた。

サー・ランドルフはクッションがきいた座席に腰かけてからヘンリエッタに気づき、驚いたように彼女とブレイクを何度も見比べたあと、彼に顔を向けた。

「若い女性を連れてくるとは聞いていなかったぞ、ブレイク」馬車がまたがたんと揺れて動きはじめると、サー・ランドルフが言った。「昔からきみは、三人のいとこのなかでいちばん油断ならない男だった」

「本当に？　そんなふうにぼくを見ていたんですか？　油断ならないと？」

「まるで狐《きつね》のようにな」

「褒め言葉と受けとっておきましょう」ブレイクがサー・ランドルフにいたずらっぽく微笑みかけた。「いいですか、こういうとき、いつもぼくに言ってませんでしたか？〝すまなかった、前もって知らせる時間がなかったんだ〟と」

サー・ランドルフがくすくす笑う。「年寄りの言葉をそのまま使うのは控えるくらいの礼儀はあってしかるべきじゃないかね。それに、何も謝る理由などないだろう？　わたしとしても、きみの顔より女性の美しい顔を見ていたほうがずっといい」

「ごくたまにあなたを喜ばせることができると、とてもうれしくなりますよ。こちらはぼくの被後見人、ミス・ヘンリエッタ・トゥイード。ミス・トゥイード、こちらは誰よりもつきあいが長い、もっとも大切なぼくの友人である、サー・ランドルフ・ギブソンだ」

老紳士はヘンリエッタに微笑みかけてお辞儀をした。「はじめまして、ミス・トゥイード」

ヘンリエッタは会釈を返した。「お近づきになれて光栄ですわ、サー・ランドルフ」

「たぶん、ぼくの新しい被後見人のことをまだ耳にしていなかったのは、ロンドンであなたひとりだけですよ」

サー・ランドルフがブレイクをもう一度見て言った。「いや、きみが若い女性の後見人役を引き受けることになったという噂は一週間ほど前に耳にしていた。それがいったいどんな女性なのか、くり返し質問されたよ。しかし幸いにも、誰かに話したくても何も知らなかったものでね。おそらく何日か前に会ったときには、きみはミス・トゥイードのことをわたしに話すのを忘れていたのだろう」

ブレイクは座席にもたれかかり、困った顔で腕を組んでぎこちなく微笑んだ。「許してください。あのときは別のことで頭がいっぱいでした」

「わかっている。わたしのことに気をとられて、大切なことがすっぽり抜け落ちてしまったわけだ」

　ブレイクは手袋をはずしてサー・ランドルフの脇に放り投げた。「あのときは、あなたの問題のほうが切迫しているように思えたんです」

「きみはいつもそれだ。それほど粗忽《そこつ》な男に後見人が務まるとは思えん。きみにはその務めを果たす自信があるのかね？」

「自信はありませんが、とにかくできる限りのことをするつもりでいます」

　ヘンリエッタは、うらやましさに胸がちくりと痛んだ。ふたりの表情と会話から、長いつきあいでとても親しい関係にあることがわかった。彼女には、これほどに遠慮なくやりあえる親しい友人がまったくいなかった。

「サー・ランドルフ」ヘンリエッタは言った。「これまで、閣下はとてもよくしてくださっています」

「それはわかるよ」

「この話題はもういいでしょう」ブレイクが口をはさんだ。「ぼくが料理人が用意してくれたバスケットの中身を確かめているあいだに、ふたりで自己紹介でもしたらどうですか」

「フルーツタルトは頼んでくれただろうね？」

「ええ。もし忘れたら、あなたが屋敷にとりに戻れと騒ぎかねないことはわかっていましたから」

「それは結構」

ブレイクはヘンリエッタに向きなおった。「ギビーならきみの後見人を誰か知っているかもしれない。ロンドンに住んでいなかった人もいたみたいだが、ほとんどは彼と同世代のようだしね。彼らのことをきいてみたらどうだ？」

「ほとんど？」サー・ランドルフが尋ねた。

「ヘンリエッタには両親が亡くなったあと、五人の後見人がいたんです。ただ、すべてのいきさつを話すには、この旅はあまりに短すぎるかもしれません」

ブレイクは料理を確かめるためにバスケットのなかを探りはじめた。

サー・ランドルフ・ギブソンとかつての後見人たちの話ができるかもしれないとわかり、ヘンリエッタは期待に胸をふくらませた。

「そこまで長い話ではありません。ぜひお話しさせてください。誰かご存じでしたら、教えていただければうれしいですわ」

「もちろんかまわないよ。道中は長いし、きみのように美しく魅力的なお嬢さんとおしゃべりできるなら、それ以上の気晴らしなど思いつかない」

ヘンリエッタはサー・ランドルフの褒め言葉に優雅に微笑んだ。「ありがとうございます。たぶん最後の後見人からお話しすべきですわね。パーマー卿です」

「パーマーなら、もちろんとてもよく知っていた。ノーフォーク公も一緒に、何度か浮き名を流したことがある。もちろん、もう何年も前のことだが」

「下世話な話はしないでくださいよ、ギビー。相手が若い女性であることをお忘れなく」

「きみに言われなくても、若い女性と若い男の違いくらいわかるよ」

こんな調子で会話ははずんだ。

時間はあっというまに過ぎ、サー・ランドルフがヘンリエッタの後見人のうちふたりと親しく、ほかにもふたりの名前を知っていたことがわかった。ヘンリエッタは、彼が機知に富み、鋭い観察力を持ち、頭がよくて魅力的であることを知った。

三人はしろめのカップでホットチョコレートを飲み、プラムのジャムをはさんだスコーンを食べながら、遠い昔の人々や、詩、本、バイロン卿の最近の醜聞について話した。そのあいだずっと、ヘンリエッタはブレイクがすぐそばに座っていることを意識しつづけた。何度か間違いなく彼に触れられた気がしたが、どうやら錯覚だったらしい。

鉄製の容器のなかの石炭はすでに冷え、外では漆黒の闇がゆっくりと夜明けの色に染まりつつあった。ヘンリエッタは馬車の扉の小さな窓をのぞき、朝の光が空に広がっていくさまを見つめた。地平線にはピンクと青と濃灰色の雲の筋が伸びていた。

9

親愛なるルシアンへ

ときとして、チェスターフィールド卿の言葉はとても簡素で、神々しいほどです。〝心の気取りも外見の気取りも慎重に避けなさい。誰であれ、本来の姿が滑稽なわけもなく、自分と違う者のふりをすることこそが愚かだという警句は真理だ。なのに、そうした例はちまたにあふれている。常識ある男が柄にもなく機知に富むふりをして愚か者と思われていることが、どれほど多いか〟

愛をこめて　レディ・エルダー

馬車が大きく揺れて止まると、ブレイクが扉を押し開けて踏み段をおりた。彼はサー・ランドルフが降りるのを待ってから、ヘンリエッタのために手を差しだした。そしてヘンリエッタが予想していたように手をとるのではなく、彼女の腰を力強くたくましい腕でつかんで抱きあげ、馬車から降ろして地面に立たせた。ブレイクは腰にまわした腕に軽く力をこめたあと、御者のほうを向いて指示を与えた。

ヘンリエッタの頬を冷たい空気が刺した。周囲を見まわすと、そこは森のなかの開けた一画だった。さほど遠くないところに、納屋のような大きな建物が見える。そのドアは大きく開かれていた。建物のそばに、煙が立ちのぼる大きな木製の籠《かご》のようなものがあり、そのまわりを何人もの人々が動きまわっているのが見えた。籠はピンクや黄色の花や青いリボンで遠目にも派手に飾られていた。その脇には、大きな布地らしき色鮮やかなかたまりが広げられていて、朝露《あさつゆ》に濡れた地面を覆っていた。

ヘンリエッタは女性が近づいてくるのを目の隅でとらえ、そちらを向いた。その女性はヘンリエッタよりも二十歳か、あるいはもっと年上に見えた。親しげな笑みを浮かべて優雅に歩いてきたが、その雰囲気は自然ににじみでるものというよりも、どこかとりつくろっているように思えた。黒いケープと手袋とボンネットには、上等そうな毛皮の細い縁取りがついている。

「サー・ランドルフ」女性はギビーに呼びかけ、彼の目をまっすぐに見つめながら手を差しだした。「これほど早くにまたお会いできて、本当にうれしいですわ。それに今日はお客さままで連れてきてくださって。なんて素敵なんでしょう」

老紳士の焦げ茶色の瞳は、愛情がこもった呼びかけにうれしそうにきらめいた。ただ、彼女がサー・ランドルフと会えて喜んでいることを伝える態度は、どこか大げさだった。サー・ランドルフは彼女の手をとってキスをしてから、どれほど美しいか褒めた。それから、長年社交界に身を置いてきた者ならではの優雅な態度で、巧みに彼らを紹介して引きあわせた。

ミセス・ビヴァリー・シンプルは三人に微笑みかけたが、その視線はサー・ランドルフに向けられたままだった。「こうして一緒に気球に乗ることができて光栄です。先ほどから準備をしている者たちは、今朝は気球にうってつけの日和で、日の出がとても美しいだろうと申しております」彼女はヘンリエッタのほうを向いた。「ようこそいらっしゃいました、ミス・トゥイード。これまでに気球に乗った経験はおありかしら？」

ヘンリエッタは彼女に笑顔を返した。「いいえ、今回が初めてです」

「あなたはいかがですか、閣下？」ミセス・シンプルが尋ねる。「これまでに乗られたことは？」

「ある。一度だけ」ブレイクは声も態度も素っ気なかった。

「それなら気球の素晴らしさはよくご存じでいらっしゃいますわね」ミセス・シンプルは、またヘンリエッタを見た。「きっと満足していただけますわ。それにロンドンと周辺の町を行き来するのに気球がどれほど安全で便利か、おわかりいただけると思います。そしてゆくゆくは」言葉を切って、サー・ランドルフに笑いかけた。「女性がロンドンと夏の別荘とを行き来する際に普通に気球を使うようになることを心から願っています。高所恐怖症ではありませんね、ミス・トゥイード？」

ヘンリエッタは期待に胸をふくらませた。「ええ、違うと思います。でも、これまで家の四階よりも高いところにはあがったことがないかもしれません。どれくらい高くまでのぼるんでしょう？」

ミセス・シンプルは笑ったが、またしてもヘンリエッタはその笑顔が自然ではなく、どこかつくりものめいた印象を受けた。ひょっとしたら彼女は、神経質になっているのかもしれない。なんといっても、公爵をもてなそうとしているのだから。

「これまでに経験したことがないほど高くまで上昇しますわ。高所恐怖症でなければ、きっと楽しめます。風にのって、とても自由な気分を味わえるんです」

「お話をうかがっているだけでわくわくしてきました。楽しみでたまりません」

ミセス・シンプルがヘンリエッタにウィンクした。「心配なさらないで。これまで、わたしの気球で女性が気を失ったことは一度もありません」

「それに、空にのぼったあとで万が一気分が悪くなったり怖くなったりしたときには、すぐに気球を地面までおろしてくれるから案じることはない」サー・ランドルフが気をつかって声をかけた。

「もちろんです。そうしたことが皆無とは申しません」ミセス・シンプルが少しかたい声で言った。「空高くまでのぼると思いがけないほど興奮してしまい、体調を崩される方もいるのはたしかです。でも、あなたはとてもしっかりしていらっしゃるから、そんなことはないと思いますわ、ミス・トゥイード」

ヘンリエッタは初めての冒険にすっかり興奮していて、少しも心配などしていなかった。公爵と気球に乗って空を飛べるなんて、本当に夢のようだ。彼女は振り向いてブレイクを見た。彼はそれほどうれしそうには見えなかったが、前にも気球に乗ったことがあるのだからそれも当然かもしれない。初めてのときと同じようには興奮できないだろう。

「気球がふくらむところをご覧ください」ミセス・シンプルはさりげなくサー・ランドルフの隣に立ち、並んで歩きはじめた。「上昇を終えて高度が安定したあと、メイドがシャンパンとイチジクのタルトをお出しします。乗合馬車では受けられない手厚いサービスが自慢です」そう言って、ブレイクのほうに誇らしげな一瞥《いちべつ》を投げた。

「気球にはシャンパンかワインを持ちこむのが習わしではなかったかな、ミセス・シンプル？」公爵が彼女の自慢げな表情を見ながら尋ねた。

「ええ。おっしゃるとおりです、閣下」

「どうしていつもお酒を持ちこむんですか？」ヘンリエッタは気球に向かって歩きながら尋ねた。

「その質問にはわたしでもお答えできます」ミセス・シンプルが言った。「ですが、サー・

ランドルフはとても話がお上手なので、彼からお話しいただいたほうがずっといいでしょう」サー・ランドルフを見て瞳を輝かせる。「あの話をわたしの代わりにしていただけませんか？」

サー・ランドルフは、彼女におだてられてうれしそうに笑った。年をとっているにもかかわらず、楽々とほかの者たちについて歩いている。

「喜んで。あなたが教えてくれた話を紹介できるのは名誉なことだ」彼はヘンリエッタに向きなおった。「たぶんきみも知っているだろうが、最初の気球はフランスでつくられた」

「それはどこかで読んだことがありますが、気球についてはほとんど知りません」

「わかった。フランス人については、わたしもチェスターフィールド卿と同じ意見でね」

「どうしてここであの男の名前を口にしなければならないんです？」ブレイクがつぶやいた。

「きみを困らせるために決まっているじゃないか」サー・ランドルフはそう答えたが、口調は真剣そのものだった。

「間違いなくその目的は達しましたから、さっさと話を続けてください」公爵が言った。

「よろしい。話を戻すと、チェスターフィールド卿はこう言っている。〝フランス人が優れているのは、つまるところふたつしかない。ひとつはファッションで、もうひとつはワインだ〟しかしながら、フランス人は気球についても、最良のワインや最高のファッションと並ぶ人類への貢献として、大きな誇りを抱いている。実はフランス人は気球のことを〝軽飛行機〞と呼んでいるんだが、とりあえずは気球と呼ぶことにしよう。気球が遠く離れた場所まで飛びはじめたとき、当然いくつもの町や村の上を通り過ぎた。そのせいで初期の気球乗りには、ありとあらゆる災難が降りかかった。当時、田舎の住人のほとんどは、人間を運べるほど大きな気球など、見たことはおろか聞いたこともなかったのだ。人々が得体のしれない気球におびえて、いくつも撃ち落とした記録が残っている。そして武器を持って気球乗りを襲ったり、有無を言わさずに監禁したりしたという」

ヘンリエッタはショックを受けて息をのんだ。「なんてこと。いったいどうして村人たちはそんな恐ろしいことをしたんです？」

「多くの者が、気球は天上の世界から人間に害をなす怪物を運んでくるものだと思いこんだんだ」

彼女はその話にすっかり魅せられてしまった。「天上の怪物ですって？」ぽつりとつぶやく。「あまりに信じがたい話ですわ」

「だが、本当の話だ」サー・ランドルフが答えた。

「あなたの語り口は本当に絶妙ですわ、サー・ランドルフ」ミセス・シンプルが言う。「思わず引きこまれてしまいます」

ヘンリエッタは、ミセス・シンプルがサー・ランドルフをおだてる様子を見つめた。彼女は本当にサー・ランドルフに夢中なのだろうか。よくわからない。なぜか、ミセス・シンプルの笑顔も褒め言葉も、心からのものだとは感じられなかった。

「そこで、よきフランス人である気球乗りたちは、それぞれの地元のシャンパンやワインを携えるようになった。地面におりたとき、それを地元の住民たちに渡して、自分たちが人間であることを……空に住む怪物ではなく、遠く離れた村から来た人間であることを証明できると考えたんだ」

「興味深いお話です」ヘンリエッタは言った。

四人は木製のゴンドラのすぐそばで立ちどまった。ヘンリエッタがなかをのぞいてみると、金属製のバーナーが見えた。作業員たちがふいごを使って熱い空気を気球に送りこんでいく。彼女は色鮮やかな球皮がふくらみはじめるのを夢中で見つめた。空気が吹きこまれる音が響くたび、気球はどんどん大きくなっていき、ついにゆっくりと地面から持ちあがりはじめた。

「球皮はとても軽い素材でつくられています。これはタフタですわ」ミセス・シンプルが説明した。「違った色の生地を何枚も縫いあわせているので、大きくて色とりどりの花束が浮かんでいるように見えるはずです」彼女は言葉を切り、満足げにため息をついた。「とても美しく見えて、女性がぜひとも乗りたがるようにと思いまして」

「本当に素敵ですね」気球がさらにふくらみつづけて、ついには彼らの頭上にまっすぐに立ちあがると、ヘンリエッタは嘆息した。

ミセス・シンプルが公爵に話しかけた。「ご覧のとおり、旅行用の気球として使えるよう、

FUTAMI BUNKO
http://www.futami.co.jp/

六人までゆったり乗れる大きなゴンドラをつくりました。長い旅の途中で座りたくなったときのために、座席もしつらえてあります」

「気球は日曜日の午後に楽しんだり、趣味のひとつとしたりするには申し分ない。だが日常的な移動の手段としては、普通の馬車や乗合馬車、それに馬と比べて安全でも実用的でもないと思うがね、ミセス・シンプル」

ミセス・シンプルは肩をかすかにいからせ、公爵の目を見つめたまま体をこわばらせた。

「わたしは少し違ったふうに考えています。とりわけ夏のあいだ、道が荷物車でこみあっていたり、雨でぬかるんでいたりするときに、気球はとても便利です。女性にとっては、ロンドンからケントやドーヴァー、あるいは夏の別荘に行くとき、追いはぎに襲われたり事故に遭ったりする心配もない、理想的な乗り物になりますわ。遠くの町まで移動するのが今よりもっと簡単で早くなります。どうぞ乗ってみてください。そしてぜひご自分の目でお確かめになってください」彼女はまだ少しこわばった笑みを浮かべていた。

ミセス・シンプルがゴンドラの扉を開き、四人は順に乗りこんだ。

「熱い空気の力で気球を押しあげる仕組みはわかりますが、おりるときはどうするんですか?」ヘンリエッタは尋ねた。

「鋭いご質問ですね」ミセス・シンプルが言った。「上をご覧ください。球皮のてっぺんには丸い穴が開けてあり、そこがゴンドラの真ん中から出ているロープとつながっています。

着陸準備ができたら、操縦士がこのロープを静かに引くのです。すると、球皮の穴が開いて熱い空気が抜け、ゆっくりと静かに地面に向かってさがりはじめ、安全に着地できるというわけです」

「これまで、この気球でどれくらい遠くまで飛んだことがあるのかな、ミセス・シンプル？」ブレイクが尋ねた。

「そうですね、正確な距離は申しあげられませんけれども、おそらくロンドンからドーヴァーまででしょうか。ドーセットのほうが遠かったかもしれません。これまでに、ロンドン市内から周辺のすべての郡まで飛びました。それぞれの距離は確かめておりませんが、いつも安全に着陸できていて、幸い今までのところ恐ろしい経験をしたことは一度もございません」

「それはほっとさせられるな」ブレイクは素っ気なく答えた。

理由はわからなかったが、ブレイクがミセス・シンプルを嫌っていることがヘンリエッタにははっきりとわかった。「一七八五年に、フランス製の気球が初めて英国海峡を渡るのに成功しました」ミセス・シンプルは言葉を継いだ。「それ以降、気球の安全性は向上しつづけています。わたしはもう三年以上乗っていますが、一度も事故に遭ったことはありません。さあ、お待たせしました。気球が十分にふくらんだようです」

地上の作業員たちがロープを放すと、気球は揺れたあと地面から浮かびあがった。ヘンリエッタは思わずよろけそうになり、体を支えるためにゴンドラの縁をつかんだ。気球はぐらりと傾いてから軽々と浮かび、やがて空高く上昇しはじめた。

つかのま胃のあたりがざわついたが、ヘンリエッタはたちまち地平線と空の美しい色に目を奪われた。すぐに胃も落ち着き、穏やかな気分になれた。

彼女はブレイクの隣に立ち、遠ざかっていく地面を見つめた。乗ってきた馬車と納屋がどんどん小さくなっていく。気球は木々の梢《こずえ》の上を通り過ぎていった。強く冷たい風がヘンリエッタの顔にあたり、気球はゆっくりと漂いつづけた。

生まれて初めての経験を楽しみながら、彼女は公爵のほうを向き、そこではっと目を見開いた。何かがおかしい。彼の目は地面に釘づけになっている。髪が風に激しく乱れ、顔は土気色だ。ゴンドラの縁を力いっぱいつかんでいるせいで、両手が真っ白になっている。

「大丈夫？」

公爵は答えなかった。うつろな目で地面を見つめつづけている。

ヘンリエッタは振り返った。ミセス・シンプルとサー・ランドルフは話に夢中で、ふたりの作業員は忙しく働いている。ブレイクはゴンドラの縁から大きく身を乗りだしていて、今にも落ちてしまいそうだ。

公爵は、ミセス・シンプルが話していた高所恐怖症なのだろうか。違うはずだ。彼が何かを怖がるとは思えない。だとしたら、何が問題なのだろう。ヘンリエッタはブレイクの腕をつかみ、無理やり引っ張ってゴンドラの内側を向かせた。

「わたしを見て」彼女はささやきかけたが、その声は風に吹き消されてしまった。ヘンリエッタはブレイクの腕をつかみ、軽く揺すった。「わたしの目を見て」さらに大きな声で呼びかけ、それから誰かにその声を聞かれなかったかどうか確かめるためにすばやく振り向いた。ありがたいことに、ほかの者たちは誰も異変に気づいていない。

「外や下を見ないで。どうかわたしを見て。そう、それでいいわ」ヘンリエッタはいっそうやさしい声で呼びかけた。

ブレイクの目が彼女の目をとらえた。それから、彼は激しくまばたきをした。呼吸はまだ浅く、速かった。

「ヘンリエッタ」ブレイクがささやき、激しく乱れている髪を手でかきあげた。

「よかった」ヘンリエッタは大きく息を吸いこみ、彼に微笑みかけた。「少しは気分がよくなったかしら?」

ブレイクがうなずく。ようやく息づかいが落ち着き、顔にはゆっくりと血色が戻ってきた。

「とても心配したわ。どうしたの?　めまいでも?」

彼は頭をはっきりさせようとかぶりを振り、もう一度髪をかきあげた。「ちくしょう」小さく悪態をつく。「心配しなくていい。もう大丈夫だ。どうしてこうなったのかわからないが、下を見たとたん急にゴンドラから落ちてしまいそうな気がしてきて、それきりどうにもならなくなったんだ」

ブレイクは平静をとり戻して楽に息をするようになっていたので、ヘンリエッタは彼の腕を放し、からかいの笑みを浮かべた。「もしわたしがここにいて腕をつかんでいなければ、きっと本当に落ちていたでしょうね」

ブレイクが咳払いをして肩をまわし、にやりとした。「冗談はやめてくれ、ヘンリエッタ」

ヘンリエッタは余裕たっぷりに微笑んだ。「冗談ではありませんわ。わたしはたった今、あなたの命を救ったのだから。これで二度目ね」

「二度目？」

「毒キノコと塩水のことを忘れないで」

「忘れられるわけがない」

「そうでしょう。だから、あなたはわたしに借りがあると思います」

「おかしなことを言わないでくれ。一瞬めまいがしただけだ」

「そして、ゴンドラから落ちそうになった」

「それは違う」あまり確信がありそうな声ではなかった。「そう信じたいのは、くだらない呪いの話のせいだろう」

「呪いはあなたの高所恐怖症と同じように現実にあるものよ」

「だが、ぼくは何も怖くない。それは、呪いなんてないのと同じくらいたしかなことだ。きっと気球の揺れのせいだ。大きな船に乗っていて船酔いをするのと同じだよ」

「それはおかしいわ。この気球は重みのない泡みたいにふわりと浮かんでいるのに」ヘンリエッタは両腕を広げて冷たい風を顔に受け、ボンネットの下からはみだしている髪をなでつけた。「本当に素敵。息をのむような眺めで、地平線の色は美しいのひと言に尽きます。空がどれほど広くて素晴らしいか、これまで本当にはわかっていなかったのね。太陽が地平線から顔を出しているわ」

ブレイクは振り向こうとしたが、ヘンリエッタはまた彼の腕をつかんで止めた。「だめ、外を見ないで」彼女は微笑んでブレイクの手を放した。「わたしがあなたの分まで見て、どれほど美しいかお話ししますから」

とてもあたたかい笑みを返され、ヘンリエッタの心はとろけそうになった。

「いいだろう。きみはとても勇敢だ。今回はきみの言うとおりにしよう」

その瞬間、ヘンリエッタは顔を寄せてブレイクの唇にキスすることだけを望んでいた。彼にキスされた夜に知った、あの素晴らしい感覚をもっと味わいたくてたまらない。

「さあ、きみはどう思った、ミス・トゥイード？」

ヘンリエッタは振り向いた。いつのまにか、サー・ランドルフとミセス・シンプルがすぐ後ろに立っていた。彼女はふたりに心を読まれ、公爵にキスしたいと考えていたことを気づかれないよう祈った。

「気球は旅行の手段として完璧ではないかな？」

「サー・ランドルフ、これまでほとんど旅行をしたことがないので、それについては答えられません。でも、こうして空に浮かんでいるのは最高の気分です。木立のはるか上を鳥たちと一緒に飛べるなんて、天国のようですわ」

「シャンパンを飲む前に、あなたの意見をぜひともうかがっておきたいの。何か気になる点はおありかしら、ミス・トゥイード」ミセス・シンプルが問いかけた。

「いちばん気になるのは、とても風が強くて寒いことかしら」ヘンリエッタは正直に答えた。

「たぶん、長いあいだは乗っていられないと思います」

「春の初めよりも夏に乗るほうがずっと心地よいのはたしかです」

「きみはどうだ、ブレイク？」サー・ランドルフが尋ねた。「どう思う？　賛成票を投じる気になったかね？」

ヘンリエッタは公爵を見た。だいぶ顔色はよくなっているが、先ほどの発作からまだ完全には立ちなおっていない様子だ。

「眺めは……息をのむほど見事ですね。地平線の色が美しい。朝のこの時間の空がどれほど素晴らしいか、これまで本当には理解していなかったようです」ブレイクはヘンリエッタの先ほどの言葉をなぞるようにして答えた。

サー・ランドルフは、どうだとばかりに咳払いをした。

ヘンリエッタはブレイクにいたずらっぽい笑みを投げ、秘密を守ることを伝えた。それを受け、ブレイクが言い足した。「ですが、気球で旅行したいとはとても思えないですね、ギビー」

10

親愛なるルシアンへ

チェスターフィールド卿の言葉です。〝学んでいるときには、遊ぶことを考えてはならない。そして遊ぶときには、学ぶことを考えてはならない〟

愛をこめて　レディ・エルダー

馬車が屋敷に着いて止まったあとも、ブレイクは動かなかった。御者が扉を開けたが、彼は手を振ってさがらせた。ヘンリエッタが隣でとても幸せそうに眠っているので、起こしたくなかったのだ。

ロンドンへの帰りの馬車で、ヘンリエッタはほどなく眠ってしまった。ギビーも、ミセス・ビヴァリー・シンプルの魅力のあれこれや、新しい市長の政治的な悩み、上院の三人の古老議員を巻きこんだ金銭がらみの醜聞といった話を次から次にしゃべりつづけたあと、眠りに落ちた。ヘンリエッタは、馬車がギビーの屋敷の前で止まって彼が降りたときにも目を覚まさなかった。

とはいえ、このままずっと寝かせておくわけにもいかない。それでも起こす前に、あと少しだけヘンリエッタの寝姿を眺めていたかった。整った丸顔をきれいに包んでいる、うね飾りのついた黒いボンネットがベルベットの座席のクッションにあたって枕の役目を果たし、彼女の頭がブレイクの肩にもたれかかるのを防いでいた。つややかな金髪が幾筋かほつれて、額ときれいな頰にかかっている。

午後の日差しが馬車の扉の窓から差しこんでヘンリエッタの顔の下半分にあたり、美しい形の唇を照らしていた。唇はなめらかで、クリームのように白い肌と対照的な鮮やかなピンク色がキスを誘っている。黒いケープで隠されている胸が、息をするたびゆっくりと上下しているのがわかった。

ふいにブレイクは、気球に乗ったとき木立のはるか上にいることに言い知れぬ恐怖を覚えたことを思いだして目を閉じた。気球に乗っているあいだ、ヘンリエッタもギビーもミセス・シンプルも作業員たちも明らかに平気そうだった。どうして自分だけがめまいを起こして動けなくなってしまったのだろう。ロープを解かれて気球が地上を離れ空に浮かんだとたん、どうしてあれほどに無防備な感覚に襲われてしまったのか理解できない。これまでに経験したことのない状況だった。

ブレイクは決して臆病ではない。かつて、ある男に拳銃を向けられて殺されそうになったときも、その銃身をひるむことなくにらみつけたものだった。暴れて跳ねまわる荒馬の手綱をとって乗りこなしたときも、蹄《ひづめ》で踏みつけられることなど恐れもしなかった。けれどもなぜか、気球に乗ったときだけは二回とも転落するかもしれないという恐怖で金縛りにあったように動けなくなり、どうすることもできなくなった。

とりわけ今朝は、もしヘンリエッタが機転をきかせて下を見ないようにしてくれなかったら、本当に気球から落ちていたかもしれない。ありがたいことに、彼女はほかの人たちには気づかれないようとりつくろってくれた。あの気づかいは決して忘れない。あのあと耐えることができたのはひとえに、地面やまわりの空ではなく、ヘンリエッタを見つめつづけていたおかげだ。

ヘンリエッタは風にのって気球が雲のあいだを進んでいくのを楽しんでいた。その姿は美しく、彼女を見つめつづけていることは難しくなかった。ヘンリエッタだけに注意を向けたままでいても、飽きることがなかった。

ギビーからシャンパンのグラスを渡されて初めて口をつけたとき、ヘンリエッタの目に浮かんだ驚きの色を思いだして、ブレイクは微笑んだ。舌の上で泡がはじけたあと、初めて冷たいシャンパンを飲みこんだとき、彼女の顔は喜びで輝いていた。

ブレイクは目を開けてヘンリエッタを見た。まぶたが小刻みに震えている。夢を見ているのかもしれない。だとしたら、どんな夢を見ているのだろう。ハンサムな恋人の夢だろうか、それとも何か別の夢だろうか。

ブレイクの本当の望みは、ヘンリエッタの美しい唇にキスをして目覚めさせることだったが、そんなことが許されるはずもなかった。ヘンリエッタをおびえさせてしまうかもしれない。もし彼女が叫んで、近所の人たちが駆けつける騒ぎになったらどうすればいい？ けれども、もしヘンリエッタがゆっくりと目を開けて、腕を彼の首にからめてキスを返してきたら？ ブレイクは顔を近づけた。

「ヘンリエッタ」彼はささやいたが、その声はとても小さく、ぐっすり眠っているヘンリエッタは身じろぎすらしなかった。それを見て、ブレイクはもう自分を止められなくなった。

頭のなかで鳴り響く警告のベルを無視して身を乗りだし、ヘンリエッタの口もとにそっとキスをする。彼女はかすかに体を動かして吐息をついた。そのせいで、ブレイクはいっそう大胆になった。今度はすばやく、やさしく唇を重ね、さらにじっくりとキスをした。ヘンリエッタはまた体を動かし、手をあげて鼻をこすったが、まだ目は開けなかった。

ブレイクはそっと微笑み、ヘンリエッタが眠っている姿を見つめた。こっそり唇を奪うのはずるいとわかっていたが、そのあらゆる瞬間を楽しんだ。もともと行儀がいいわけではない。

ブレイクは思いきってふたたびヘンリエッタの口もとに唇をあて、あたたかく女らしい香りを吸いこんだ。やわらかく冷たい頰に沿って唇をゆっくりすべらせ、それから彼女の唇にそっと重ねた。ヘンリエッタはまたしても吐息のような声をもらし、身じろぎして両腕を頭の上に伸ばした。ヘンリエッタを抱きしめたかった。従順な体を自分の体にぴったり重ねてそのあたたかさを感じたかったが、頭のなかで警告のベルが再度鳴り響き、衝動を懸命にこらえた。

今はだめだ。

ふいに、ヘンリエッタがまつげを震わせて目を開けた。すぐそばにあるブレイクの顔を見つめる。最初、彼に微笑みかけたが、それから驚いた表情になって目をさらに大きく見開いた。まっすぐに座りなおし、慌ててケープの折り目を整えはじめた。

「申し訳ありません。一瞬まどろんでしまったようです」

女性の寝起きの姿はとてもなまめかしいものだ。今は真っ昼間で、ここは自分の屋敷の前に止まっている馬車のなかだというのに、ブレイクは彼女が欲しくてたまらなかった。

彼は心のなかでうめいた。いったいぼくはどうしてしまったんだ？ 無垢《むく》な娘に対して考えるようなことではない。

まして、ヘンリエッタはぼくの被後見人なのに。

「ずいぶんと長いあいだ寝ていたよ」ブレイクは気まぐれな欲望を振り払いながら答えた。

「もう家に着いた」

「家に？」ヘンリエッタは、信じられないとばかりに馬車のなかを見まわした。「サー・ランドルフは？」

「十分ほど前に、彼の屋敷で降ろした。きみはとても幸せそうに眠っていたので、ギビーに挨拶させるためだけにわざわざ起こしたくなかったんだ」

「こんなふうに寝てしまうなんて、みっともない姿を見せてしまったわ。おふたりとも眠っていたならいいんですけど」

ブレイクはにやりとした。「少しは気が楽になるかもしれないから教えてあげよう。ギビーもきみのすぐあとに寝てしまった。ぼくも寝ようとしたが、きみのいびきのせいでとうとう眠れなかった」

ヘンリエッタが息をのむ。「いびき？　わたしが？　いびきなんてかかないわ」

彼女の戸惑った顔を見て、ブレイクは笑った。ヘンリエッタをからかうのは楽しすぎて、とてもやめられない。「まさか、ひと晩じゅう眠らずに確かめたから大丈夫だなんて言わないでくれよ」

ヘンリエッタが完璧な形の眉を動かした。「もちろん違います。わたしはそこまで愚かではありません。レディに対してそんなことをほのめかすなんて失礼だわ」

ブレイクは、彼女が憤慨している様子に笑ってしまった。「そうだな、失礼した。きみはいびきはかいていなかったかもしれない。あれはギビーだったのかもしれないな」

ヘンリエッタは彼を警戒の目で見つめ、それからようやく冗談だと気づいた。「ひどい方ね」

「よくそう言われるよ」

「わたしをからかっているの？　いびきなんて聞こえなかったんでしょう？」

ブレイクはにんまりした。「そのとおり。きみを見ていると、どうしてもからかいたくなってしまうんだ」

「意地悪ね」

「ときには」

「いつもでしょう」

「そうかもしれない」ブレイクはふいに真剣な顔になり、彼女の美しい空色の目をのぞきこんだ。「ありがとう、ヘンリエッタ」

ヘンリエッタは驚いた顔になって唇を開き、大切な質問に対する答えを探すかのようにブレイクを見つめた。

「どうしてお礼を？」

「今朝、気球に乗っていたとき、ぼくのためにいろいろしてくれたからだ」

「まあ、あなたの命を救ったことね」

今度はヘンリエッタが彼をからかう番だった。

「ぼくはそう思っていないけれどね」ブレイクは彼女の手袋をはめた手をとって、やさしく握ってから放した。「前に気球に乗ったときも同じようになったが、そのときにはきみに助けてもらえなかった」それでもどうにかこらえて、またこうして気球に乗れたんだから」

「わかったわ、あなたの命を救ったとはもう言いません。ああなるのか、わかった気がするわ」

「本当に？　教えてくれ」

「きっと、自分では何も決められなくなるからだわ。あなたは公爵として、とてもたくさんのことを決めているでしょう。とりわけ、ご自分の命に関することは。でも、空の上では他人にすべてをゆだねなければならなくて、そういう状況に慣れていないでしょう。気球から落ちてしまうのではないかという不安に襲われるのは、たぶんそのせいじゃないかしら」

ブレイクはヘンリエッタの分析について考えてみた。そういうことがありうるだろうか。馬や馬車、それに何度か海で船に乗ったときでさえ、もし何か問題が起きたときにはどう対処すべきかわかっていたが、気球で空高くにいるときだけはあまりに無力だった。

「なるほど。そうなのかもしれない」

「さしでがましいようだけど、気球の操縦法を学んだらどうかしら。そうすれば自分で対処できるようになって、あんなふうにならなくなると思うの」

気球の操縦法を学ぶという解決策のいちばんの問題点は、そうしたい気持ちにまったくなれないことだった。気球に乗るなんて二度とごめんだ。あのいまいましい乗り物の操縦を覚えたところで少しもうれしくない。馬車や馬や船で旅するだけで満足だ。そのいずれも使えないのなら、そのときは足で歩けばいい。

「たぶんそういった機会をつくって――」

「そろそろ、帰り道で考えていたことをきみにきくべきかもしれない」

ヘンリエッタが美しい唇を湿らせた。「この話題はやめたいのね？」

「そのとおり」

「いいわ。何を答えればいいの？」

「教えてくれ。ミセス・シンプルをどう思った？」

ヘンリエッタが問いかけるようなまなざしを向けた。「それは彼女が美しくて、気配りがあって、意志が強いこと以外にはという意味よね？」

「そうだ」誘導尋問はしたくない。ヘンリエッタの本音を知りたかった。

彼女は眉根を寄せ、しばらく思案していた。「率直に言ってもいいかしら？」

「それを期待しているんだ」

「ミセス・シンプルはサー・ランドルフに心を寄せていることを周囲に知らしめるためにさまざまなことを言っていたけれど、笑顔のときも目までは笑っていないように思えたわ」

ブレイクはクッションに背を預けた。「言いたいことはわかるが、できればもう少し説明してくれないか」

ヘンリエッタに微笑みかけられ、彼は下腹部が締めつけられた。彼女に理解のこもった表情で見つめられるたび、体がどうにかなってしまいそうだ。

「ドーセットの屋敷で暮らしていたとき、ブレンブリー卿はたくさんのことを教えてくださいました。とても親切で、見識がある方だったから。その様子を見たり、話を聞いたりして、それに毎日いろいろな勉強もして、本当に多くのことを学びました。夏にはブレンブリー卿の孫たちが屋敷を訪ねてきて、子供たちが馬車から飛びだして駆け寄ってくると、あの方がうれしそうに顔を輝かせるさまを眺めたものです。その目を見れば、笑顔と笑い声は心からのものだとわかりました。けれども子供たちの継父が馬車から降りてきたときには、笑顔のままなのに目はもう笑っていなかったの」

「面白いな」

「ええ。ある日そのことを尋ねると、ブレンブリー卿はわたしの観察力を褒めてくださり、孫たちのことは心から愛しているけれど、娘の再婚相手に対しては同じ気持ちは持てないと言ったんです。目が笑っていないのは、その笑顔が本心からではないせいだと」

ブレイクはうなずいた。「ブレンブリー卿の言いたかったことはよくわかる。ぼくもミセス・シンプルにきみと同じ印象を抱いた。ギビーにぞっこんの態度が演技のように感じられたんだ」

「でも、サー・ランドルフはわたしたちが見ているようには見ていないと、思ってるんですね」

「それは間違いないが、ただギビーが気づかないふりをしているのか、そもそも何も見えていないのかはわからない」

「サー・ランドルフにわたしたちの懸念を伝えるべきかどうか迷っているの？　ミセス・シンプルの好意は偽りで演技だと？」

「そうだ。彼女はギビーに気球の事業に出資させようとしている。だが、そんなアイデアはどう考えてもばかげている」

「〝気球への投資話〟というのは、そういうことだったのね」

ブレイクはうなずいた。「ミセス・シンプルがギビーから金を引きだして姿をくらまそうとしているのか、それとも新しい事業を始められると本気で信じているほど愚かなのか、確かめたいんだ」彼はヘンリエッタに微笑みかけた。「きみとブレンブリー卿の洞察力に礼を言うよ。さあ、そろそろ家に入ろう」

ブレイクは馬車の扉を開けて飛び降り、ヘンリエッタに手を伸ばした。そして彼女が差しだした手を無視して、腰に手を添えて降りるのを手伝った。きわめて不適切なのはわかっている。ゴシップ紙で、ときおり〝悪魔のような公爵〟と書きたてられる理由のひとつがこれだ。けれども女性が馬車から降りるときに腰に手をまわして支えると、手袋をはめた手を握るだけよりもはるかに興奮させられる。

「閣下」玄関まで歩きながら、ヘンリエッタが呼びかけた。「本当に素敵でした。ありがとうございました……今日のことは決して忘れません」

ヘンリエッタの言葉に欲望が燃えあがり、ブレイクの体を熱いものが走り抜けた。頬に冷たい風を浴びながら彼を見あげているヘンリエッタはとてもきれいだ。もしこの瞬間に彼女にキスができるなら、ブレイクはどんなものでも差しだしただろう。けれども、それがどれほど危険かはわかっている。誰かに見られたら、ヘンリエッタの評判はたちまち地に落ちてしまう。ブレイクは彼女の背中にそっと手を添え、そのまま玄関へと促した。

「ギビーのやかましいいびきと、きみの寝息のおかげで、ぼくにとっても忘れられない一日になった」

そのせりふに、ヘンリエッタはわざとらしくおびえた表情をつくってみせた。「本来なら主人役は誰よりも先に眠って、被後見人や古くからの大切な友人であるサー・ランドルフがいびきをかいたり、ため息をついたり、寝言を言ったりしてもわからないようにするべきだったのではないかしら？」

ブレイクは玄関のドアを開けながら笑った。「きみがぼくの言葉を逆手にとって責めてくることくらい予想しておくべきだったな」

「当然の報いね。わたしたちを冗談の種にして楽しもうとするなんて、あんまりですもの」

「きみは傷ついた乙女をとてもうまく演じているよ、ヘンリエッタ」ブレイクは彼女のケープを受けとりながら言った。

ヘンリエッタは目を愉快そうにきらめかせて手袋を脱いだ。「本当に傷ついたのよ」

コンスタンスが客間から出てきて、玄関広間までやってきた。

「おはよう」ブレイクは呼びかけた。「きみが今朝、来ているとは知らなかった」

「そのようね」コンスタンスはかたい表情で答えた。「それに、今はもう朝ではなく昼よ」

コンスタンスは見るからに不機嫌だったが、ヘンリエッタと楽しんだあとなので、皮肉を言われても気にならなかった。

彼は玄関広間の奥にある背の高い時計に目をやった。「たしかに」

「こんにちは、コンスタンス」ヘンリエッタがボンネットをはずしながら言った。

たちまちコンスタンスは驚いて息をのみ、けわしい顔になった。「なんてこと。ヘンリエッタ、その髪はいったいどうしたの？　それにあなたもよ、ブレイク。ふたりとも、まるで嵐に巻きこまれたみたいだわ。髪がくしゃくしゃよ。いったいどこにいたの？　それに、いったい何をしていたの？」

ヘンリエッタが急いで髪に手をやってなでつけた。

ブレイクは、とがめられてかちんときた。「別に不適切な振る舞いに及んでいたわけじゃない。それは保証するよ、コンスタンス」自分も髪をなでつけながら言った。「気球に乗っていたんだ。想像できると思うが、空高くまでのぼるととても風が強かったんだ」

「それに、とても寒かったわ」ヘンリエッタが言った。「よろしければ、わたしは自分の部屋に行って着替えてきます」

「行っておいで」ブレイクは言った。

「それがいいわ」コンスタンスが言い添える。

ヘンリエッタはふたりに挨拶をしてから階段をあがっていった。

コンスタンスが不満げに腕組みした。「気球に乗っていたですって？　いったい何を考えているの？」

「文句を言われるとは思わなかった。来てくれ、話の続きは書斎でしよう」

ブレイクは外套と手袋をアシュビーがあとで片づけられるよう手すりの柱にかけ、コンスタンスと並んで廊下を歩きはじめた。

「さて、何から話せばいいかな？」ブレイクは書斎の入口で脇によけ、コンスタンスを先に通した。

「最初に知りたいのは、まだわたしにヘンリエッタのシャペロンとして、来週社交界にデビューするための用意をさせたいと思っているのかよ。最初の舞台は、レディ・ウィンダムの屋敷でのパーティ以外に考えられないわ。彼女は選りすぐられた最高の客しか招かないから」

ぼくはまだそれを望んでいるだろうか？

「ああ、もちろんだ。その考えは変わっていない」

レディ・ウィンダムのパーティというのは最高の選択だった。彼女には昨年、ミス・バーバラ・カムデンと情熱的に抱きあっているところを見られたのに、誰にも話さないでいてくれた借りがあるからだ。ひとつ間違えば致命傷になりかねなかった。ミス・カムデンと結婚しなければならない状況だけは避けたかった。彼女のキスは、真冬に冷たい川に飛びこんだも同然の寒々しいものだった。

「それなら、お願いだから教えて。ヘンリエッタがふさわしい相手を選べるよう磨きをかける役に立たない軽薄な遊びに連れまわしておいて、いったいどうすれば準備を間に合わせることができるというの？」

「きみが今日もヘンリエッタに用があるとは思いもよらなかったんだ、コンスタンス。彼女はこの一週間、毎日きみと出かけていた。普通に考えたら、準備はひととおり終わったものと思うだろう。今日はもう土曜日なんだ」

「これだから男の人は！」コンスタンスはあきれた様子で叫んだ。「すべてを一週間でやり終えられるとでも思っているの！　衣装をきちんとそろえるためにどれだけの段取りが必要か、まったくわかっていないのね」

ありがたいことに、とブレイクは思った。

「ブレイク、わたしたちは生地から選んでデザインと飾りを決めなければならないの。ヘンリエッタのドレスやケープ、手袋、それに下着を木曜日のレディ・ウィンダムの舞踏会に間に合わせてつくるために、何人もの女性が二十四時間態勢で働いているのよ。来週、ヘンリエッタは毎日のように試着に行かなければならないし、すべての服がそろうまでにはそれよりずっとたくさんの時間が必要だわ」

「そういったことは、すべてきみに任せるよ」ブレイクはコンスタンスの熱弁にうんざりして答えた。

「ヘンリエッタはしゃれたドレスを着て、髪を飾ればいいだけではないのよ。来週社交界にデビューするときまでに、自分をどんなふうに見せるか、何を言ったらよくて何を言ってはいけないかわかるように、礼儀作法もきちんと教えこまなければならないの」

「そんなことまで必要かい？　ぼくには、ヘンリエッタは十分に礼儀正しく見えるけれどね」

「たとえどれほど魅力的な男性でも、どれほど熱心に求められても、その相手とはひと晩に一度だけしか踊れないことをきちんと理解させないと。男性がこの家まで訪ねてきたり、公園に誘ったりするときには、その前に必ずあなたの許可が必要なことも。わたしが知っておきたいのは——」

ブレイクは手をあげて彼女を黙らせた。「きみの言いたいことはよくわかった、コンスタンス。必要なことは何でもしてくれ」

「そのためには、ヘンリエッタの気をそらさないようにしてもらいたいの」

「それも承知した」

「ありがとう、ブレイク。社交界には、若い女性の欠点を見つけることに生きがいを感じている女がたくさんいることは知っているでしょう？　自分や親しい友人と何のつながりもない相手にはどれほど辛辣《しんらつ》になれるかということも。そしてヘンリエッタは、あなた以外とは誰ともつながりがないのよ」

「ぼくには社交界に友人がひとりもいないわけじゃないよ」

「もちろん、それはわかっているわ」コンスタンスが微笑んだ。「そして、あなたはとても好かれている。でも、いいかしら。あなたはそうした友人たちの娘をずっとこばんで独身のままでいることを忘れないでもらいたいわ。それはつまり、そうしたお嬢さんたちの好意と愛情をたっぷり楽しんだあげく、傷つけて放りだした女たらしだと思われているということよ。誓ってもいいけど、あなたにふられた女性はヘンリエッタに少しでも不完全なところがあれば、どんなに些細《ささい》なことでもあげつらうはずよ。わたしにシャペロンを務めさせたいなら、毎日それこそ必要なら夜まで彼女と一緒に準備することを認めてもらいたいわ」

ブレイクは、かつての恋人にいさめられるのは気に入らないと言いかけたが、かろうじて不満をのみこんだ。もとをただせば、コンスタンスには自分から助けを求めたのだ。

「それで全部かな？」

「ええ、お互い理解できたのだとしたら」

「理解したよ」

「いいわ。わかってもらえたようだから、ヘンリエッタのところに戻って、今日できることをさせてもらうわ」

「ぜひ頼む。ヘンリエッタはきみのものだ」

さしあたっては。

11

最愛の孫、ルシアンへ

チェスターフィールド卿の優れた言葉を紹介しましょう。〝自分の話を聞かせるために、相手のボタンや手をつかんではならない。人々がおまえの話を聞きたがらないときには、そんなものをつかむよりも自分の舌をつかんで口をつぐむべきだからだ〟この言葉には叡智がこめられていますが、それだけではなく思わず微笑んでしまいませんか？

愛をこめて　レディ・エルダー

コンスタンスが書斎から出ていくとすぐに、ブレイクは机に近づいて椅子に腰をおろした。最初に目を向けたのは、手紙と書類の山だった。昨夜と比べてさらに高くなっている。はるかに高い。なんてことだ。

ブレイクは散らかっている机を見つめた。これを目にしたら、ヘンリエッタは顔をしかめるに違いない。だが、なぜヘンリエッタがどう思うかを気にしなければならないんだ？　彼女はぼくの被後見人であって、お目付役ではない。

まったく、どうして父の秘書を辞めさせてしまったのだろう。なぜ時間をつくって、新しい秘書を探そうとしなかったのだろう。そしてどうして、ヘンリエッタがやってきてから急にこうしたことが気になりはじめたのだろう。最優先事項は秘書を雇うことだ。それもできるだけ早く。レイスかモーガン、ギビーでもいい、誰か心当たりがいないかきいてみよう。

ブレイクはいらだちを覚え、思わず紙の山を手の甲で机の隅に押しのけた。いくつかがはずみで床に落ちた。手紙はあとまわしだ。そんなものに時間を割いている暇はない。考えなければならないことがあまりに多すぎる。何より気になるのは、ギビーの問題とヘンリエッタに惹かれるこの気持ちをどうするかだ。ただ、現時点ではそのどちらについてもできることは何もない。

ミセス・シンプルがギビーから金を引きだし、彼を自分の言いなりにさせようとしているのは間違いなさそうだ。ただ、金を手に入れたらそのまま逃げるつもりなのか、それとも実際にそれを気球に注ぎこむつもりなのかはわからない。どちらにしても、金は失われてしまう。

ブレイクは、自分がヘンリエッタに対して感じている予期せぬ感情に戸惑った。この気持ち自体はある意味、当たり前だ。ぼくは男なのだから、美しくて頭がよく魅力的な女性に惹かれるのは当然だ。けれども、法で定められた被後見人をベッドに誘いこみたいと望むのは明らかに間違っている。

人の気配を感じて顔をあげると、家政婦のミセス・エルスワースがドアのそばに立っているのが見えた。手紙にやつあたりしていたところを見られなかったことを願うばかりだ。

「どうした、ミセス・エルスワース?」

「失礼いたします、閣下。何か召しあがりたいのではないかと思いまして。お申しつけいただければ、すぐにお持ちしますが」

「ありがとう。ぼくは結構だ。それよりミス・トゥイードの食事を用意して、すぐに自室に運んでくれ。彼女はまた出かけるから」

「かしこまりました。すぐにお届けします」姿を見せたときと同様、ミセス・エルスワースは静かに姿を消した。

コンスタンスのあの様子では、また慌ただしく出かける前に、ヘンリエッタに何か食べさせることなど思いつきもしないに違いない。服を仕立てるのがそれほど面倒だなんて、誰が思うだろう。男なら一度か、せいぜい二度も採寸すれば、あとは仕上がりを待つだけなのだから。

ブレイクは椅子の背にもたれかかって目を閉じた。キスをしたときヘンリエッタの唇がどれほどやわらかくふくよかだったか、そして寝顔がどれほどかわいらしかったか、思い起こしてしまう。

「だめだ」彼は声に出してつぶやき、目を開けた。ヘンリエッタはぼくの被後見人だ。彼女の庇護者として、よからぬ思いを抱くすべての男たちから守らなければならない。そう、自分も含めて。

できればしばらくここを離れ、頭をすっきりさせたい。そうすれば、この難しい状況を新たな目で見つめなおせるだろう。あるいはいちばんてっとりばやいのは、別の女性で心を満たすことかもしれない。今夜これから出かけて朝まで踊って酒を飲み、賭けごとに興じ、ベッドに誘う相手を見つけるべきかもしれない。

最後の愛人と別れたのは三カ月前だ。少なくとも彼女がいれば悶々とした思いをやわらげ、ヘンリエッタが微笑みかけてくるたびに下腹部にあふれだす欲望をしずめることができただろう。ぼくとの逢瀬を歓迎してくれる若い未亡人はたくさんいる。今夜、パーティで探りを入れてみるのもいいかもしれない。

そのとき、またしてもドアのところに人の気配を感じた。ブレイクが顔をあげると、アシュビーの姿があった。ブレイクは心のなかでうめいた。

今度は何だ？

使用人というのは実に悩ましい存在だ。いつも何か尋ねに来たり、何か告げたりしたがる。

ときどき、ひとりきりで暮らしたいと願うことがあった。

公爵という立場は最悪だ。

「アシュビー、どうしたんだ？」

「お邪魔して申し訳ありません、閣下。ですが今日、閣下を訪ねてきた方々の名刺をご覧になりたいかと思いまして」

アシュビーが銀のトレイをブレイクの前に置いた。

ブレイクはトレイに目を落とした。ざっと見たところ、十枚以上ある。公爵になってから一日に一枚か二枚受けとることはよくあるが、これはいったいどうしたというのだろう？妙だ。いつも週末までに五、六枚の名刺を受けとっていたが、そのほとんどは議員のものだった。いつになったら彼がブレイクウェル公爵として政治的な義務を果たす気になるのか知りたがっている連中だ。ブレイク自身はまだ、議会にはいかなる形でもかかわるつもりはなかった。たとえその義務と名誉が爵位に伴うものだとしても。

ブレイクは顎をなでながらアシュビーに尋ねた。「これほどたくさんの紳士が、今日ぼくに会いに来たというのか？」

「さようでございます」

ブレイクは戸惑った。「何か大切な約束を忘れていたのかな？」

「わたしが存じあげる限りでは、お約束はなかったかと。ただ、ご予定のすべてを把握しているわけではありませんので」

ブレイクは紙を脇に押しやって机の上を探り、ようやく予定帳を見つけた。数日前に手紙に目を通したとき、いくつか予定を書きこんでおいた。なかでひとつだけ、興味をそそられるものがあった。〝レディ・ハウンズロウ、ロンドンに滞在〟とメモしてある。そういえば、彼女から会いに来てほしいという連絡を受けとっていた。

これまで、その招待のことをすっかり忘れていた。まだ若い未亡人であるレディ・ハウンズロウは喪が明けたばかりで、最近になって訪問客を受け入れ、招待を受けはじめたところだった。喪の期間は田舎の屋敷で過ごしていたので、彼女とは一年以上会っていない。あの官能的な未亡人ともう一度親しくなるには絶好の機会だ。レディ・ハウンズロウはヘンリエッタの誘惑から心をそらすためにうってつけの女性かもしれない。

「ありがとう、アシュビー。急だが、今日レディ・ハウンズロウを訪ねることにした。花束を持っていきたいので、用意してくれないか」

「すぐにご用意して、玄関広間でお待ちしております」

「頼む。それから料理人に言って、プラムのタルトも一緒に用意してくれ」甘い菓子はどんな女性の心もとろけさせる。

「かしこまりました」

しかしアシュビーは、まだブレイクの机の前に立ったままだった。

ブレイクは尋ねた。「ほかに何かあるのか？」

「はい、閣下。レイスワース卿とモーガンデイル卿がお見えです。お入りいただいてよろしいでしょうか？」

やれやれ。今度はいったい何だ？

「ああ、もちろんだ。ここに通してくれ」

執事が出ていったあと、ブレイクはトレイの名刺をもてあそんだ。いったいこの連中は何の用だったんだ？　たとえばきざなスネリングリー卿のようによく知っている者だけでなく、どこかで名前を聞いたことがあるだけで知り合いとは呼べない男たちの名刺もあった。不可解だ。

レイスがいつもどおり颯爽と入ってきたのを見て、ブレイクは椅子から立ちあがった。そのすぐあとから、モーガンも悠然と入ってきた。ふたりとも、強大な王のごとく堂々たる雰囲気をまとっている。神はブレイクの親族に秀でた容姿と魅力、そしてふさわしからぬほど豊かな知性を与えたもうた。そして祖母に幼いころから教えられてきたとおり、彼らはその幸運をあらゆる場で利用してきた。

「ふたりとも、ミセス・シンプルとロンドンで気球に興味を持っている者たちについて、必要な情報はすべて手に入れたなんて言わないでくれよ」

「わかった、黙っていることにしよう」レイスが微笑んだ。そしてブレイクが冗談を返さないのがわかると、おずおずと言い足した。「すまない、そうじゃないんだ。ミセス・シンプルについてはまだ何も調べていない。だが、今日の午後、調査を手伝ってくれる男と会う手はずになっている」

「ぼくのほうはもう少しましだ」モーガンが言う。「ある男を使って、内密に調査させた。その男と今日このあと会って、報告を聞くつもりだ。それに小さなクラブにも立ち寄って、気球のことが話題になっていないかどうか確かめてみる」

「弁護士を通じてボウ・ストリートの誰かを雇って、ミセス・シンプルと彼女の過去について調べさせるよ」レイスも言った。

ブレイクはテーブルに戻って、クリスタルのデカンタの栓を開けた。いとこたちには酒を飲むかどうかきくまでもない。ふたりはいつも、彼が毎年ポルトガルから届けさせている高価なポートワインを楽しみにしていた。かつてフランスがワインをイングランドに対して輸出禁止にしたとき、ブレイクの父がとり寄せはじめたワインだった。

「何の情報もないなら、どうしてここに来たんだ？」ブレイクはブランデーを加えて製造されるそのワインを三つのグラスに注ぎ、デカンタの栓を閉めなおした。

「いとこを訪ねるのに理由が必要かな？」レイスが尋ねた。

「普通なら」ブレイクはグラスをモーガンとレイスにひとつずつ渡した。

「今朝の様子を確かめたかったんだ」モーガンが言った。

「そうだ」レイスが言い添える。「心配していたんだぞ」

ブレイクは自分のグラスをとって、ほんのり甘く強いワインを飲んだ。「ギビーのことは心配しなくてもいい。彼は自分がしていることをはっきりとわかっている。ミセス・シンプルに好意を寄せられて浮かれているけれどね。だが、ミセス・シンプルのことを考えれば考えるほど、本気で事業を始めようとしているとしか思えない。ギビーから金を奪って逃げるつもりはなさそうだ。気球旅行の会社をつくれば女性客をとりこめると本気で信じているふしがある」

「なるほど。ミセス・シンプルのことをどう思っているか教えてくれてありがとう。とにかく、このあとどうするかはもっと情報を集めてから決めよう。それよりぼくたちが本当に知りたいのは、今朝きみが気球をどんなふうに楽しんだかだ」

ふたりはまじめな顔をつくろっていたが、モーガンの唇は笑いをこらえているせいで引きつり、レイスも笑わないように口を魚みたいに突きだしていた。ふたりとも、今にもこらえきれずに噴きだしそうだ。

もしブレイクが一部始終を話して満足させてくれると思っているのなら、大間違いだ。気球に乗っているあいだに起きたことはいっさい話す気はない。何も教えるつもりはなかった。とりわけ、ヘンリエッタにかけられた魔法については。

どうやらギビーがぼくたちを過保護天使と呼んだのは、正しかったらしい。ブレイクも、レイスとモーガンに一挙一動を監視されているように感じはじめていた。

「とても楽しかったよ」ブレイクはさらりと答え、またポートワインを口に運んだ。

レイスとモーガンが顔を見合わせた。

「本当に？　少し青ざめてないか」モーガンがもっとしゃべらせようと挑発した。「髪がまだ逆立っているし、手が震えているじゃないか」

公爵という地位が最悪なだけではなかった。好奇心旺盛なふたりのいとこがいることも最悪だ！

ブレイクは髪をなでつけた。帰ったとき、最初に注意を払うべきだった。彼はなんとか冷静さを保とうと懸命にこらえ、それからいかにも落ち着いた声をつくって答えた。「上空は寒かったし、猛烈に風が吹いていた。だが、あれほど美しい日の出を見たのは初めてだ。きみたちもあの風景を眺めながら、一緒にシャンパンを楽しめたらよかったのに。今朝ほどシャンパンがおいしく思えたことはなかった」最後に、意地悪い笑みを浮かべてみせた。

「おいおい、きみを心配していたんだぞ。誤解しないでくれ」モーガンが言う。

「心配だって？」

お笑いぐさだ。

「そうだ。一緒に気球に乗ったとき、きみがどれほど尋常でなかったか思いだしてくれ。幽霊みたいに真っ青になって、今にも気を失いそうだった。またあんなふうになったのか？」

「レイス、いったい何を話しているんだ？　ぼくはこれまで一度も気を失いそうになったことなんてない。あのときは、落ちそうな気がしただけだ。気を失いかけるのとはまるで違う。事実をねじ曲げるのもいいかげんにしてくれ」

「そうか」レイスの声からは、ブレイクの説明をひと言たりとも信じていないことがはっきりうかがえた。

「今回は、あのときよりも気持ちがよかった。実に快適だったよ」ブレイクは良心の呵責を感じることなく嘘をついた。ときどき、いとこたちに対して正直になれないことがある。

「それにしても、ふたりともひどいな。心配なんてしていないだろう。ただ、ぼくをからかいたいだけだ」

レイスがくすくす笑った。「ばれたか。きみをからかいの種にして楽しんでどこが悪い？」

「開き直る気か」ブレイクはむっつりと応じたが、すぐに言い足した。「だが、そうきかれれば、もちろん悪くないと答える。立場が逆ならぼくも同じことをするだろう。とにかく、この件についてこれ以上話すつもりはない。きみたち過保護天使につきあってはいられない、ぼくにはしなければならないことがたくさんあるんだ」

「〝過保護天使〟だって？」レイスがむっとして言い返した。「いったいどういう意味だ？」

「まったくだ。おい、ブレイク、もしぼくたちがきみを気にかけなければ、いったい誰が気にかけてくれるというんだ？」モーガンが憤然として言った。

ブレイクは笑いだした。ギビーから過保護天使と呼ばれたとき、ブレイク自身も気にかけてもらっていることに感謝すべきだと言い返したのだから。

「何がそんなにおかしい？」レイスがいきりたって詰問する。

「きみたちふたりには説明したくないな」ブレイクはふたりに近づき、デカンタをとってそれぞれのグラスに注ぎ足した。

「実は、こうして会いに来たのにはもうひとつ理由がある」

「あるいはふたつ」レイスが言い添え、グラスを口に運んだ。

ブレイクは何かまだ問題があるらしいことに気づいた。しかも、ふたりは話す前にじらして楽しむつもりのようだ。

「そのとおり。ひとつは、きみの被後見人に会いたいと思ったんだ」モーガンがウイングバック・チェアに腰をおろした。

「彼女はあちこちで話題になっている」レイスも別の椅子に座った。「噂が立ち、それをゴシップ紙があおる流れはきみもよく知っているだろう。それにしても、ミス・トゥイードは別格だ。若い女性が新たにロンドンにやってきただけでこれほどの騒ぎになるなんて、ついぞ記憶にない」

ブレイクは机に寄りかかり、ブーツを履いた足を組んだ。社交界でどんな噂が飛び交っているかは容易に想像がつく。今の状況には、自分ですらまだなじんでいないのだから。

「残念ながら、今日はヘンリエッタには会わせられない。彼女はコンスタンスと一緒に出かけているんだ。女性には、舞踏会のために準備しなければならないことがたくさんあるらしい」

「まさか、ぼくたちもほかの連中と同じように、パーティにデビューするまで彼女に会わせないつもりじゃないだろうな」

「実のところ、とくに考えていなかったが、それも悪くないな。前もって紹介する義理はない。来週の木曜日の夜、レディ・ウィンダムのパーティに出席することだ。ヘンリエッタはそこでデビューする予定だから」

「ブレイクは、気球のことでからかわれたのを根に持っているんだ」

「そうみたいだな」モーガンはアシュビーが机の上に残していった銀のトレイに目を落とし、名刺を何枚かとって眺めた。「きみはとても人気があるんだな、ルシアン」

ブレイクはファーストネームで呼ばれたことも意に介さず、話題を変えようとその質問に飛びついた。

「どうやらそうらしい。ただ、どうして急にそうした連中がぼくに会いに来たのか、さっぱりわからないんだ」

「本気で言っているのか？」モーガンが言う。「きみが理由を知らないとは驚きだ」

ブレイクはその言い方が気に入らなかった。「なかにはまったく知らない相手さえいる。

が言った。
「ほかの誰かから聞かされるより、ぼくたちから聞いたほうがいい、そうだろう?」レイス
だが、きみたちは事情を知っていて、それを教えてくれそうな気がしてきた」
ブレイクはいっそう落ち着かなくなった。
・モーガンがポートワインを飲んでから口を開いた。「きみが被後見人にしかるべき夫を選
ぼうとしているという噂は、すでに社交界に広く知れ渡っているんだ」
「そんなばかな。ヘンリエッタがこの家に来てから十日ほどしかたっていない。それに、ぼ
くはまだ誰にも話を持ちかけていないんだぞ」
「そんな必要はない。使用人たちがそれぞれの主人に話しているだろうし、店員だって店に
来る客にべらべらしゃべっているはずだ。きみの被後見人が美しくて頭がよくて性格もいい
という話は、ロンドンじゅうに広まっている。妻を探している男にとっては、それだけわか
れば十分だ」
「それに、後見人が公爵だというのも悪くない」レイスが言い足す。「きみがたっぷり持参
金をつけるだろうと誰もが考えている」
「それで、これまで妻を探していなかった男までが寄ってくるってわけだ」
「理解できたよ。ロンドンの社交シーズンは、若い女性が結婚相手を見つけるための場で、
ヘンリエッタはそれに参加する。思うに、名刺を置いていった連中はみな、ミス・トゥイー

ドを愛するにふさわしい男として自分を売りこみに来たんだろう」

モーガンが銀のトレイを脇に押しのけた。「名前をざっと見させてもらったが、いかにも公爵を後見人に持つ女性と結婚したがりそうなやつばかりだ。スネリングリー卿まで来ているじゃないか」

「あのきざな男か」レイスが言った。「あいつはもう何年も、金持ちの女性と結婚しようともくろんでいる。バイロン卿気取りなんだよ。あいつの望みは詩を書くことだけだ」

男たちがヘンリエッタを求めて張りあうこと自体は、社交界の当然の成り行きだ。そもそもブレイク自身がヘンリエッタの社交界デビューを手伝ってほしいとコンスタンスに頼んで、そうなるように仕向けたのだ。けれどもスネリングリー卿のような男が露骨に金目当てでヘンリエッタを狙っていることがわかると、胃が締めつけられた。

「この話には続きがあるんだ」レイスが言った。

ブレイクは、支えを求めて机にもたれかかった。「続き？　これ以上何があるというんだ？　すでにロンドンじゅうの自堕落な遊び人と、財産狙いのろくでもない男たちが押しかけてきているというのに」

モーガンとレイスは目くばせし、ブレイクに視線を戻した。

「ふたりとも、さっさと教えてくれ」

「きみが話せ、モーガン。それが年長者の役目だ」

モーガンが大きく息を吸いこんだ。「今朝、〈ホワイツ〉で新しい賭けが発表された」

いい知らせのはずがなかった。

「すでにいちばん人気の賭けになっている」

「どんな賭けだ？」ブレイクは息をのんだ。

「ミス・トゥイードが社交シーズンの終わりまでにふさわしい結婚相手を見つけるかどうかの賭けだ。それと、彼女が爵位を持つ紳士をつかまえるかどうかについても」

「ちくしょう！」ブレイクは吐き捨てた。

「すまない、ブレイク。きみがこうした騒動を好まないことは知っている」

「不愉快きわまりない。会ったこともない娘の将来を賭けにするなんて、〈ホワイツ〉の会員たちはどうしようもないろくでなしばかりだ」

「連中を責めても意味がない。社交界ではすべてがゲームなんだ。これまでもずっとそうだった。きみやミス・トゥイードを傷つける意図がないことはわかっているだろう。賭けの対象が突飛であればあるほど盛りあがる。ぼくたちだって、これまで品のない賭けを楽しんできたじゃないか」

それは事実だ。それでもこうして立場が逆になり、ヘンリエッタが賭けの対象になってみると、ブレイクは考えを変えざるをえなかった。

「それに」レイスが言った。「ほかならぬきみが後見人になったというのは大ニュースだし、

〈ホワイツ〉での賭けになるだけの価値があったということだ」

「元気を出せ」モーガンがブレイクの背中を叩いた。「きみのために、ぼくたちで計画を立てた」

ブレイクは警戒のまなざしでふたりを見た。「計画?」

モーガンが椅子から立ちあがり、散らかっている手紙を押しのけて空のグラスを机に置いた。「そうだ。実は、ヴァレーデイルに行く用事がある。新しいサラブレッドが何頭か、数日後に届く予定になっているんだ。自分の目で見て、買った馬に間違いないか確かめたい。よかったら一緒に行かないか。しばらくロンドンを離れれば、そのあいだに事態も落ち着くだろう」

「それに、三人で乗馬やら狩りやら、あれこれ楽しむこともできる」レイスが言い添えた。「覚えているかな」モーガンがその話題に食いついた。「あの村には悪くない酒場があって、ぼくたちを歓迎してくれる女たちがいた」

レイスがにやりとする。「さあ、しばらくロンドンを離れるというのはどうだ?」

ブレイクはふたりのいとこを順に見つめた。コンスタンスは、ヘンリエッタのことは自分に任せてほしいと言っていた。ギビーには、さしあたりミセス・シンプルに対して何もしないよう釘をさしてある。そしてぼくは、このところの禁欲生活から解放してくれる女性を探していたところだ。あの酒場の女たちならよく覚えている。モーガンの言うとおり、悪くない酒場だった。まさしくヘンリエッタを頭から追い払うのにうってつけかもしれない。

「いつ出発する?」

「明日の夜明けにぼくの家に集合だ」モーガンが言った。

未亡人のレディ・ハウンズロウを訪ねるのは別の機会にしよう。ブレイクはグラスを置き、アシュビーを呼んだ。ほどなく、陰気な執事がやってきた。

「花束とタルトはとりやめだ。今日は行かないことにした」

「かしこまりました」

「ミセス・ペッパーフィールドとミス・トゥイードが戻ったら、ぼくは所用で何日か出かけると伝えてくれ。今度の木曜日の夜、レディ・ウィンダムの舞踏会にミス・トゥイードを連れていくことになっているから、それまでには戻る」

「承知いたしました」

ブレイクはいとこたちに向きなおり、笑顔になった。「それでは明日」

12

親愛なるルシアンへ

わたしの大好きな友人、チェスターフィールド卿の人生に対する至言をまた記しておきます。〝馬に上手に乗れることは、紳士にふさわしい優雅なたしなみであるだけでなく、いずれ何度も落馬から救ってくれるかもしれない。剣を巧みに扱えれば、自らの命を守れることがあるかもしれない。そしてダンスを上手に踊ることは、美しく座り、立ち、歩くために絶対に必要なものだ〟

愛をこめて　レディ・エルダー

夜の九時半。ブレイクは体をこわばらせて客間の窓際に立ち、外の闇を見つめながらコンスタンスがヘンリエッタを階段の下に連れてくるのを待っていた。これから馬車に乗り、そう遠くないレディ・ウィンダムの屋敷へ向かうのだ。

肩が激しく痛んでいた。ポートワインかブランデーを一杯飲みたくてたまらない――この痛みをやわらげてくれるなら、どんなものでもよかった。ただ、ヘンリエッタの舞踏会デビューを見届けるまでは、酒は控えるつもりだった。もしひと口でも飲んでしまったら、馬から振り落とされた直後がそうだったように、肩の痛みが麻痺《まひ》するまでアルコールを手放せなくなってしまいそうなのが怖かった。

いとこたちと過ごしたヴァレーデイルでの日々は楽しかったが、狩りの途中で乗っていた馬が穴に足を突っこみ、馬もろとも地面に叩きつけられた。ブレイクは左肩を強打し、モーガンがその場で脱臼した関節をはめなおしてくれたが、痛みは強烈だった。その傷が今も痛む。

左腕を少しでも動かすとふいに激しい痛みが走ることがあるため、ひとりではクラヴァットも結べず、アシュビーの手を借りなければならないことにひどく戸惑っていた。自分の思いどおりにできないのが気に入らなかった。

今日ブレイクはロンドンへ戻ると、まっすぐ医師の診察を受けにいった。しかし、結局は無駄足だった。年老いた短気な医師は彼の肩を見ても腕を動かさないようにしろと命じただけで、二、三日もすればよくなるとしか言わなかった。これでは素人のモーガンとたいして違わない。痛み止めにアヘンを勧められたが断った。飲んだら寝てしまうとわかっていたからだ。今宵はヘンリエッタのための夜で、彼女の最初の舞踏会を逃すわけにはいかない。

社交界のすべての人たちに、自分がヘンリエッタの理想的な後見人であるところを見せたかった。もっとも、心のなかではそんなふうにはまったく思えずにいた。理想的どころか、彼女のことを考えるたびに庇護者の立場を忘れて誘惑したくなってしまうのだから。

先週気球に乗ったあと、ヘンリエッタとはずっと顔を合わせていなかった。だからといって、ヴァレーデイルでは彼女のことを忘れていたわけではなかった。それどころか、何度も思い浮かべていた。昼間はレイスとモーガンと一緒に新しい馬に乗ったり、猪狩りをしたり、アーチェリーをしたりしてたっぷり楽しんだが、夜になって眠ろうと横になると、決まってヘンリエッタが心のなかに入りこんできた。酒場の女と夜を過ごしたあとでさえも。

好色な女たちと遊べば下腹部のうずきもやわらぎ、魅力的な被後見人のことを忘れられるだろうと思っていたが、期待は裏切られた。店の女と満たされない時間を過ごしたせいで、かえって不満がつのっただけだった。まだヘンリエッタを求めていた。たぶん、自分は本当に呪われているのだ。商売女と楽しめなかったのは、これが初めてだった。

今日の午後ロンドンの屋敷に戻ったとき、コンスタンスはヘンリエッタが自分の部屋で夜の外出に備えていると教えてくれた。ヘンリエッタに対する自分の気持ちをまだ完全には理解できていなかったが、彼女に会いたくてしかたがないことだけは間違いなかった。

帰ったとき玄関広間で待っていたコンスタンスの様子を思いだして、ブレイクはひとりくすくす笑った。コンスタンスは心配で気もくるわんばかりの様子だった。彼が舞踏会の時間までに戻ってこないのではないかと、やきもきしながら歩きまわっていた。

コンスタンスは芝居がかった態度で怒り、もしブレイクが遅れてヘンリエッタをレディ・ウィンダムの舞踏会にエスコートできなかったら、永遠にとり返しがつかない傷がついてしまうところだったとまくしたてた。しかしブレイクは肩が猛烈に痛いせいもあり、まともにとりあう気にはなれなかった。それでも自分からコンスタンスに助けを求めたことを思いだし、かろうじて口をつぐんでこらえ、彼女の文句にじっと耳を傾けた。

コンスタンスが〈ホワイツ〉での賭けのことで怒っていないのは幸いだった。ブレイクが賭けに一枚噛んでいると思いこみ、激怒するのではないかと心配していたのだ。ところがコンスタンスはヘンリエッタの将来が最新の賭けの対象になっていることも、ゴシップ紙で書きたてられていることも逆に喜んでいるらしいとわかり、彼はあっけにとられた。

まったく、女ときたら。

女性が何に怒り、どうされたら機嫌がよくなるのか、さっぱりわからない。

階段から足音とかすかな衣《きぬ》ずれの音が聞こえた。ふいにブレイクは息苦しくなり、長いあいだ経験したことがなかった感覚に襲われた——期待で胸がときめいたのだ。彼が振り向くと、ちょうどヘンリエッタがドアの前に姿を見せたところだった。

その姿を見たとたん、ブレイクの下腹部は期待でずっしりと重くなった。ヘンリエッタは素晴らしかった。ドレスは肩を出すデザインで、細いレースの紐が肩にかかっていた。ごく薄い生地を幾重にも重ねた象牙色《ぞうげ》のボディスがやわらかな胸を包み、そのふくらみに目が引き寄せられる。ウエストの高い位置でラベンダー色のシルクのリボンが結ばれ、ふわりとしたタフタのスカートが広がっている。

ヘンリエッタは三連の真珠《しんじゅ》のチョーカーと、それに合わせた涙形のイヤリングをつけていた。輝く金髪はカールされ、小さな真珠を並べた飾りが巻かれていて、まるで王妃のごとく見えた。あまりの美しさに、ブレイクは彼女を抱き寄せてぴったりと寄り添い、その感触にひたりたくてたまらなくなった。

ヘンリエッタが彼に微笑みかけた。ブレイクも微笑んだ。どうして彼女を見ただけで、奇妙な感覚がこみあげてくるのだろう。若いころから美しい女性に惹かれてきたが、ヘンリエッタを見たときに感じるのはそれとはまったく別の感情だ。後見人と被後見人という関係にふさわしくない感情なのはわかっている。それはブレイクが男であり、ヘンリエッタが女であるがために感じてしまう思いにほかならない。

「どうかしら。ご満足いただけた？」コンスタンスが呼びかけた。

ブレイクは声のしたほうに目をやり、コンスタンスがヘンリエッタのすぐ隣に立っていたことに初めて気づいた。それまでコンスタンスはまったく目に入らず、ヘンリエッタしか見えていなかった。

ブレイクは咳払いをしてヘンリエッタに歩み寄り、必要以上に肩を動かさないよう気をつけながらぎこちなくお辞儀をした。

それから、彼女の手袋をはめた手をとって、甲にキスをした。「ミス・トゥイード、きみはぼくがこれまでに見たなかでもっとも美しい女性だ。今夜の舞踏会で、きみより輝くものは何ひとつないだろう」

ヘンリエッタが微笑み、膝を曲げてお辞儀した。「ありがとうございます、閣下。誠に僭越ながら、あなたもとても素敵だと言わせていただきます」

ブレイクはヘンリエッタの言葉にうなずいてみせ、コンスタンスに向きなおった。「きみもとても素敵だよ、コンスタンス」彼女の手をとってキスをした。「きみは見事に務めを果たしてくれた。ヘンリエッタが今夜、すべての者の好意を得られることは間違いない」

コンスタンスは彼の褒め言葉ににっこりしてお辞儀をした。「ありがとう。喜んでもらえるよう努力したかいがあったわ」

喜ぶどころではない。ブレイクは興奮していた。

部屋のなかにふたりきりでいるかのように、彼の視線はまたもやヘンリエッタに吸い寄せられた。ブレイクは静かに答えた。「これ以上ないほど満足しているよ」

ヘンリエッタがふたたび微笑んだ。「コンスタンスは希望をかなえるために、とても賢明な選択をしてくれたわ。わたしに似合う服の生地や色やスタイルを決めるための知識とセンスには、本当に驚くばかり」

「同感だ」

「お帰りを心待ちにしていました。この家は、あなたがいらっしゃらないと広すぎて、退屈で、とても寂しかった」

ヘンリエッタの言葉に、ブレイクはあたたかく満ち足りた思いに包まれた。家に帰ってきたことがうれしく、彼女とまた会えたことがさらにうれしかった。

ブレイクはヘンリエッタに軽くうなずいてみせた。顔をあげたとき、執事がドアの陰に立っているのに気づいた。「どうした、アシュビー？」

「恐れ入ります。レイスワース卿とモーガンデイル卿がお見えで、みなさまにお会いになりたいとおっしゃっています」

ブレイクは思わず笑ってしまった。いとこたちが来たのは驚くにあたらない。ふたりとも、ヘンリエッタに会うのをレディ・ウィンダムのパーティまで待つつもりはないとほのめかしていた。彼女に興味津々であることは責められない。

「通してくれ」

ヘンリエッタは胃のなかで蝶が飛びまわっているような落ち着かなさをこらえていた。そこに、これまでに見たなかでもっともハンサムで印象的なふたりの男性が部屋に入ってきた。レイスワース侯爵とモーガンデイル伯爵が近づいてくると、視線がふたりに引きつけられ、彼女は思わず息をのんだ。

ふたりとも長身で肩幅が広く、腰まわりは引きしまっていてとても力強い体格だった。富める者のみが持つ自信を漂わせ、かすかに傲慢《ごうまん》な気配があるところはブレイクと似ている。夜会のための正式な、長い後ろ裾《すそ》のついた黒い上着を実に粋に着こなしていた。シャツとベストとズボンは淡いクリーム色で、黒い靴にはぴかぴかの金のバックルが輝いている。

爵位を持つ紳士に会うときには欠かせないはずの正式な紹介はされなかったが、とりあえずブレイクと似た淡い茶色の髪に灰色がかった緑の瞳の紳士がレイスワース卿なのがわかった。モーガンデイル卿のほうがほんの少しだけ背が高く、黒髪を長く伸ばしている。ふたりとも公爵と同じく、精悍《せいかん》で端整な顔立ちだった。

レイスワース卿とモーガンデイル卿がコンスタンスと親しいことはすぐにわかった。三人はごく自然に、飾ることなく話している。

「ブレイクが舞踏会の前に、この家できみとぼくたちを個人的に引きあわせたいと言って聞かなかったんだ。心憎い気配りだと思わないか?」モーガンデイル卿は、コンスタンスからヘンリエッタに向きなおりながら言った。

「ブレイクはいつだって礼儀正しいし、如才ないんだ」レイスワース卿がいかにも愉快そうに言い添える。

「まったく図々しい連中だ。ぼくがさっさと縁を切らずに、まだこの家に立ち入るのを許していることを幸運に思ってほしいものだな」ブレイクが言い返し、全員が笑った。

ヘンリエッタは、三人が冗談を言いあうさまを眺めつつ微笑んだ。彼らの仲のよさにうらやましさを覚えた。これまで同じ年ごろの誰かとこんなふうに親密になったことはないし、引っ越したあとも連絡をとりあうような友達をつくる機会もなかった。家族がどんなものかさえ、思いだせなくなっていた。

三人のいとこたちからは、互いに対する愛情と敬意がにじみでている。いつの日か、わたしも彼らのように心を許しあえる相手を見つけることができるだろうか。このまま公爵と一緒に暮らせたら、コンスタンスとこんなふうに親しくなれるかもしれない。「ロンドンにどんな印象を持ったか教えてくれないか、ヘンリエッタ？」モーガンデイル卿が尋ねた。

「ロンドンの感想なんてどうでもいい」レイスワース卿が言う。「それより、ブレイクをどう思っているかが知りたいな」

「レイス、よせよ」ブレイクが言った。

「どちらもお答えできますわ」ヘンリエッタは愛想よく微笑んだ。「ロンドンはとても大きくて、せわしなくて、わくわくする街です。毎日、公爵が用意してくださった素敵な馬車にコンスタンスと乗りながら外の通りを眺めていました。見るものがあまりに多すぎて、びっくりしています。この街には本当にたくさんの人が暮らしているんですね。わたしがこれまで暮らしてきた村では、目抜き通りがこみあうのは市場の立つ日だけでしたから。それこそ、街灯の数の多さにまで驚いています」

彼女は言葉を切り、ブレイクを見た。「閣下は、思慮深くて尊敬できる、公平な紳士です。後見人として望みうる最高の方だと」

「きみの話を聞くと、ロンドンもブレイクもやけに魅力的に思えてくるよ」モーガンデイル卿が言った。

「ようやくおふたりにお目にかかれてうれしいです。コンスタンスから、おふたりと閣下がどれほど親しいか聞いていました」

「幸い、ぼくたちはとても仲よくやっていて、めったに喧嘩しないんだ」

ヘンリエッタは伯爵に微笑みかけた。「見ていると、喧嘩さえ楽しんでいるようですわ」

「たしかに。ただ、ぼくたちはいつでも互いに勝とうと争っている。ゲームでも、馬で競うときも、美しい女性から笑顔を引きだすための競争でも」そう言って、レイスワース卿がウインクする。

「きっとそうでしょうね」

ヘンリエッタはブレイクに注意を戻した。心のなかに、自分でもよく理解できない感情が広がっていく。レイスワース卿とモーガンデイル卿には好印象を持った。ふたりともハンサムで魅力的な紳士だ。だがブレイクに対する気持ちは、彼らを見たときに感じたものとはまるで異なっている。そしてその気持ちは、これまでのどの後見人に対して感じていたものともまったく違っていた。後見人としてではなく、公爵の好意と注目を求め、彼自身を欲していた。
コンスタンスと三人の魅力的な紳士たちを前にして客間に立ちながら、ヘンリエッタは人生で初めて女として求め、結婚したい相手として公爵を見つめていた。

どちらを向いても蠟燭がきらめいていた。ヘンリエッタは生まれてこのかた、これほどたくさんの蠟燭が家のなかでともされているところを目にしたことがなかった。それに、これほどたくさんの人が一堂に会しているのも見たことがない。〝パーティは大盛況だった〟という新聞の社交欄でおなじみの記事は、きっとこういう様子のことなのだろう。見えるのは、美しく色とりどりのドレスで着飾った女性たちと、贅沢な仕立ての夜会服を着てきれいにクラヴァットを結んでいる紳士たちだけだ。どの女性のドレスにも羽根や花やレースが――あるいは三つすべてが――あしらわれていた。大きな宝石が首にかけられ、耳からさがり、腕や手の指を飾っている。

春の宵はまだ肌寒く空気は湿っていたが、レディ・ウィンダムの屋敷の大広間は熱気があふれていた。あたりには香水や料理、溶けた蠟燭がまじりあったにおいが漂っていた。続きの間には、糊のきいた白いクロスがかけられたビュッフェ・テーブルが置かれ、美しく盛りつけられた鶏肉や魚、子羊の料理が並べられていた。さまざまな季節と色のフルーツや野菜が、上等な陶製のボウルにたっぷりと盛られている。これほど贅《ぜい》を尽くした料理はこれまで見たことがない。あまりにおいしそうなので、片っ端から食べてみたくてたまらなかった——ただし、キノコだけは別だ。けれども、実際はひと口も味わうことができない。コンスタンスに、最初の舞踏会では何も口にしてはいけないので、屋敷で着替える前に腹ごしらえをしておくようにと言われたのだ。

陽気な曲にのって踊っている人たちがいた。数人でかたまり、あるいは部屋の隅でふたりきりになって、親密に話している人たちもいた。金箔の貼られた雷文装飾に、模様が彫りこまれた壁と柱、ベルベットのカーテン。どこを見ても贅を凝らした壮麗なつくりで、ヘンリエッタはかつて本で読んだことがある、フランスの城のなかにいるような錯覚に陥った。

舞踏会会場に着いてからどれくらいの時間がたったのかわからなくなっていた。どうやらここでは、誰にとっても時間は問題ではないらしい。延々と誰かに紹介されつづけ、絶え間なく新しい顔と向きあっていたせいで、さまざまな名前と顔が頭のなかでぐるぐるまわっていた。

子爵も伯爵も男爵もあまりに多すぎて、全員を覚えることなどとうにあきらめていた。ただそうしたなかでも、印象に残る男性がいた。たとえばずっと兄にくっついていたウォルド卿。それにブレイクが脇で蔑むように天を仰いでいるのもかまわず、誰かの詩を暗唱してみせたスネリングリー卿。彼女の腕にキスをしようとしたイタリア人伯爵もいた。そのときは、ブレイクがヘンリエッタの手を引いて止めてくれ、彼女は扇で顔を隠して思わず微笑んでしまった。

「気分はどう、ヘンリエッタ？　疲れた顔をしているわね」ふいにコンスタンスが心配そうに眉根を寄せて呼びかけてきた。

「わたし？　もちろん大丈夫よ」ヘンリエッタはコンスタンスの勘の鋭さに驚いた。「今夜の舞踏会は、想像していたよりずっと豪華で盛大で、興奮してしまったわ」

「それはよかった。あなたがこれまで暮らしていた小さな村のダンス・パーティと、ロンドンでの今夜のように華やかな舞踏会とは、比べられるはずもないわ」

「ただ、集まっている人たちの陽気さだけは同じね」

「ヘンリエッタも、ぼくと同じく退屈しているんじゃないかな」ブレイクが言った。

「そんなことはないわ」

「人であふれ返っている部屋につったって、次々に誰かに紹介されていただけじゃないか」彼は言い返した。

「そのとおりね」ヘンリエッタはブレイクに感謝をこめた笑顔を向けた。「覚えきれないほどたくさんの方に紹介していただいて。正直なところ、これほどとは思っていなかったわ」

「不満はわかるわ」コンスタンスが言った。「でも、紹介なんて一気にすませてしまうのがいちばんよ。それさえ終わらせておけば、これから先のパーティや舞踏会はきっともっと楽しめるはずよ」彼女は公爵を見た。「そろそろ、あなたたちふたりで踊るべきだわ」

ヘンリエッタはブレイクに目をやった。彼の顔は青ざめていたが、まわりに人があふれてざわついているせいか、コンスタンスは気づいていないようだ。今夜の公爵はあまりに静かすぎる。キノコにあたった影響がまだ少し残っているのかもしれない。

ブレイクがコンスタンスを見た。「今夜はみんな疲れている。ぼくたちが踊るのは、明日の夜からにするべきかもしれないな」

「おかしなことを言わないで、ブレイク。ひと晩待つなんてありえない。たくさんの男たちが、ヘンリエッタにダンスを申しこむことができる合図をあなたが出してくれるのを待って、じりじりしているのよ。彼女をダンスフロアへ連れだして、彼らに許可を与えてあげないと。ここにいる男たち全員が、ヘンリエッタのことを貴重な宝石であるかのように見つめているのがわからないの？」

ブレイクがヘンリエッタに目を向けた。公爵の瞳に浮かぶ賞賛の色に気づいたヘンリエッタは、彼を喜ばせられたことに興奮した。

「ああ、誰もがヘンリエッタに見とれていることには気づいていた」ブレイクは言った。「ちょうど新しい曲が始まるところだ。ヘンリエッタ、この曲で踊ることにしようか？」

ヘンリエッタはブレイクに対するあたたかい思いに満たされながら、膝を曲げてお辞儀した。「光栄です、閣下」

ブレイクは右腕を差しだしてヘンリエッタの手をかけさせ、ダンスフロアへと促した。ふたりは踊ろうとして待っている人々の長い列に並んだ。音楽が流れはじめ、ブレイクが彼女の背中に左腕をまわそうとして顔をしかめた。踊っているあいだずっと、ヘンリエッタはブレイクを注意深く見つめた。左腕を動かすたびに顔をしかめているが、右腕は大丈夫らしい。ダンスはカドリールだった。公爵は体をこわばらせていて、ほかの人々の顔に浮かんでいるような楽しげな表情はまったく見られなかった。

彼の左腕はどこかおかしい。どうしたのか確かめようとヘンリエッタは心を決めた。

そもそも今夜馬車に乗りこむときから、何かが変だと感じていた。公爵は動きがどこかぎこちなく見えたが、彼女自身少し神経質になっていたので、深く考える余裕もなくそのままやりすごしてしまったのだ。公爵は右腕をあげてヘンリエッタがその下でくるりとまわるあいだ、背中にまわした左手を必要以上に持ちあげたり動かしたりしないよう用心していた。

ヘンリエッタは目の隅で、モーガンデイル卿が近づいてくる姿をとらえた。ブレイクは巧みに彼と動きを合わせてヘンリエッタを受け渡した。ヘンリエッタは気づけばいつのまにか伯爵と踊っていて、驚きのあまりいくつかステップを踏み誤ってしまった。モーガンデイル卿が微笑み、大丈夫だとばかりにうなずいてくれる。ふたりはそのまま踊り、今度はレイスワース卿が巧みに伯爵と交代した。曲が終わる前にサー・ランドルフ・ギブソンがレイスワース卿と入れ替わった。今度は彼女は小粋な老紳士と踊り、笑いあった。

ヘンリエッタは顎を少しだけ持ちあげて胸を張った。彼らが公爵の腕がどこかおかしいことに気づいているのか、それともいつもの一連の流れをなぞって順にヘンリエッタと踊っただけなのかわからなかったが、素晴らしい気分だった。理由はどうあれ、彼らはブレイクウェル公爵の親族が彼女を受け入れていることを、社交界に知らしめてくれている。ヘンリエッタの胸に熱いものがこみあげ、感謝の気持ちでいっぱいになった。目に涙がにじみ、まばたきをしてこらえる。十二年前に両親が亡くなってから初めて、家族といるように感じていた。

感動のあまり、ヘンリエッタはそのあと自分がどんなふうに踊ったかまったく覚えていなかった。音楽が止まると、彼女は膝を曲げてサー・ランドルフにお辞儀した。サー・ランドルフはほかの人たちが待っているところまでヘンリエッタを連れていってくれた。

「ヘンリエッタ」ふたりが戻ってくると、モーガンデイル卿が呼びかけた。「ブレイクに対しては我慢が必要だ。若い女性の後見人がどういうものなのか、まったくわかっていないからな。たぶん、たくさんの間違いを犯すだろう」

「気をつけるようにしますわ。これまでに五人の後見人のお世話になったので、そうした点はよく心得ています。公爵が後見について学んでくださるあいだ、忍耐強くお相手することを約束します」

コンスタンスとブレイクを含め、その場の誰もが笑った。けれどもヘンリエッタは公爵の目もとや口もとがこわばったままなのに気づき、不安を覚えた。

「きみにならブレイクを任せられそうだ」モーガンデイル卿が言った。

「まったくだ。ブレイクをしっかり世話してやってくれ」レイスワース卿も言う。

「素晴らしかったわ、みんな」コンスタンスが軽く手を叩きながら呼びかけた。「モーガン、レイス、サー・ランドルフ、三人でブレイクのあとを引きとって順にヘンリエッタと踊ったのは、天才的なひらめきだったわ」

「やっとぼくたちの才能に気づいてくれる人が現れて、うれしいよ」レイスワース卿が言った。

「天才だって？」サー・ランドルフがにやりとする。

「今夜のコンスタンスの言葉は当てにならないぞ」ブレイクがまぜ返した。「シャンパンを飲みすぎているから、まったく信用できない。自分が何を言っているかわかっていないんだ」

「冗談でしょう」コンスタンスがふざけて怒った声を出した。「ひと晩じゅう、あなたのそばを離れなかったわ。あなたと一緒で、パンチ以外には飲むものがなかったのは知っているはずよ。今夜はみんなで知恵を絞る必要があったけれど、ありがたいことに試験に合格できたと思うわ。ブレイクは今夜のみなさんの協力を決して忘れないでしょう」

「わたしの脇に立っているこのふたりの立派な男たちが、絶対にブレイクが忘れないようにしてくれるだろう」サー・ランドルフがからかった。

「まじめな話、これで社交界の誰もが、ヘンリエッタには公爵だけではなくあなたたちの後ろ盾もあることを理解したはずよ」

「それこそが狙いだった」モーガンが言った。

コンスタンスが全員に満足げな笑みを向けた。「すべてが完璧だったわ。さあ、ブレイク、帰りましょう。今夜はもう別のパーティには行かないし、ヘンリエッタとは誰も踊らせない。今のうちにここから立ち去れば、最高に謎めいた雰囲気を残すことができる。みんな、ヘンリエッタが明日の夜どこのパーティに出るのか知りたがるでしょうし、そこで彼女と最初に踊るのが誰か注目するはずよ」

コンスタンスが話しているあいだ、ヘンリエッタは先ほど紹介されたイタリア人伯爵が近づいてくるのを見ていた。背が低く丸々と太った男性で、カールした黒髪と、濃い色の小さな目の持ち主だ。派手な服を着ているため、とても目立っていた。上下とも軍服で、腰に剣をさげている。黒い上着の片側には勲章がどっさりついていて、両肩には大きな金の肩章が飾られていた。

その男は気取った態度でブレイクに近寄った。「さて、改めて失礼します、閣下。ミス・トゥイードはもうダンスをお受けいただけ《アッチェターレ・イ・バッリ》ますかな。この機会をひと晩じゅう《トゥッタ・ラ・ノッテ》待っておりました」

ブレイクがヘンリエッタを見た。彼女はこの仰々しい男性とは踊りたくないと目で訴えた。

公爵が微笑みかけてくれたので、ヘンリエッタはほっとした。

「ヴィゴーネ伯爵、申し訳ないがミス・トゥイードは疲れている。ぼくたちは帰ろうとしていたところだ。いずれまたの機会に」ブレイクが彼女に呼びかけた。「行こう」

13

わが孫、ルシアンへ

チェスターフィールド卿のこの言葉を覚えておきなさい。〝商売では、とても多くのことがただひとつの言葉の力と意味合いによって決まることがある。そして会話では、ただひとつの言葉が適切であるかないか、あるいは優雅か無粋かによって、穏当な結論が得られたり、逆に話が通じなかったりする〟

愛をこめて　レディ・エルダー

コンスタンスを彼女の屋敷で降ろしたあとメイフェアの屋敷に戻ったときには、土砂降りの雨が地面に激しく叩きつけていた。従僕がブレイクとヘンリエッタのために馬車の扉を開け、傘を差しだした。ブレイクは飛び降りて傘を受けとり、ヘンリエッタが踏み段をおりるのを支えるために手を伸ばした。そして彼女の腕をつかむと、一緒に雨のなかを玄関まで走った。水たまりがはねて、ヘンリエッタのベルベットの上靴とドレスの裾にかかった。

ふたりが玄関に近づくと、アシュビーが内側からドアを開けてくれて、ふたりがあたたかい玄関広間に入るなり、ブレイクから傘を受けとった。

「ひどい雨でございますね。熱い紅茶をご用意いたしましょうか？」

「ぼくはいらない。きみはどうだい、ヘンリエッタ？」

「わたしも結構よ、ありがとう」ヘンリエッタは毛皮の縁取りのついた新しいケープのリボンをはずしながら言った。

ヘンリエッタは、ブレイクが雨で濡れた外套を脱いでアシュビーに渡すとき、左腕を動かさないようにしていることに気づいた。ヘンリエッタがケープを脱ぐのを手伝うときも、それを執事に手渡すときも、左腕をほとんど持ちあげなかった。

「できるだけ急いで部屋に入ったほうがいいぞ、ヘンリエッタ。そして、濡れた靴を脱ぐんだ」ブレイクが言った。

〝まだそうするわけにはいかないわ〟

「部屋に戻る前にお尋ねしたいことがあるんです」

ブレイクが戸惑った顔で眉をひそめた。「ぼくに質問をするのにいちいち許可を求めなくていいんだ。何でもきいてくれ」

ブレイクの額や目のまわりや口もとは、今までよりいっそうこわばっている。これほど消耗した姿を見るのは、出会ってから初めてだ。

ヘンリエッタはアシュビーが立ち去るのを待ちながら、長い手袋をはずしてレティキュールと一緒にサイドテーブルに置いた。

しかしいつまでもアシュビーがその場から離れないので、彼女は大きく息を吸いこみ、思いきって言った。「ふたりだけでお話ししたいの」

ブレイクは、濡れた外套を持ってふたりの脇でかしこまっているアシュビーを見た。「ありがとう、アシュビー。今夜はもうさがっていい」

「かしこまりました」

ヘンリエッタは、堅苦しい執事が玄関広間から去るまで待った。それから息を整え、落ち着いて切りだした。「あなたの腕のことよ。それとも、ひょっとしたら肩かしら。今夜はずっとかばっていたでしょう。具合が悪いことはわかっているの」

ブレイクがうつむいて素っ気なく答えた。「何でもない」

「嘘だわ」

「あまり大胆すぎると、いつか痛い目に遭うぞ、ヘンリエッタ」

ヘンリエッタは臆《おく》さずにきっぱりとうなずいた。「それがわたしの欠点なの」

ブレイクが笑いのような声をもらした。「そんなふうに考えるのはきみだけだろう」

「コンスタンスの目を欺き、いとこのおふたりやサー・ランドルフ、それに今夜レディ・ウインダムのパーティに来ていたほかの人たちには気づかれずにすんだかもしれません。でも、わたしに怪我を隠すことは無理。踊っているとき、腕を腰より上にあげたり、わたしの背中にまわしたりするたびに顔をしかめていたでしょう。ひと晩じゅう痛みをこらえていたことはわかっているの」

「ちくしょう」ブレイクはつぶやき、眉間をもみほぐした。「悪態をついてすまなかった。だが、誰にも気づかれないことを願っていたんだ」

あなたのことなら、どんな些細な点も気づくわ。

「ほかの誰も気づかなかったはずよ」ヘンリエッタは安心させようとして言った。

ブレイクがため息をつく。「きみはまだ若いのに、あまりに多くのことが見えすぎる」

「年齢は直感とは何の関係もないわ」

〝あなたを思う気持ちと関係があるの〟

「わかった。そうだ、モーガンやレイスとヴァレーデイルで過ごしていたとき、肩を怪我した。こうして認めれば、満足してくれるかい？」

〝呪いだわ！〟

ヘンリエッタは心配になってブレイクに一歩近づいた。「あなたが怪我をしたのに満足するはずがないでしょう。今夜、階段をおりて、客間に立っている姿を見た瞬間、何かおかしいと思ったの。どれくらいひどいの？　モーガンデイル卿とレイスワース卿はご存じではないの?」

「いや、もちろんあのふたりは知っている。モーガンがヴァレーデイルで応急手当てをしてくれたんだ。たぶん、ぼくがきみと踊っていたとき、途中で交代してくれたのはそのためだろう。もっともあのふたりは、ぼくを助けようとしたなんて決して認めないだろうが」

そうではないかと思っていたが、それでもヘンリエッタはかすかに失望した。今夜のパーティで踊っているあいだ、いとこのふたりとサー・ランドルフが公爵と交代したとき、自分がまるで家族の一員であるかのように感じていたのだ。

「あなたには危険が迫っていると何度もお伝えしたはずよ。最初に毒キノコにあたり、次にはあやうく気球から落ちかけ、そして今回も」

ブレイクはゆっくりとなぞるように彼女の顔を見つめた。「そのいずれのときにも、ぼくの命は脅かされなかったよ。今日、医者に診てもらった。肩の怪我はたいしたことがない。二、三日もすればよくなるそうだ。さあ、もういいかな。痛みを鈍らせるために、早くワインを飲みたいんだ」

「どうしてこれまで飲まずにいたの?」

「たとえばあのイタリア人の偽伯爵みたいな悪党が図々しく言い寄ってきたときに、きみを守れなくなる事態は避けたかった」

「あの方は本物の伯爵ではなかったの?」

「はっきりとはわからないけれどね」

「でも、それでもワインを飲むべきだったわ。あなたのほかにも、コンスタンスやサー・ランドルフやいとこのおふたりが夜通しそばに立って守ってくれたので、誰も言い寄ることなどできなかったでしょうから。おかげで、安心していられたわ。書斎に行きましょう。座っていて。ワインを用意するから」

「そんなことをする必要はない。ぼくは何もできないわけじゃないんだ」

ブレイクの様子と声のかすれ方に、ヘンリエッタの下半身は息づきはじめた。

「それはわかっているわ。あなたが何もできない姿など想像もできない。それでも、何かしてさしあげたいんです」

「それより、濡れた靴を早く脱ぐことだ。もしきみが風邪でも引いて、社交の場に出られなくなったら、コンスタンスは絶対にぼくを許さないだろう」

「そんなことどうでもいいわ」

ブレイクが彼女の目を見つめた。「ぼくが困る」

彼の言葉に、ヘンリエッタは胸がちくりと痛み、唾をのみこんだ。こうして公爵といると、ずっと一緒に過ごしたい、この屋敷を、彼のそばを離れたくないという思いがどうしようもなくつのっていく。公爵のそばにいたい。公爵は今夜、わたしの助けを必要としていないかもしれないが、わたしの気がおさまらない。

「わかりました。わたしは体が丈夫で、風邪を引きやすくないけれど、安心してもらえるなら靴を脱ぎます」

スカートの裾をくるぶしのすぐ上まで持ちあげて、ヘンリエッタは濡れたベルベットの上靴を脱いだ。それを手にとり、部屋に戻るとき忘れないよう階段のいちばん下の段に置いた。

「ヘンリエッタ」

「この数日、わたしのためにたくさんのことをしてくださったおかえしに、せめてワインを注がせてください」

「いいだろう。今夜はきみと言い争う気になれない」

ヘンリエッタは先に立って歩き、書斎へ入った。ブレイクもあとにつづき、机の前にあるウイングバック・チェアに腰をおろした。ヘンリエッタはオイルランプの灯心に火をつけた。鈍い金色の光があたりをやさしく満たした。雨が窓ガラスにあたるぱらぱらという音が聞こえる。

サイドテーブルにあった濃赤色のワインをグラスにたっぷりと注ぎ、ヘンリエッタはブレイクのそばへ戻った。彼はクラヴァットの凝った結び目を片手でほどこうとしていた。怪我をした左腕は脇に垂らしたままだ。

「さあ、飲んでください。クラヴァットはわたしがはずします」ヘンリエッタはそっと手を重ねてブレイクを止めた。彼の手はなめらかで力強く、心地よくてあたたかい毛布にくるまっているかのように感じられた。許しも得ずに公爵に触れるなんてあまりに大胆だが、その誘惑にあらがう気持ちはまったくなかった。

ブレイクはクラヴァットから手を放し、グラスを受けとった。「今夜のきみはずいぶんと大胆だな」

ヘンリエッタはゆっくりと結び目をほどき、糊のきいた長いクラヴァットを彼の首から丁寧にはずして背後の机に置いた。それからかたいカラーもとって、クラヴァットの上にのせた。

公爵の淡い茶色の髪には雨粒がついていた。ランプの光があたって、その粒がきらきらと輝いている。ヘンリエッタは彼の髪をなでつけ、てのひらで雨の粒をぬぐいとった。一度、二度、そして三度。そのたび、髪をなでつける前に指先で額をそっと愛撫した。指の先を耳のすぐ上にあてて円を描くように動かし、そっと押しながらやさしくマッサージした。痛みのせいで眉間に刻まれている皺を消し去ってあげたかった。

ブレイクは目を閉じ、頭を椅子の背にもたせかけて深く息を吸った。「きみの手はやわらかくて、触れられていると気持ちいいよ。天使のようなやさしさがぼくを癒してくれる。どうしてだろう、きみはぼくが今夜必要としているものをよく知っているみたいだ」

ヘンリエッタは満ち足りた思いで微笑んだ。こうすることを必要としているのは彼女のほうだった。彼に好きなだけ触れることができるなんて、天国のようだ。

外では雨が屋敷の窓と壁に一定のリズムで打ちつけている。オイルランプのぼんやりとした光があたりを照らし、冷えきった部屋をあたためていた。ヘンリエッタはブレイクのこめかみをマッサージし、耳の後ろを軽く押し、ごくわずかに力を入れて首筋をたどっていった。

ブレイクが満足げにため息をつく。「きみはワインよりもずっと効果的に痛みをやわらげてくれる」

彼に褒められて、ヘンリエッタは喜んだ。「肩が痛むのは、きっと怪我をしたあと安静にしていなかったからね」

「モーガンとレイスと一緒にいたら休めるはずがない。あのふたりのまわりでは、いつも何かが起きている」

「明日からしばらくは傷を癒すために、おふたりを遠ざけておくべきかも」

「いずれにせよ、明日はあいつらとは会わない。明日の夕方は、〈ハーバー・ライツ〉でギビーと会う約束があるんだ。じっくり話をしたい」

「ミセス・シンプルと気球についてね」

「そうだ」

「話し合いはうまくいくかしら？」

「それは、ミセス・シンプルがどこまでギビーの心に入りこんでいるかによるな」

「あのふたりは、とても仲むつまじく見えたわ」

「それは同感だ」

ヘンリエッタは許可も求めずに、脇に置かれていたブレイクの左腕をとり、そっと彼の胸の上にのせた。「こうしたほうが楽じゃないかしら?」

「きみに触れられるたび、気分がよくなっていくよ。いつでも助けに来てくれ。きみの手には癒しの力があるらしい」

心がやさしい気持ちで満たされ、ヘンリエッタは感謝の思いをこめて微笑んだ。

「あなたの幸せがわたしにとってとても大切であることに、そろそろ気づいていただきたいわ」

「それはわかっている。そして、きみの幸せこそがぼくにとっては何よりも大切だ」

「でも、今までに男性に対してこんなふうにしたことは一度もないの。それはお伝えしておかないと」彼女はささやきかけた。

「それを聞けてうれしいよ。本来であれば、夫以外の誰かに対してすべきことではないんだから」

「だけど今夜は、こうするのがとても自然に思えて」

ブレイクが穏やかに笑った。口もとと眠たげな目尻から痛みの気配が薄れている。彼を癒すことができていると思うと、ヘンリエッタはこれまでにないほど満ち足りた気持ちになった。そしてブレイクにこれほど親密に触れていることに、奇妙な喜びも覚えていた。経験のない感情に下腹部が引きつり、胸が欲望でうずきはじめる。

ヘンリエッタはブレイクのこめかみと首をしばらくもみつづけ、それから椅子の前にまわって彼の開いた脚のあいだに立った。

ブレイクがはじかれたように目を開けた。「何をしているんだ、ヘンリエッタ？」

ヘンリエッタは返事をせず、彼を見ようともしなかった。代わりに、小さな声で歌いはじめた。そしてまるでこれが初めてではなく、これまでに何度となくくり返してきたかのようにごく自然に、ブレイクのベストのきれいな真鍮のボタンをひとつずつ丁寧にはずしていった。

ヘンリエッタは公爵の熱い視線が注がれているのを感じたが、ボタンだけに注意を向けつづけた。襟ぐりの深いドレスから不適切なまでに胸がのぞいているのはわかっていたが、それを恥じる思いも戸惑いもなく、ただ気持ちが高ぶっていた。公爵に見られたかった。そして好意を抱いてほしかった。もし彼の目をのぞきこんだら、このひとときは傷を癒すためのものではなく、誘惑に変わってしまうだろう。それはこの瞬間、彼女が何よりも望んでいることだったが、公爵がこばむことはわかっていた。

最後のボタンをはずし終えると、ヘンリエッタは歌うのをやめた。「少し体を起こして、上着を脱ぐのを手伝わせて」

ブレイクは素直に応じ、ヘンリエッタにワインのグラスを渡して机の上に置かせた。彼女はブレイクが上着からまず右腕を抜くのを手伝った。怪我をしている左腕を袖から引き抜くとき、彼はかすかに顔をしかめ、ぎこちなく体を動かした。ヘンリエッタはできる限りブレイクの腕を動かさないよう注意しながら、ブロケード地のベストを脱がせていった。

公爵にこうして触れ、服を脱ぐのを手伝っていると、このうえなく親密に感じられる。彼に寄り添っている今夜ほど特別に思える時間は、そして誰かにこれほどに必要とされたことは、これまでの人生で一度もなかった。

ブレイクはベストを脱ぎ終えると、また椅子に背中を預けた。ヘンリエッタはブレイクにワインのグラスを渡し、彼がそれを飲むのを見つめた。

ブレイクは心地よさそうだった。カラーをはずしたシャツに淡いクリーム色のズボンという姿は、たまらなく魅力的で力強い。ヘンリエッタの視線は彼の首に吸い寄せられた。いつも高いカラーやきれいに結ばれたクラヴァットで隠れていたので、これまで見たことがなかったのだ。男らしいたくましくて太い首にキスをしたくてたまらない。

シャツ一枚になった姿を見ていると、ブレイクの胸がどれほど広いか、そして腰まわりがどれほど引きしまっているかがわかった。彼の肩に顔をうずめ、刺激的な香りをたっぷりと味わいたい。父が亡くなってから、男性の力強い腕に包まれたいと願ったことは一度もなかったが、今はそうされたくてたまらなかった。ブレイクの胸にぴったりと寄り添い、彼に抱きしめられたいと願い、心臓が激しく打っていた。

「そのシャツを脱いで、傷がちゃんと治ってきているか確かめさせて」

ブレイクは彼女を見あげ、いかにも安心した笑顔になった。ヘンリエッタの鼓動は落ち着き、緊張が解けていった。

「おかしなことを言ったかしら？」ヘンリエッタはブレイクのたくましい両脚のあいだに立ったまま、問いかけるように彼を見つめた。

ブレイクがくすくす笑った。「ああ。たとえ出血で死にそうになっていても、きみの前では絶対に服を脱いだりしない。きみはそうして立っているだけで、すでに危険な状況にあるんだ。おかげでぼくは、キスや愛撫以上のことをしてきみを傷つけないよう、必死の思いでこらえている。だが、念のため教えておこう。ぼくの肩を見たところで、小さなすり傷があるだけだよ。痛めたのは肩の関節なんだ。今は猛烈に痛むが、時間がたてば必ず治る」

「わかりました。あなたがそう信じているのなら」

「信じている」

ブレイクはまだ笑っていた。息をのむほどに魅力的なその笑顔に、ヘンリエッタは思わず彼に飛びついて両腕で抱きしめ、唇を重ねたくなった。

「本当は怪我が見たいわけじゃないだろう？　ただ、ぼくがシャツを脱いだ姿が見たいだけだ。そうじゃないのか？」

ヘンリエッタはせわしなくまばたきをした。〝公爵はわたしの心が読めるのかしら？〟

「もちろん違うわ。傷の具合によっては、清潔な包帯を巻いたほうがいいかもしれないと思っただけ」

「ヘンリエッタ」

「わかったわ」ヘンリエッタは靴下をはいただけの足で床を軽く踏みつけて答えた。そして手を伸ばして公爵に触れてしまわないように、体の前できつく両手を組みあわせた。彼には何も隠せない。「あなたがシャツを着ていない姿がどんなふうか、興味があるのは認めます」

ブレイクが満足げな笑みを浮かべ、またワインを飲んでからささやいた。「きみは誘惑するのがうまいな、ヘンリエッタ。だが、ぼくはそれに抵抗しなければならない」

ヘンリエッタは気持ちを落ち着けようと大きく息を吸い、ブレイクの魅惑的な瞳をのぞきこんだ。「誘惑するつもりなんてないわ。これまでどんな男性の裸も見たいと思ったことはないと誓えます」

ブレイクが彼女の目を見つめる。「きみを信じよう。ただし実のところ、ぼくは今夜のきみの寛大さにつけこまないようこらえるので精いっぱいだ」

ヘンリエッタは公爵と椅子から一歩離れた。心の奥で感じていた気持ちをそのまま言葉にしても、部屋から放りだされずにいることに感謝した。本当は彼の胸が見たいだけでなく、そこに触れて引きしまった筋肉のたくましさを確かめたかった。自分でも理解できないことに、公爵のたくましい首や広い胸にキスをしたい気持ちは抑えがたかった。

けれども、そんな気持ちはおくびにも出さなかった。考えることさえ許されない。これまでの後見人たちに立派なレディになるよう育てられてきたのに。

今すぐここから立ち去らなければ。公爵のためにできることはすべてした。けれども雨が窓ガラスをやさしく叩くなか金色の光に包まれて、この心地よい部屋にふたりきりでいる以上に望むことなど何もないというのに、どうして彼から離れられるだろう。

ヘンリエッタは部屋を眺めまわし、ブロケード地の小さなスツールを見つけた。彼女はそれを公爵の椅子のそばまで持っていって足もとに置き、そこに座った。

「何をしているんだ？　そんなところに座る必要なんてないんだ。どうか椅子に座ってくれ」

〝椅子に座るよりも、もっとあなたの近くにいたい。〟

「これでいいの」ヘンリエッタは答え、胸に秘めた思いのすべてをこめて彼を見あげた。

ブレイクは頭を大きな椅子の背に預けて、いっそうくつろいでいるふうに見えた。屋敷に戻ったときと比べて、痛みがやわらいだらしいことがうれしかった。

「ワインを飲んで、だいぶ気分がよくなったでしょう。緊張が解けて、前よりもずっと落ち着いた顔になったわ」

「気分がよくなったのは酒のせいだけじゃない。きみのおかげだよ」

ヘンリエッタはにっこりした。「うれしいわ」

「そのドレスの深い襟ぐりが気に入ったよ。これまでは、行儀のいい服を着ている姿しか見たことがなかった。今はとても女らしく見える。さすがコンスタンスだな。きみを引きたてるすべをちゃんと心得ていて、今夜はあらゆる男に生唾をのみこませたんだから。きみの肌はとても美しくて、誘いかけているようだ。ドレスの下に隠された胸のふくらみのせいで、よからぬことを考えてしまう」

公爵の言葉に、ヘンリエッタは息づかいが速くなった。

「でもあなたは、その考えに流されたりしないでしょう」

「それが肝心だ。だが、この話はやめよう」ブレイクが咳払いをする。「ぼくがヴァレーデイルにいたあいだ、きみは毎晩忙しかったみたいだね。この机がきれいに整えられているのは、もちろんきみのおかげだね」

「ささやかだけど、わたしにできることはそれくらいしかないもの。毎晩ここへ来て手紙や書類を整理するのに、たいして時間はかからなかったわ。勝手なことをして気にさわったかしら」

「それどころか、喜んでいるよ。おかげでとても楽になった」

「弁護士からは、署名が必要な書類がたくさん送られてきているわ。これでは、手紙を読むのが遅れてしまうのも不思議ないわ」

「公爵として、たくさんの土地や財産を管理しなければならないのは実に厄介だ。明日、ギビーと会う前にも、いくつかの書類に目を通すかもしれない。だが今は、それこそ翼の折れた鳥のような気分だよ」

ヘンリエッタは穏やかに笑った。「閣下はありふれた鳥ではないわ。たとえば鷲《わし》のよう。翼が折れているのではなく、羽をたたんだ鷲」

ブレイクがくすくす笑った。「きみのたとえのほうが気に入ったよ」

「それは、わたしのほうがより正確だから。どんなふうに怪我をしたの?」

「祖母がモーガンに遺したヴァレーデイルの領地で馬に乗っていた。モーガンは、競走馬のほとんどをそこで育てているんだ」

「そのうちの一頭に乗っていたの?」

「いや、彼が大切にしている牝馬に乗っていた。午後の遅い時間、日が沈んで外にいられなくなる前によく競走をしていた。その途中、ぼくの乗った馬が地面の穴に足を突っこんで、転倒してしまったんだ」

「それで馬は?」

ブレイクの眉間に悩ましげな皺が刻まれた。「苦しみから解放してやらなければならなかった。脚が折れていて、どうしようもなかった」

ヘンリエッタが身を乗りだしたはずみに、胸がブレイクの膝に触れそうになった。「それは残念だわ。自分の馬を殺めなければならないなんて、モーガンデイル卿はさぞつらかったでしょうね。でも、あなたのことが何より心配。ひとつ間違えば、命を落としていたかもしれないのだから」

ブレイクが探るように彼女の顔を見た。「命の危険なんてなかったんだよ、ヘンリエッタ。あれはただの事故で、それだけの話だ」彼は立ちあがり、グラスを机の上にあった服のそばに置いた。それから手を伸ばして、指の背でヘンリエッタの頰を愛撫した。「よく聞いてほしい。ぼくに起きたことは呪いとは何の関係もない。キノコも、気球も、肩の怪我も。そのすべてが、ほかの誰にでも起こりうるありふれた出来事だ」

ヘンリエッタは、ブレイクの力強くあたたかい手を両手で包みこんだ。「でも、それがあなたの身に降りかかったのよ」

「そう、ぼくが不運だったからだ。教えてくれ、きみやきみの後見人が呪われていると言いだしたのは誰なんだ?」

あまりに唐突に話題が変わったせいで、ヘンリエッタはつかのま呆然とした。やがて、公爵のグラスがほとんど空なのに気づいた。「ワインをもっと注ぎましょうか?」

「いや、今はいらない。それに話をそらさないでくれ。きみを苦しめている呪いのことをもっと知りたい。誰がきみにその話をしたんだ?」

ヘンリエッタは彼の手を放して、膝の上で手を重ねた。「ミセス・グールズビーという女性よ」

「いかにも怪しげな名前だ。それはともかく、その女はいつどうやってきみに呪いのことを告げたんだ？」

公爵の怪我について話しているあいだはとても心地よく、彼の肩の痛みをやわらげていると思って幸せだったが、ミセス・グールズビーと過ごした日々のことは考えるだけで寒けがした。

ヘンリエッタはうつむいて目を閉じた。「つらい思いをしているときに、こんな話をしてわずらわせたくないわ」

「きみのおかげで、家に帰ってきたときよりもずっと気分がよくなった。その女のことを、そして彼女がきみに何を言ったのか、すべてを知りたいんだ」

ヘンリエッタはブレイクを見ようとせず、黙ったままだった。ミセス・グールズビーのことも、一緒に過ごした日々も、いっさい思いだしたくない。

「ヘンリエッタ？」

公爵の口調はやさしく、説き伏せられそうになったが、それでもヘンリエッタは答えまいとした。

ブレイクは身を乗りだして彼女の顎に手を添えて持ちあげ、自分のほうを向かせた。「話してくれ」静かに呼びかけた。「ぼくを見て、その女から言われたことを話してくれ」

ヘンリエッタは顔をあげて、公爵の落ち着きはらった、不安をとり去ってくれる目をのぞきこんだ。彼女は心からブレイクを愛していた。愛しているだけでなく、自分の過去を打ち明けることができるほどに信じてもいた。

14

いとしい孫、ルシアンへ

チェスターフィールド卿の正鵠《せいこく》を射た、思慮深い言葉を記します。〝スピリットという流行語に惑わされてはならない。元気のいい女性《ア・ウーマン・オブ・スピリット》とは、骨のある男《ア・マン・オブ・スピリット》を都合よく言い換えた《ムターティス・ムターンディス》だけにすぎない――要は、口やかましい女狐《めぎつね》のことだ〟

愛をこめて　レディ・エルダー

公爵を愛する自分の思いの深さに気づき、彼のやさしさを感じて、ヘンリエッタは過去を打ち明ける勇気を奮い起こした。振り向いてブレイクのてのひらに顔を押しあて、麝香《じゃこう》のような香りをたっぷりと味わいたかったが、なんとか理性を保って答えた。「わかりました。何を知りたいの？」

「すべてだ。たとえばその女が、きみやきみの後見人に呪いをかけたのか？　それとも、ただきみが呪われていると言っただけなのか？」

「それは……よくわかりません。あのとき、わたしはまだ七歳だったの。彼女に肩をつかまれて〝おまえは呪われている〟と言われたのを覚えているわ。〝おまえにはたくさんの後見人がつくけれど、その人たちはみんな死ぬだろう〟と」

ブレイクは指の背でヘンリエッタの頬から肩先までなぞっていき、それからそっとなでるようにその手を腕にすべらせていった。

「わかった。どうやらきみのご両親が亡くなった事故についてきかなければならないらしい。話してもらえるだろうか？」

〝話したくない。思いださせないで〟

ブレイクのまなざしには気づかいがあふれている。彼の思いやりに満ちた誠実な表情には心がなぐさめられたが、それでも喉が締めつけられた。ヘンリエッタはごくりと唾をのみこんだ。「長いあいだ、両親のことは誰にも話さなかった」

「気持ちはよくわかる。だが、今夜はつらくても話してほしいんだ」

〝だめ。話したくないの、お願い！〟

ヘンリエッタはうなずいた。「わかったわ。大丈夫だと思います。これまでずっと、あの夜を忘れようとしてきたの。事故のことを思いだしても何の役にも立たないから。過去を変えられないことは遠い昔に学んだの」

ブレイクはヘンリエッタの手に自分の手を重ね、もう一方の手で彼女の腕をくり返しやさしくなでた。

「何があったのか知りたいんだ。事故があった日のことを最初から話してくれないか」

舞台の幕があがるように、ふいにヘンリエッタの記憶の扉が開いた。彼女は遠い昔の濃い霧が垂れこめた暗い嵐の夜に戻り、湿った風と濡れた馬のにおいをかいでいた。

「あの日、両親とわたしは父の異母きょうだいのフィリップ・ベネット卿を訪ねたんだけど、その帰り道の出来事だったの。家までは一日半もかかるのに、父は夜のあいだも休まずに馬車を走らせつづけて帰ろうとしていた」言葉を切り、唇を湿らせた。「馬車にはわたしたちのほかに、ふたりの御者と従僕、それに母のメイドが乗っていた。父は追いはぎに襲われてもこれだけ男がいれば安心だと言っていたわ。でも、追いはぎに対する備えはできていても、天気はどうにもならない。すでにとても遅い時刻で、御者が二度馬車を止めて、雨と霧で前が見えないと言ったのを覚えているわ。それでも父は警告を無視して、走りつづけるよう命じたの」

「それは危険すぎる。父上にはそこまで急ぐ理由が何かあったのか?」

公爵はあたたかい手でヘンリエッタの腕をなでつづけてあたためてくれた。まるで、あの夜のことを考えるといつも寒けがしてしまうのを知っているかのように。

「父は胸がひどく痛むので、できるだけ早く家に帰って横になりたいと母に話していたわ」

「心臓の痛みだったのか？」

ヘンリエッタは胸にそっと手をあてた。「ええ。わたしは夜のあいだずっと父の様子を見ていた。父は心臓のあたりをしきりにさすっていた。降りしきる雨のなか、そうして何時間も走り、いつのまにかわたしは眠ってしまった。それから突然、強引に目覚めさせられたの。まるで誰かに抱えあげられて、何度も馬車の両方の壁に叩きつけられたみたいだったことを覚えているわ。母が悲鳴をあげ、父が御者に向かって何か叫ぶ声が聞こえた」

それ以上あの夜の暗闇に分け入りたくなくて、ヘンリエッタは言葉を切った。

ブレイクは、ヘンリエッタが自分の胸にあてていた手をとって口もとに運び、その甲に唇を押しつけた。やさしく安心させるような触れ方だった。彼の灰色がかった茶色の瞳は、同情と気づかいで翳《かげ》っていた。

「きみの話からすると、どうやら馬車が土手に乗りあげてしまったらしいが、そうだったのかい？」

ヘンリエッタはうなずき、もう一度唾をのみこんだ。「馬が激しくいななく声をどうしても忘れることができない。母とメイドが恐ろしい悲鳴をあげ、馬車が壊れ、木が裂けて砕ける音が聞こえて、そのあといっさいが消えてなくなった。ただ暗闇と沈黙だけが残った」

「きみは意識を失ったのか？」

「ええ。顔にあたる雨の冷たさで目が覚めた。あたりはとても暗くて、びしょ濡れで寒くてたまらなかった。体の震えが止まらず、父と母を呼んだけど、いくら呼んでもふたりは来てくれなかったわ」

ヘンリエッタの目に涙があふれ、頬を伝った。泣きたくなかった。誰の前でも泣くのは嫌いだった。これまで誰にも弱さを見せないようにしてきたのに、今はあの黒々とした夜と同様に、涙がとめどなくこぼれ落ちるのをどうすることもできなかった。

ブレイクが身を乗りだして、ヘンリエッタの腕をやさしく引いた。「ぼくの隣に座るんだ。きみを抱かせてくれ」

彼は大きなウイングバック・チェアに座ったまま横にずれ、ヘンリエッタが隣に座れるようにして彼女を抱き寄せた。がっしりしたブレイクの体のあたたかさがたちまちヘンリエッタをなだめ、落ち着かせてくれた。

彼女は揺れるランプの炎を見つめた。その口からは物語がこぼれつづけた。「あたりが明るくなりはじめるまで、そこに倒れたまま泣きつづけ、両親が見つけてくれることを祈っていた。でも、誰ひとりとして来てくれなかった。やがて這うようにして立ちあがり、事故がもたらした光景を目にしたとたん、叫んでしまったの」

ヘンリエッタはすすり泣きをもらした。体にまわされていたブレイクの腕に力がこめられた。「いつ叫ぶのをやめたのかわからない。馬車は壊れてばらばらになっていて、破片があちこちに散らばっていた。馬は土手の途中に倒れて、ぴくりとも動かなかったの」

「ご両親やほかの者たちは？」

「最初に父を見つけて、起こそうとしたけど、いくら揺すっても父は目を開けてくれなかった。それから、母を見つけた。母は目を開いていたけど答えてはくれず、濡れて冷たくなっていた。どれほど強く抱きしめても、目を覚ますことはなかったわ」

ヘンリエッタは喉の奥から苦しげなすすり泣きをもらした。次の瞬間、ブレイクの力強い腕に抱きしめられていた。彼のあたたかい喉もとに顔をうずめて、彼女は泣いた。もしあの事故が起きなかったら、そしてもし自分に呪いがかかっていなかったらまだ生きていたかもしれない父や母や後見人たちを思って泣き、体を震わせた。

「泣いて、苦しみをすべて吐きだすんだ」ブレイクがヘンリエッタの耳もとでささやき、やさしく抱き寄せた。「こうして抱いていてあげよう。きみを決して放さないから」

「泣くのは大嫌い」ヘンリエッタはしゃくりあげた。「でも、怖くて耐えられないの」

「何も言わないで。ときには泣いてもいいんだ。それで気分が晴れることもある。それに、何も恐れなくていい。ここでぼくといれば安全だ。大丈夫だから」

ブレイクがヘンリエッタの背中をなでさすりながら、安心させるように小さな声で言う。ヘンリエッタは彼の力強い腕にいっそう寄り添った。公爵は大きくて力強かった。小さな体を抱かれ、彼女は守られていると実感でき、落ち着いた気分になれた。いつまでもこんなふうに抱かれていたかった。泣き声はしだいに小さくなっていった。

やがて涙が涸《か》れ、すすり泣きがおさまると、ヘンリエッタは顔をあげて涙をぬぐった。

「ごめんなさい。事故のことを話すといまだにこれほど動揺してしまうなんて、思っていなかったわ」

ブレイクはヘンリエッタの顔から髪を払い、頰についた涙を親指で払った。そして、理解のこもった微笑みを彼女に向けた。「謝らなくていいよ、ヘンリエッタ。大丈夫、両親を亡くして泣くのは当たり前だ。そうした心の傷は長く消えないものなんだから」

ブレイクは怪我をしていない右腕を伸ばし、机の上に置いてあった上着のポケットからハンカチをとりだしてヘンリエッタに渡した。

「少しは気分がよくなったかい？」ブレイクが尋ねる。

ヘンリエッタはうなずいた。「あのときの光景をずっと心から消せずにいたの。壊れた馬車の破片が散乱して、恐ろしいほどめちゃくちゃな状態で。わたしは手で持ったり、引きずったりできる大きさの破片を集め、それをパズルのピースみたいに仕分けして、並べていったわ。破片をつなぎあわせた。馬車をもとどおりにしたら、すべてがまたもとに戻るような気がしたから」

彼女の濡れた頰をブレイクがもう一度指でぬぐった。「それこそが、きみが乱雑さを嫌う理由に違いない。きみは今もまだ馬車の破片を組みあわせようと、そしてきみの人生をもう一度完全な状態に戻そうとしているんだ」

ヘンリエッタはハンカチを脇に置いた。「そんなことは不可能だといいかげん気づくべきよね。でも、わたしはこれまでずっとそう願いつづけてきたの」

ブレイクがヘンリエッタの鼻の頭にキスをした。「学ぶのが難しいこともある。きみが今夜、ぼくの肩の痛みを癒してくれたように、ぼくもきみの心に残る傷をきれいに消し去ってあげられたらと願うよ」

「わたしを抱きしめて、助けてくれたわ。両親が亡くなってからというもの、こんなふうに抱かれたことはなかった。体に触れられたことさえめったになかったくらい。とてもうれしかった」

ブレイクが彼女に微笑みかけた。「その言葉を覚えておいて、ときどき抱きしめてあげなければならないな。ご両親を目覚めさせることができず、馬車の破片を集めはじめたと言ったね？」

ヘンリエッタはうなずいた。

「ほかに何を覚えている？」

「寒かったこと。体が濡れていた。髪も靴も服も。歩きまわって、馬車の破片をひとつの場所に集めたわ。母はとても寒そうに見えたので、馬車で使っていた毛布を見つけて、かけてあげたの」

「さぞつらかっただろう。幼い少女が、そんな恐ろしい思いをしなければならなかったなんて。だが、ミセス・グールズビーについてもっとよく知りたい。彼女がきみを見つけたのか？」

「ええ」

「その朝に？」

「いつかは覚えていないけれど、顔をあげたら離れたところに年をとった女性が立っていて、わたしを見つめている姿が目に入ったの。ミセス・グールズビーはどこからともなく、突然現れたようだった。長いあいだ、わたしたちは無言で見つめあった。彼女は全身黒ずくめで、そばまで近づいてくると、とても瘦せていて背中が曲がっているのがわかった。とがった顔で、顔色は悪く、目は小さな黒い玉のようだった。細かいところまでは思いだせないけど、ミセス・グールズビーの家まで一緒に歩いたことは覚えているわ。そのあと屋根のない馬車に乗り、男の人の家まで連れていかれた。その男の人に事故に関してあれこれきかれ、叔父の名前とどこに住んでいるかを話したの。その人はミセス・グールズビーに、叔父に連絡して迎えに来てもらうまで、わたしの世話ができるかと尋ねた。世話をしてくれたらお金を払うと言われて、彼女はようやくその役を引き受けた」

「それは意外ではないな。それで、きみは叔父上が迎えに来るまで彼女と暮らしていたのか？」

「ええ。ミセス・グールズビーは気難しいおばあさんで、いつもひとり言を言っていた。彼女は家に戻ると、わたしを屋根裏部屋へ連れていき、〝どの家でも屋根裏が幽霊の住む場所だから、ここにいなければならない〟と言ったわ」

ブレイクがヘンリエッタの顔にこぼれ落ちた髪をまた払ってくれた。「なんて残酷な女だ」

「ミセス・グールズビーは〝おまえは呪われているから、一緒に暮らすことはできない。さもないと、おまえの両親のように死んでしまう〟と言った。〝わたしは幽霊じゃないし、呪われてなんかいない。普通の女の子よ〟と言い返しても彼女は笑って、〝もちろんおまえは呪われている〟とくり返すだけで。そしてわたしの両肩をつかんで揺さぶり、長い爪を食いこませて言ったわ。〝おまえの目のなかに呪いが見えるんだよ。それが、馬車に乗っていた全員が死んだのにおまえだけが生き残った理由だ〟と」

「だとしたら、その女はたんに気難しいだけじゃない。邪悪な魔女だ。どんな男だか知らないが、きみの世話をそんな頭がどうかした女に任せるなんて、いったいどういうつもりだったんだ？」

「たぶん、ミセス・グールズビーがどんな人か知らなかったんだと思うわ。わたしは途中で逃げようとしたけれど、家から出る前につかまって、屋根裏部屋へと連れ戻されてしまったの。そのとき、〝おまえには生きているあいだにたくさんの後見人がつくけれど、その誰ひとりとして長くは一緒にいられないだろう〟と言われたわ。〝おまえの世話をするはめになった者はみな、両親と同じように途中で死んでしまう〟って」

「きみはその言葉を信じたのか？」

「最初は信じなかった。だけどどうしてミセス・グールズビーは、わたしにたくさんの後見人がつくことがわかっていたの？　父の遺言書は、そのときにはまだ開封されていなかったのに。それに父の遺言そのものが、まるで何かを予見して書かれたものだとしか思えない。さもなければ、どうしてあれほど多くの後見人の名前が記されていたの？　ミスター・ミルトンは、遺言書であれだけの数の後見人が指名されているのはきわめて異例だと言っていたわ」

「父上は自分にもしものことがあったとき、ひとり娘がきちんと世話をしてもらえるようにしたかっただけだと思う。実際、きみはこれまで大切にされてきただろう」

「ええ、ミセス・グールズビーといた短いあいだを別にすれば」

「ということは、その女は実際にきみに呪いをかけたわけではないんだな。ただ、きみが呪われていると言っただけなんだね？」

ヘンリエッタはブレイクの目の奥深くをのぞきこんだ。「ええ。でも、もうずっと前の話で、彼女が言ったことをすべて正確に覚えているかどうか自信がないわ。記憶があやふやで」

「それほど幼いころに、それほど恐ろしい事故でご両親を亡くして、本当につらかっただろう」ブレイクが顔を寄せて、ヘンリエッタの唇にすばやくキスをした。「もう二度とその女のことも、彼女が口にした呪いのことも考える必要はない」

ヘンリエッタは深く息を吸いこみ、ブレイクの香りと味と触れあった唇の感触を慈しんだ。

「でも、どうしても考えてしまうの。呪いは間違いなく存在する。あなたの命が心から心配なの」

ブレイクは許可も求めずに顔を寄せて、もう一度彼女の唇にそっとキスをした。「きみの心からその出来事の記憶を消し去りたいよ。この口づけが少しでもその役に立ったかな？」

「ええ」ヘンリエッタは小声で言った。

そして彼の首に腕をからめて背筋を伸ばし、情熱と欲望のすべてをこめてキスをした。ブレイクもそれに応えてキスを返し、彼女の体をずらして自分のかたい膝にのせた。

彼はかすかに顔をあげ、瞳で問いかけてきた。

〝もっと欲しいかい？〟

ヘンリエッタはすぐさま唇を求めた。彼女が口を開くと、ブレイクが舌を差し入れて探った。彼の唇は巧みに、自信たっぷりに、楽々とヘンリエッタの唇の上を躍った。ヘンリエッタは溶けあうように寄り添い、ブレイクの口づけの甘いワインの味をむさぼった。心のなかに渦巻く新しい興奮に翻弄されていた。

ブレイクはヘンリエッタの腰に手をすべらせて、彼女を自分のかたくなったものに押しつけた。そして、もう一方の手でヘンリエッタの胸を包みこんだ。ヘンリエッタはあふれでる鮮烈な欲望に息をのんだ。はじけそうな歓びに満たされて、思わずうめき声をあげる。公爵を最初に見た瞬間から、ブレイクの魔法の手を求めていたのかもしれない。

　腹部から両脚の付け根までが、体じゅうを走り抜けるぞくぞくする欲望に締めつけられる。これまで経験したことがなかった興奮が体の芯を貫き、しびれるようなあたたかさで満たされた。

　ふたりのキスはますます激しさを増していった。ブレイクの舌が奔放にヘンリエッタの口のなかを動きまわる。そのキスに、自分でも理解できない欲望がこぼれだした。わかっているのは、自分を満足させられるのは公爵だけということだ。

　ブレイクはヘンリエッタの首筋から乳房のふくらみにかけて熱く湿った唇でなぞっていった。彼女の肌をやさしく嚙み、タフタに包まれた胸を手で愛撫する。ヘンリエッタの秘められた場所に官能の甘い震えが走った。

　彼は手をドレスのなかに、さらに下着のなかへと差し入れ、ヘンリエッタの乳房にじかに触れた。二本の指で乳首をやさしく転がし、彼女を欲望で満たしてわれを忘れさせる。

「今夜ずっと、こんなふうにきみに触れたかった」

　ヘンリエッタは自分が〝ええ〟と声に出してうめいたのか、心のなかで口にしただけなのかわからなかった。ただ、公爵が与えてくれる素晴らしい感覚が永遠に続くことだけを願っていた。

ブレイクは服に包まれていたヘンリエッタの乳房を持ちあげ、あたたかい口に含んで愛撫した。ブレイクが両腕に力をこめると、ヘンリエッタはいっそう彼に身を寄せた。

彼女が今にも爆発してしまいそうに感じはじめたとき、ふいにブレイクが唇を乳房から引きはがして、胸に顔をうずめた。

ブレイクは息を求めてあえぎ、顔をあげてささやいた。「ぼくたちはこんなことをすべきじゃない。きみに誘惑されて、一線を越えてしまいそうだ」

ヘンリエッタはとり残された気分になった。出口を失った信じられないほど激しい欲望のなかで溺れてしまいそうだ。キスも愛撫もやめてほしくない。体の奥からこみあげる歓びにはじけてしまいたい。

「どうして?」ヘンリエッタは荒い息をつき、小声で尋ねた。

「夫になる男のために、きみの純潔を守らなければならない。ぼくたちはこれ以上進むことはできない」

ヘンリエッタは脱力感に襲われた。ふたりの関係は何も変わっていなかった。公爵はまだ、わたしの夫を見つけようとしている。

「わかったわ」ヘンリエッタはそう答えたが、自身の言葉に胸が張り裂けそうになった。

「そのとおりね。あなたを誘惑するつもりなんてなかったのに」

「動かないでくれ」ブレイクがささやく。「ぼくは自制心を奮い起こさなければならない。

そのためには、きみがじっとしていてくれないとだめなんだ」

ヘンリエッタはよく意味がわからないまま、あえて逆らわずにうなずいた。ため息をつくと、じっと動かずに彼の力強い抱擁に身を任せた。

彼女はブレイクの頭を自分の胸に包みこむようにして、彼の豊かで美しい髪を両手でかきあげた。ブレイクが許してくれているあいだは、こうしてそばにいたかった。

目を閉じて、愛する男性のすぐそばにいる喜びにひたる。すぐに彼の体の緊張が解け、息づかいも落ち着いてきたのがわかった。しばらくすると、ヘンリエッタは馬車がぬかるんだ土手で転倒した夜に感じた恐怖と痛みと絶望をまたしても思いだしてしまった。

これまで公爵にもほかの誰にも打ち明けたことはないが、今でもまだ真夜中に声なき叫びをあげて目覚めることがあった。木が砕ける恐ろしい音や、母親と自分の悲鳴を忘れることは永遠にないだろう。

そして公爵の肩の痛みを癒し、そのお返しに抱きしめられて情熱的にキスをされ、いつまでも消えない子供のころの恐怖をしずめてもらった今夜のことも、決して忘れないに違いない。

15

愛するルシアン、最愛の孫へ

チェスターフィールド卿のこの有名な言葉を考えたくなることがあるでしょう。〝それでは正直な男は、ずる賢いやつが求めるものを無視できるだろうか?〟

愛をこめて　レディ・エルダー

翌日ブレイクが馬車に乗りこみ、御者に〈ハーバー・ライツ〉へ向かうよう命じたとき、あたりはかなり暗くなっていた。屋敷に戻ってヘンリエッタとコンスタンスを〈グレート・ホール〉で催される舞踏会に連れていく前に、ギビーと軽い夕食をとる約束になっていた。ロンドンの社交シーズンの目的は、つまるところひとつしかない。男性と女性を引きあわせることだ。たとえば望ましい紳士と適齢の淑女が結婚の運びとなったなら、そのふたりにとってその年の社交シーズンは成功だったということになる。

あたりは霧雨に煙っていた。ロンドンには強い寒波が居座っていた。この街の春の訪れは遅い。黄昏《たそがれ》の街は重苦しい雰囲気で、ブレイクの気分に合っていた。胸が波立っていたが、その理由がどうにもわからない。これほどに落ち着かないのは自分らしくなかった。本来の彼は、レディ・エルダーの孫息子のなかでもっとも屈託がないはずだ。ヘンリエッタが現れるまで、責任という言葉にはろくに注意を払ったことがなかった。

しきたりなど消えてなくなればいい、正しいかどうかなんて知ったことではないと開きなおりたかった。ヘンリエッタと体を重ね、彼女を恋人にしたくてたまらなかった。幸いにも、ぎりぎりのところで理性をとり戻して自分を押しとどめることができた。

肩の怪我は前よりもよくなっていたが、まだ動かすと痛みがあって、完全には治ってはいないことを思い知らされた。ブレイクは一日のほとんどの時間を書斎で過ごし、弁護士が彼の意見や承認、あるいは署名を求めて送ってくる書類の山や手紙と格闘した。ありがたいことに、ヘンリエッタが手紙を重要なものから順に並べなおしてくれていたので、面倒で退屈になりかねない作業がはるかにたやすくなっていた。

ヘンリエッタはどの手紙がすぐに対応すべきで、どの手紙がどうでもいい相手が一方的に送りつけた中身のないものなのか、わかっているようだ。山のように届く招待状の管理もお手のもので、パーティであれ、茶会であれ、オペラであれ、欠席して主催者を怒らせてはならないものから順に並べてくれていた。そのあたりの判断は、コンスタンスが協力してくれたのかもしれない。

昼のあいだに何人かの紳士が訪ねてきた。ヘンリエッタの件で挨拶に来たことはわかっている。アシュビーには、誰とも会うつもりはないので名刺を預かるようにと命じてあった。ヘンリエッタの結婚のことなど、どんな男とも絶対に話したくない。考えただけで胃のあたりが締めつけられる。

とりわけヴィゴーネ伯爵やスネリングリー卿といったやからの名刺を見たときには、はらわたが煮えくり返った。ぼくが結婚を認めるとでも思っているのか！　ばかにするにもほどがある。ふたりともたっぷりと持参金がついた妻を探しているという噂は、これまでクラブやあちこちの場所で耳にしていた。

ブレイクは馬車の座席で身じろぎした。ヘンリエッタのことを考えると欲望がこみあげ、会いたくてたまらなくなって下腹部が落ち着かなくなる。会いたくてたまらないだって？　ブレイクはひるんだ。これまでに、特定の女性にこれほど執着したことがあっただろうか？

そんなことは一度もない。

ヘンリエッタの後見人として間違っているし許されないことでもあるが、それでも彼女が欲しかった。昨夜ヘンリエッタの涙を見たときには、彼女の望みどおりキスと愛撫とで心ゆくまでなぐさめたくてたまらなかった。けれども、両親の死という悲劇を思いだして動揺しているところにつけこむことはできない。ヘンリエッタはきっと言いなりになっただろうが、彼女はまだ清純な娘なのだ。いくら火のついた欲望に身を任せてしまいたくても、ヘンリエッタの純潔だけは守らなければならない。

昨日の夜、肩の痛みに悩まされていたのはむしろ幸いだった。さもなければヘンリエッタを椅子に座らせて抱き寄せたとき、理性をかなぐりすてて彼女を自分のものにしてしまったかもしれない。

ブレイクは大きく息を吸いこみ、ヘンリエッタの甘くかぐわしい香りを思いだした。彼女のことを考えただけで笑みが浮かび、どうしても頭から離れないことに驚かされる。

ヘンリエッタがブレイクの胸にいとしげにすり寄り、靴下に包まれた脚を彼の下半身にのせてきたとき、それは心地よく正しいことに感じられた。最初にブレイクのものに触れたとき、ヘンリエッタの息が速く荒くなったのがわかった。これまで男性の欲望を間近にした経験がなかったのだろう。じっとしていてくれと頼んだとき、彼がどれほどあやうい状況だったか、ヘンリエッタは理解していなかった。けれどもほどなく、ブレイクがただ彼女を抱きしめてなぐさめたいと思っていることに気づいたらしく、ゆっくりと彼の胸に顔をうずめてきた。体から力を抜いてくつろぎ、荒かった息づかいもやがて落ち着いた。

一夜明けた今でさえ、ブレイクの体はまだうずいていた。ヘンリエッタを抱き寄せて、もう一度あのかたいつぼみのような乳首を口に含みたくてたまらない。

ブレイクは小さく首を振り、揺れる馬車の小さな窓の外に広がる、霧のかかった夕暮れの風景を眺めた。窓ガラスは曇っていたが、いくつかの店がすでにガス灯をともしているのが見えた。雨は、昨夜ヘンリエッタが話してくれた両親の悲劇を思い起こさせた。幼い子供が背負うにはあまりに過酷な運命だ。事故について語っているときの目を見れば、その痛ましい夜の恐怖と悲しみが脳裏によみがえっていることがわかった。

話すのはさぞつらかっただろう。無理やり話をさせたのは残酷だったかもしれないが、どうしてもヘンリエッタの恐怖を理解する必要があった。彼女がこだわる呪いについて理解したかった。事故のせいでほかの者は馬もろとも命を落としたのに、彼女だけは長らえたのだ。これは神の導き以外の何物でもない。それなのに、どうしてヘンリエッタが呪われていると脅されなければならないのだろう。

ひとつたしかなことがある。ヘンリエッタはとても幼いころから勇敢で、自信があり、たくましかったのだ。金髪の少女が雨に打たれながら倒れた両親を起こそうとし、壊れた馬車の破片を集め、自らの人生をもとに戻そうと懸命になっている姿を思い浮かべると、胸が締めつけられた。

クラヴァットをはずして上着を脱ぐのを手伝ってくれたとき、ヘンリエッタはとてもやさしく、その手は心をなごませてくれた。ブレイクは、彼女のてのひらの感触を思いだしてそっと微笑んだ。ヘンリエッタはあのとき、本当にぼくのために心を癒すメロディを口ずさんでいたのだろうか。

ヘンリエッタは、どうすればぼくがくつろいで肩を休めることができるかよくわかっていた。ヘンリエッタを抱き寄せたときは、彼女が心をこめて与えてくれた慰撫に対して少しでもお返しがしたいという思いしかなかった。あれほど激しい欲望の炎を燃えあがらせるつもりなどなかった。眠れぬ夜が続いていたところにワインを飲んだせいでこらえきれなくなり、ヘンリエッタの息づかいが静かになったあとすぐに眠りに落ちてしまった。

そのあとヘンリエッタがいつまでそばにいたのか、そしていつ出ていったのか、ブレイクにはまったくわからなかった。彼は夜明け前に目覚めた。長椅子で横になったまま寝てしまったらしく、体には上着がかけられていた。首が凝り、腕はまだ痛んだ。けれども何よりつらかったのはヘンリエッタがいないことで、たまらなく寂しかった。

それは、ブレイクにとって新しい感情だった。まるで人生から誰かが、あるいは何かが失われてしまったかのようだ。両親が亡くなったときでさえ、こんなふうに孤独だとは感じなかった。それはある意味、当たり前だったのかもしれない。ブレイクは公爵で、いつでも人々に囲まれており、ひとりきりになることは決してなかった。けれども、そばにいてくれるなら誰でもいいというわけではない。ヘンリエッタだけが欲しい。彼女に触れてほしい。彼女に触れたい。最悪なのは、ヘンリエッタと愛しあいたいことだ。

ブレイクはその考えをすばやく振り払った。それは深く探りたい感情ではなかった。たぶん適当な女と寝れば、これほど欲求不満を覚えることも、ヘンリエッタを求めて悶々とすることもなくなるかもしれない。ヴァレーデイルにほど近い村にある酒場の娼婦とのひとときは、思いだせる限りでもっとも短く、もっとも満たされないものだった。きっと今夜はあのときよりは運に恵まれて、ヘンリエッタに対してふくらみつづける欲望を忘れさせてくれる積極的な未亡人が見つかるかもしれない。愛人を選びに出かけている暇はなさそうなので、どうにかしなければならなかった。

ブレイクは、ベルベットのクッションに頭をもたせかけた。馬車についている鈴や車輪の音や、馬の鈍い蹄の音をぼんやり聞いていると、ついヘンリエッタのことを考えてしまう。ギビーとミセス・シンプルの問題に意識を集中させなければならない。

限られた会員だけしか入れないクラブの静けさが楽しみだった。まだ早い時間なので、常連たちも来ていないかもしれない――運がよければ、ギビーとふたりきりでしばらく過ごせるだろう。

数分後、ブレイクは〈ハーバー・ライツ〉に入り、濡れた外套と帽子を脱いで使用人に渡した。寒さに身震いし、エールと鶏のシチューをもらおうと考えながらバーに向かう。彼はドアのところで立ちどまり、ギビーが窓際のいつもの席に座って、日が沈む最後のひとときを楽しんでいる姿を見つめた。ギビーもときに孤独を感じることがあったのだろうか。もしあったなら、その感情とどうやって折り合いをつけたのだろう。正確な年齢は知らないが、ギビーはもう七十代のはずだ。

ギビーの恋愛遍歴は華やかで、かつての恋人のなかには有名な女性もいた。たとえば、舞台から彼に手を振り、投げキスをして観客を驚かせた派手な女優がいた。それに、ジョージ王のいとこは醜聞の絶えない女性で、夫を持つ身でありながら世間の慣習を無視してギビーと公然といちゃついていた。そしてほかならぬブレイクの祖母、レディ・エルダーがいた。けれどもそうした女性たちと楽しみながらも、妻と子供がいないのを寂しく思うことはなかったのだろうか。

ブレイクはギビーに近づき、向かいの椅子を引いた。

「遅いぞ」

ブレイクは顔をしかめた。「遅い？　そうは思いませんが」

ギビーが部屋の隅にある背の高い時計を指さした。「三十分以上遅刻だ」

「うるさいことは言わないでください。三十分なんて、遅れたうちに入らないでしょう」

「そう思うのはこの世できみだけだ。さっそくだが教えてくれ。ここに呼びつけたのは、まだわたしの問題に首を突っこむためかね？」ギビーが尋ねる。

「あなたのことが気になってしかたがないんです」ブレイクはしごくまじめに答えた。「長年続けてきたことを、そう簡単にやめるわけにはいきませんよ。そうは思いませんか？」

「別に思わんね。チェスターフィールド卿の言葉に逆らうようだが、老犬にだって新しい芸を仕込むことはできる」

「あの傲慢で偏屈な男がそれとは逆のことを言ったのかどうかは知りませんが、もし言ったのなら、そのたわごとはこう結ばれていたはずです。〝ただし、おまえは年をとってもいなければ、犬でもない〟」

ギビーはにやりとした。「それはいかにもありそうだ」

「祖母は、印象に残った格言はすべてチェスターフィールドの言葉にしていた。あなたも年をとって、同じことをする癖がついたらしいですね」

「レディ・エルダーは、わたしにたくさんのことを教えてくれた。今でも思いだすよ、あるときわたしたちが――」

ブレイクは手をあげ、椅子に背を預けた。「そこまでにしてください。どう考えてもあなたは、祖母の影響を受けすぎています。祖母があなたに教えたことなど、何ひとつ知りたくありません」

過去の記憶がよみがえったのか、ギビーの年老いた目がきらめいた。「彼女と一緒に過ごした時間は、わたしにとってかけがえのないものだ」

「そのことも、祖母があなたに抱いていた愛情も、まったく疑っていません」

ギビーが肩をすくめる。「いいかね。きみは頭がいいのだから、わたしの心配をするよりもっとましなことに時間を使えるはずだ」

「もちろん、もっとましなことくらいいくらでも思いつくけど、あいにくどれもあなたの頭からよからぬ考えを追い払うことほど楽しくもなければ、時間もかからないんです」

「わたしとしては、そうしてくれたほうがうれしいんだがね。ひとりで物思いにひたる時間を楽しみにしているんだ」

「そんなことをしても楽しくないでしょう。あなたの頭の中身はたっぷりのぞかせてもらったが、恐ろしく退屈でしたよ」

ふたりとも笑った。

「神は単純な心を愛するのだよ」ギビーが言い返した。

ブレイクは大きく息を吸いこんだ。ギビーと軽口をたたきあうのは楽しかった。「もう何か注文しましたか？」

「いや、着いたばかりなんだ」

「ぼくが遅れたことを責めたくせに？」

「遅れたのは事実だろう。わたしも遅れたが、それでもきみよりは早かった」

「やれやれ、どうしてあなたを心配しているのか、自分でもわからなくなってきましたよ」

「わたしにもわからん。だが、きみを追いだせないらしいことはわかった。何を飲みたい？」

「エールを」

ギビーは給仕に合図をしてシャンパンの瓶を頼み、グラスをふたつ持ってくるよう言った。

ブレイクは眉間に皺を寄せ、椅子にもたれかかった。「ぼくはエールを頼んだのに、シャンパンを注文したのも、あなたが正気を失いかけている証拠だ」

「そう興奮しなさんな。わたしの頭は明晰そのものだ。新時代の旅行手段の成功を祝うためにはシャンパンが必要なんだ」

ブレイクは体をこわばらせた。「気球よりも、ニューカッスルでジョージ・スティーヴンソンが試している、蒸気機関車のほうが有望だと思いますね。いいですか、スティーヴンソンの発明は画期的です」

ギビーは手を振ってその指摘を受け流した。「あの男は、鉄のかたまりを八頭立ての馬車よりも速く走らせられると思っている。吹きさえすれば、風より速いものなどないよ」

「スティーヴンソンの発明は、すでに大きな進歩を遂げています」

「それは、ミセス・シンプルも同じだ。彼女のことはどう思った?」

「楽しい女性だと」

「楽しいだけか?」

「ええ」ブレイクは目を細めた。「ギビー、正直に言いましょう。たしかにミセス・シンプルはとても美しくて魅力的な女性で、頭も切れるようです。でも、気球を旅行に使うというアイデアは、はっきり言って滑稽でしかありません」

「だが、実現可能だ」ギビーが反論する。

「ばかげている」

「すぐに現実のものとなるだろう」

「裏を返せば、今はまだ無理だということだ」ブレイクは言い返した。

「ミセス・シンプルは、ロンドンに近い十の郡すべてに飛ばせるよう、気球をそろえる計画を立てている。事業を始めるためには、少なくとも三十機の気球が必要だそうだ」

「三十機？　それほどの数となると、とんでもない費用がかかりますよ」

「それぞれの郡に三つの気球が必要と考えれば、そういう計算になるんだ。気球は一日に一度しか飛べない。一機は乗客用、一機は荷物用で、残り一機は予備として、どれかが壊れたり不具合があったりしたときのために待機させる」

「つまり、どれかが墜落したときに備えて？」

「いや、まったく違う。運行予定の気球の布が裂けているのが見つかったりしたときのための用心だ」

「心配になりますね」

「その気持ちはわかる。だが、気球が木々のはるか上空を飛んでいたときのヘンリエッタの喜びようはきみも見ただろう。女性たちはきっと気球の旅を楽しみ、馬車よりも速いことに満足するだろう」

「それでも危険が大きすぎます。ロンドンからほかの村や町に気球で人を運ぶ事業がなりたつほど、人々は空を飛ぶことに興味を持っていません。それに気候のせいで、一年のうちせいぜい数カ月しか飛ばせないんですよ」

「きみは疑り深いだけだ」

「いいですか、ギビー。ぼくはミセス・シンプルがあなたから金を引きだしておさらばしようとしているのか、こんなくだらないアイデアで事業を起こして成功できると本気で信じるほど愚かなのか、確かめようとしているんです」

「きみのことをこれほどよく知っていなければ、今の暴言に腹を立てているところだ」

ブレイクは、自分がとげとげしいしゃべり方をしていたことに気づいてため息をついた。そんなつもりはなかった。「好きでこんなことを言っているわけでないことは、わかってください。彼女に金を渡す前に、この件をもう少しだけ調べる時間をもらえませんか？」

「だが、わたしはミセス・シンプルを助けなければならないんだ。もう約束してしまった」

「わかっています。ですが、一刻を争うわけではないのでしょう？　もし彼女が本気で事業を始めようと考えているのなら」

「チェスターフィールド卿の言葉を知っているだろう。〝時間は祝福にも、呪いにもなりうる。すべてはそれを賢く使うか、愚かにも無駄づかいするかにかかっている〟」

ブレイクはその言葉をいやというほどよく知っていた。

「気球を新たにいくつもつくらなければならないが、それには時間がかかる。ミセス・シンプルは、まだあの納屋にあった二機しか持っていないんだ。彼女は誰かがこの計画を聞きつけて、自分よりも先に事業を立ちあげてしまわないかと案じている。この分野では、二番手が入りこむ余地はないだろうから」

ブレイクは椅子に背を預けて笑った。誰かにこんなアイデアを盗まれるかもしれないと思いわずらうなんて、笑止千万だ。

「あなたがばかげた計画に首を突っこんで、祖母の孫のひとりが助けるはめになるのはわかっていましたよ」

ギビーは微笑んだ。「なにしろ、きみたちのような暇人に面倒をみてもらうこと以外に楽しみがないものでね」

「ミセス・シンプルに、誰かにアイデアを盗まれる心配なんてしなくていいとぼくが請けあっていたと伝えてください。気球はもう五十年近く空を飛んでいます。もし旅行に適した安全な手段であるなら、とっくに誰かが会社を設立していますよ」

「どうかな。わたしにはそこまで言いきれない。ミセス・シンプルは、数日前に見知らぬ男が納屋をのぞいて、働いていた者に気球のことをあれこれ尋ねたと言っていた」

ブレイクはそれを聞いてもまったく不安に思わなかった。おそらくレイスかモーガンが雇った誰かが調べにいったのだろう。「それはたぶん、気球の目新しさに惹かれた誰かがのぞいただけでしょう」

給仕がやってきて、栓を抜いたシャンパンの瓶とクリスタルのグラスをふたつ、彼らの前のテーブルに置いた。給仕が泡立つ酒をそれぞれのグラスに注いで立ち去ると、ブレイクとギビーはグラスを掲げた。

「新たに実現する移動手段に」ギビーが自信に満ちた大きな笑みを浮かべて言った。

ブレイクも微笑み、グラスを掲げた。「それが、ニューカッスルで進歩を遂げつつある蒸気機関であることに」

ふたりは笑い、シャンパンを飲んだ。

「失礼します、閣下」

ブレイクが顔をあげると、いつのまにかウォルド・ロッククリフ卿がすぐ脇に立っていた。膝までのぴかぴかの黒いブーツを履いており、意を決したように張りつめた表情をしている。

ウォルドはお辞儀をした。ひどく痩せているせいで、前にかがんだらぽきんと折れてしまうのではないかと心配になるほどだ。ブレイクとギビーは立ちあがり、彼に挨拶を返した。

「お話し中のところ、お邪魔して申し訳ありません。ですが、この天恵とも言うべき機会を逃すわけにはいきませんでした」

ブレイクとギビーは無言のままだった。ウォルドが何を言っているのか、ブレイクにはさっぱりわからなかった。

ウォルドは淡い茶色の目を神経質にぎょろつかせた。青ざめた色の唇がかすかに震えている。「ぜひわたしに、ミス・トゥイードと結婚する栄誉を与えていただきたいのです」

最悪だ。

「お屋敷にうかがって、正式に結婚を申しこむ許可をいただけませんでしょうか」

「ウォルド卿」この男がヘンリエッタといるところを思い浮かべただけで歯ぎしりしたくなったが、ブレイクは精いっぱい冷静な声で答えた。「ミス・トゥイードはゆうべ、社交界にデビューしたばかりだ。まだ、誰からのどんな申しこみも考慮するつもりはない。彼女には社交界をしばらく楽しみ、興味を抱いた紳士のことをじっくりと考えるための時間が必要だろう」

「それはわかっておりますが、自分の意志をあなたに最初にお伝えする名誉を得たかったのです。わたしは彼女を誘って口説き、その愛を勝ちとりたいと思っています」

考えるだにおぞましい。

ブレイクは、押しつけられた被後見人を結婚させたがっているという噂が広まったあと受けとった、たくさんの名刺を思い浮かべた。ウォルドがひどく震えているので、もっとましな男たちがすでに二十人以上もヘンリエッタ目当てで屋敷を訪ねてきている事実は教えないことに決めた。ウォルドの前には、とっくに長蛇の列ができているのだ。

「もちろん、礼儀にかなう適切な範囲内であれば、何をしようがきみの自由だ」

ウォルドはもう一度お辞儀した。「ありがとうございます、閣下。お望みならいつでも喜んで馳《は》せ参じます。改めて、お邪魔したことをお詫び申しあげます」彼はギビーを見た。「サー・ランドルフ、またお目にかかれますように」

ウォルドは歩み去った。ブレイクとギビーは椅子に座りなおし、グラスをとった。

ブレイクはシャンパンをゆっくりと飲んでから言った。「あいつは、本気で自分にもヘンリエッタを勝ちとるチャンスがあると思っているのかな？」

「そう見えたな」

「そんなことを許すくらいなら、自分の右足を切り落としたほうがましですよ」

ギビーがくすくす笑った。「これまであの男はずっと、頭が空っぽの意気地なしにしか見えなかった。実のところ、ロッククリフと一緒にいないところを見たのは初めてだ」

「たしかにそのとおりです。あのふたりはいつも一緒だ。つまり、公爵がこのクラブのどこかにいるということでしょうね」

「まだロッククリフを毛嫌いしているのかね？」

「考えただけで虫酸《むしず》が走りますよ」

「ふむ。あいつが、自分には美しいヘンリエッタを手に入れるチャンスがまったくないことを知らないのは哀れだな」

「絶対にありえません」

「それなら教えてくれ。ヘンリエッタはどうしている？」

〝相変わらず完璧だ〟

「元気だと思います。コンスタンスが連れまわしているので、今日はまだ会っていませんが」

「あの娘のせいで、あちこち大騒ぎになっているみたいじゃないか。もう〈ホワイツ〉の賭けは見てきたかね？」

「いいえ」

「ヘンリエッタのことが書かれている今日のゴシップ紙は読んだのか？」

ブレイクはロッククリフとカードをしているときと同様に無表情を保った。「いいえ」

「わたしの人生を心配するのに忙しすぎて、後見人の人生にまでは気がまわらなかったということかな？」

ブレイクは微笑んだ。「あなたはときとして、実に不愉快になりますね、ギビー」

「それが健康の秘訣でね」

「〈ホワイツ〉の趣味の悪い賭けにはこれまで何度となく楽しませてもらいましたが、ヘンリエッタがらみの賭けは我慢の限界を超えています。それに、ぼくがゴシップ紙を読まないのはご存じでしょう」

「いつも自分のことが書きたてられているのだから、読みたくない気持ちは理解できる。だが、自分の被後見人について書かれているとなると、きちんと目を通す必要があるんじゃないかな」

「どうしてです？」

「チェスターフィールド卿の言葉は知っているだろう。〝火のないところに煙は立たぬ〟」

「あの男の言葉はでたらめばかりです」

「そう、誰かもそう言っていた。それはともかく、きみもゴシップ紙を読むべきだ。いろいろ知ることができる」

「知る必要がありますか？」

「ヘンリエッタのことをほかの連中がどんなふうに言っているか、そして彼女が本当に興味を持っているのは誰か、新聞を読めば書いてある」

「どうせ何の役にも立たないたわごとばかりでしょう」

ブレイクはグラスにシャンパンを注ぎ足しているあいだ、奥にいるふたりの紳士がしゃべりながら彼のほうをちらちら見ている気配を感じていた。間違いなく、彼らもヘンリエッタの件で話しかけたがっているのだ。

ブレイクはため息をついた。「たぶん、ヘンリエッタの後見人は本当に呪われているのでしょう。彼女がぼくの前に現れてからというもの、ずっと心が安まらない」

「何のことだね？」

「実は、ヘンリエッタは自分の後見人が呪われていて、今度はぼくにもその呪いが降りかかったと思っているのです。昨今の人生の変わりようからすると、その呪いとやらもあながち絵空事ではないように思えてきたところです。ヘンリエッタが来てから、夜も落ち着いて眠れません」

「眠れないのはわかったが、呪いというのはいったいどういうことだ？」ギビーが尋ねる。

「ぼくもすべてを理解しているわけではないのですが、ヘンリエッタは誰かに呪いをかけられて、そのせいでこれまで十二年のあいだに後見人が全員死んでしまったと信じているのです。もちろんぼくにもその呪いはかかっていて、次に死ぬ番だと思いこんでいます。呪いなんて存在しないことをわからせようとしているのですが」

「もちろん呪いは存在する」ギビーが言った。

ブレイクは自分の耳が信じられなかった。「呪いなどというばかげたものを信じているなんて言わないでくださいよ」

「もちろん信じているとも。これまでに、いろいろな形で呪われた者を何人も目にしてきた」

「呪いをかけられて死んだ人をどれくらいご存じなんですか？」

「何人かいた。すべてはその者が何を信じるかしだいだ。もし死の呪いが自分にかかっていると信じれば、その者は死ぬだろう。その一方で、呪いを信じない者を呪うことはできない」

「どうしてそんなことを知っているんです？」

「魔女だと名乗る女性から聞かされたんだ」

ブレイクは微笑んだ。「魔女ならたくさん知っていますが、その誰ひとりとして本当に魔法をかけることができませんでした」

ふたりはその冗談に笑った。

「わたし自身も呪われたことがある。これまでに二度ばかり」ギビーが誇らしげに言う。

「そんな話をぼくが信じるとは思っていないでしょうね？」

「本当のことだよ。きみの祖母に呪いをかけられたと思っている。彼女と出会ったあとは、ほかの女性を同じように愛せたことは一度もないのだから」

ギビーのそのせりふを聞いて、ブレイクの脳裏にヘンリエッタの顔が浮かんだ。昨夜、彼がすらりとした喉からやわらかく形のいい乳房へと唇をすべらせていったとき、ヘンリエッタは頭を倒して目を閉じ、口もとに驚いたような笑みを浮かべていた。

「失礼いたします、閣下」

ブレイクがゆっくりと振り向くと、それまで奥で話していたふたりの紳士が近くに立っていた。

彼はふたりが話しだすよりも先に、手を差しあげて制した。「何も言わなくていい。邪魔することを詫びたあと、ぼくの被後見人であるヘンリエッタ・トゥイードを誘い、口説き、その愛を勝ちとりたいことを伝えに来たんだろう」

ふたりの男が驚いて顔を見合わせた。

「呪いだな」ギビーがにやりとする。

「よくわかっているじゃないですか、ギビー」ブレイクは答え、ギビーとともに笑いだした。

16

誠実な孫息子、ルシアンへ

チェスターフィールド卿のこの言葉をよく考えなさい。〝世の常として、男はまったく賛成しかねる場面でも楽しく親しげな表情をつくらざるをえないことが多々ある。本当はまるで違うのに、喜んでいるように見せなければならない。剣を手にして向きあいたい相手を自ら誘い、受け入れることができなければならないのだ〟

愛をこめて　レディ・エルダー

〈グレート・ホール〉は、幾千もの蠟燭の光に照らされて輝いていた。少なくとも、コリント式の十二本の柱がそびえる広い舞踏室で名高いこの建物の入口に立っているヘンリエッタの目にはそう映った。ブレイクとコンスタンスが外套を係の者に渡しているあいだ、ヘンリエッタはまばゆい光を放ち、きらびやかに輝くシャンデリアと壁の燭台に見とれていた。

見まわせば、大きさも形も色もとりどりの花が大きな花瓶にいけられ、柱に巻きつけられ、天井からさげられて、あでやかに飾られていた。まだ春早いこの時期に、いったいどこからこれほどたくさんの花を調達したのか、見当もつかなかった。部屋の片側には三つの長テーブルが置かれ、牡蠣《かき》の冷製、鶏肉のイチジクソース添え、子羊のプラムソース添え、林檎のコンポート、それに梨のブランデーソース煮といった料理をのせた美しい銀のトレイが並べられていた。

目の前に並ぶそうしたおいしそうな料理にヘンリエッタは食欲をかきたてられたが、悲しいことにひと口も味わえない。今夜も、コンスタンスから屋敷で食事をすませておくよう注意された。どのパーティでもいつも贅沢な料理が並べられているというのにどうして我慢しなければならないのか、ヘンリエッタには理解できなかった。

ずらりと並ぶシャンパングラスが照明を反射してきらめき、出番を待っていた。バイオリン、チェロ、フルートの三重奏団が明るい曲を演奏している。ダンスフロアは色鮮やかなドレスに身を包んだ女性たちと、正装の男性たちであふれんばかりだ。みな曲に合わせて体を揺らし、くるりとまわり、手を叩いて踊っている。

ヘンリエッタは、ロンドンに来てから訪れた屋敷や建物の豪華さに圧倒されつづけていた。これまで彼女が育った静かな村の人々には、この街の建物の壮麗さや美しい衣装の凝りよう、名士たちが集う社交界で開かれるパーティの贅沢さは想像もつかないだろう。

ブレイクの肩の痛みは昨夜よりもかなり減っているふうに見えた。〈グレート・ホール〉までの短い道のりのあいだも、落ち着いてくつろいだ様子だった。それがヘンリエッタはうれしかった。ブレイクの世話をできるのは至福の喜びだが、それでも彼が痛みに苦しむ姿を見るのはつらい。

シャンパンが置かれたテーブルに向かって歩きながらブレイクをちらりと見たとき、彼をいとしいと思う気持ちが心のなかでふくれあがった。昨日の夜、自分がブレイクを愛していることに、彼を激しく求めていることに気づいてしまった。

公爵のためにいろいろなことをしたかった。彼と会うのが待ちきれず、いつも一緒にいたい。この気持ちは愛に違いなかった。

テーブルの前で立ちどまったとき、ヘンリエッタは胸に刺すような痛みを覚えた。それなのに、公爵はわたしを愛してはいない。自分ではなく、別の男性と結婚させたがっている。そして、わたしはできるだけ早く結婚しなければならない。わたしのせいで公爵の命は危険にさらされているのだから。彼がどう思おうと、わたしの後見人が呪われているのは事実だ。公爵が助かるためには、わたしから離れるしかない。誰か別の男性と結婚するしかないのだ。

ブレイクはシャンパングラスをヘンリエッタとコンスタンスに渡し、自分もグラスをとった。ヘンリエッタはどこか悲しそうだった。微笑みかけてきたが、笑顔にはかすかに翳がある。

「さあ、教えて」コンスタンスが呼びかけた。「今夜、ヘンリエッタと誰を最初に踊らせたいと思っているの？　そうすれば、わたしが段取りをつけるから」

〝もちろん、ぼくとだ〟

ブレイクはシャンパンをひと口飲み、コンスタンスからヘンリエッタに視線を移した。

「誰と踊るか決めるのは、ヘンリエッタに任せよう」

「ありがとうございます」

「のんびりしていると、誰かにダンスを申しこまれてしまうわ」コンスタンスがヘンリエッタに向きなおる。「ゆうべ会った紳士たちのなかで、誰か気になる人はいたかしら？」

誰も好みではなかった。

ヘンリエッタは返事に迷い、コンスタンスの質問をはぐらかそうとした。

「決めるのは簡単。最初にダンスを申しこんでくださった方と踊るわ」

コンスタンスは、それでいいとばかりに微笑んだ。「それこそ、レディの舞踏会での正しい振る舞いというものよ。それに、ぎりぎり間に合ったみたい。最初の紳士が近づいてくるわ。歩き方を見れば、まっすぐにあなたに向かっているのがわかる。もっとも今夜ここにいる独身男性は全員、あなたと踊る機会が欲しいと願っているに違いないけれど」

「こんばんは、閣下、ミセス・ペッパーフィールド、ミス・トゥイード」スネリングリー卿が深くお辞儀してから、まずコンスタンスの手に、それからヘンリエッタの手にキスをした。

「おふたりとも、今夜はとりわけお美しい」

「ありがとうございます、スネリングリー卿」コンスタンスが答えた。

ヘンリエッタは昨夜、スネリングリーと会ったことを思いだした。細身で背が高く、古典的な顔立ちのハンサムだ。けれども彼を見ても、公爵を目にしたときに感じてしまうおなかがかきまわされ、膝から力が抜け、胸がときめく感じをまったく覚えなかった。

スネリングリーがヘンリエッタに歩み寄った。「ゆうべお会いしたあと、あなたとの出会いに触発されて詩を書きあげました、ミス・トゥイード」羊皮紙を開いてブレイクを見た。「もちろん閣下の許可をいただければですが、この詩をあなたのために読みたいのです」

ブレイクが眉根を寄せる。「ここで詩を読むのはいかがなものかと思うがな、スネリングリー」

「三行だけの詩です。それに、急いで読みあげますので」

「ヘンリエッタ、どうだい?」ブレイクが問いかけた。

ヘンリエッタはじっと動かなかった。この紳士が自分のために詩を書いてくれたことを喜ぶべきかどうか、よくわからない。公爵とコンスタンスの前で読みあげられるのは、間違いなくうれしくなかった。だが夫を探しているからには、あらゆる男性を候補者として考えなければならない。

もしこれほど愛しているブレイクと結婚できないなら、誰と結婚しようと同じではないかしら？

「結構ですわ」結局、ヘンリエッタはそう答えた。「短い詩でしたら、どうぞお読みください」

スネリングリーは公爵に感謝の笑みを向け、ヘンリエッタに向きなおった。

「太陽はいとしき人の瞳より輝けず
その人に見つめられれば暗闇は訪れず
雛《ひな》の声ぞ母鳥を巣へ呼ぶごとく、惹かれるこの思い止まらず」

ヘンリエッタは微笑みかけた。「ありがとうございます、スネリングリー卿。素敵でしたわ」

褒められたスネリングリーが満面に笑みを浮かべる。「あなたのように美しい方のために詩を書くのはたやすいことです、ミス・トゥイード」彼はブレイクのほうを向いた。「ミス・トゥイードと踊らせていただけますか、閣下？」

〝とんでもない〟というのが、ブレイクが最初に思い浮かべた返事だったが、ヘンリエッタがスネリングリーに微笑みかけていることに気づいた。たしかにこの男はハンサムと呼べなくもないが、こんな詩人気取りの間抜けと恋に落ちるなんてことがはたしてありうるだろうか。

ブレイクはスネリングリーにうなずいてみせ、彼がヘンリエッタとダンスフロアに出ていくのを無言で見送った。胸にしこりができ、胃がひっくり返ったような不快感に襲われる。こんな気持ちは初めてだが、それが何かはすぐにわかった。

嫉妬だ。ぼくは猛烈に嫉妬している。

とても信じがたい。これまで女性を巡って誰かに嫉妬したことなどなかったのに、これは嫉妬以外の何物でもない。どんな男にもヘンリエッタに触れてほしくない。たとえダンスをするだけであっても。いったい彼女はどんな魔法をかけたんだ?

「ヘンリエッタはとてもうまく振る舞っているわ」コンスタンスの呼びかけに、ブレイクは物思いをさえぎられた。

「彼女なら大丈夫だと思っていたよ」ブレイクは、新たに気づいた感情が顔に出ていないことを願いながら答えた。「それにしても最悪の詩だった。それとも、そう思ったのはぼくだけかな?」

「いいこと、わたしは女なのよ、ブレイク。これまでわたしを喜ばせようとする男たちからくだらない詩を何度も聞かされてきたけれど、そのどれひとつとしてあそこまでひどくはなかったわ。さあ教えて、もう誰がヘンリエッタの相手としてふさわしいか決めているんでしょう? 誰なのか教えてくれたら、ヘンリエッタをその男と結びつけるわ」

ブレイクはコンスタンスの問いかけを無視して言った。「ゴシップ紙でヘンリエッタがどんなふうに書かれているか教えてくれないか」ぜひとも知りたかったが、ギビーにきいて彼を満足させるのも癪《しゃく》だった。

コンスタンスはシャンパンをひと口飲んでから言った。「ほとんどは好意的よ」

「ほとんど？」

「ええ、例によってヘンリエッタの美しさや機知についてたっぷり書かれていたわ。でも残念ながら、トゥルーフィット卿の〈デイリー・ソサエティ・コラム〉には、彼女は気ままな生活の邪魔なので、あなたはできるだけ早く厄介払いするために懸命に結婚相手を探していると書いてあったわ」

「でたらめだ」ブレイクは小さく吐き捨てた。

ヘンリエッタが最初に屋敷に来たときにはそのとおりだったかもしれないが、もはやそれは事実とは異なっている。ヘンリエッタは彼の心を奪いつつあった。ヘンリエッタが自分の家にいることが、そして自分が彼女を守っていることがうれしかった。

「わたしが心配なのは、そのせいでふさわしくない男やつまらない男たちが、ヘンリエッタと結婚できるかもしれないと考えてしまうことなの」

それで、ろくに知らない男たちの名刺がどっさりたまり、スネリングリーやウォルド、ヴィゴーネ伯爵といった手合いが彼女を口説こうとするわけだ。

「どこからそんな話が出てきたんだ？」

「噂がどんなふうに広まるかなんて、誰にもわからないわ。でも、善意は悪意から生まれるとも言うでしょう？「何が幸いするかわからないわよ」コンスタンスがにっこりする。「ゴシップ紙と〈ホワイツ〉での賭け、それにあなたが後見人であるおかげで、ヘンリエッタは今や社交界で誰よりも注目を浴びているわ。きっとあなたにも、彼女に関する問い合わせがあったはずよ」

「知らない男や知りたくない男たちまでが次々に押しかけてきては、ヘンリエッタに結婚を申しこむつもりだと知らしめてくれているよ。たとえぼくが本当に急いで結婚させたがっているとしても、相手を十分に吟味することくらい理解していていいはずだ」

「わかるでしょう、ブレイク、そうした男たちはみな、おいしい話を狙っているのよ。彼らにとって、これほど魅力的な話はないわ。おかげでヘンリエッタは、ロンドンにいる最高の紳士たちのなかから相手を選べる。きっと彼女が心を惹かれて、あなたの目にもかなう男が現れるわよ。それに本当のところ、噂は正しいんでしょう？」

「どの噂だ？」

「あなたにとっては、ヘンリエッタが結婚するのが早ければ早いほどいいということ」

ブレイクはダンスフロアに目をやり、ヘンリエッタが踊っている姿を見つめた。彼女を見ただけで、息が荒くなってしまう。

「きみに最初に相談したときはそうだったかもしれないが、今は違う。ヘンリエッタの夫捜しは別に急いでいない」

「そう、わかったわ」コンスタンスが素っ気なく答えてから言い添えた。「それでも男たちがヘンリエッタを勝ちとるためにこぞって押しかけてくることには、何の不思議もないわ。彼女は最高の結婚相手なのよ、ブレイク。美しくて、魅力的で、頭がよくて、おまけにあなたがたっぷり持参金をつけることを誰もが知っている。ヘンリエッタは間違いなく、今シーズンのダイヤモンドだわ」

「わかっている」

コンスタンスに微笑みかけられ、ブレイクはどうしてかつて彼女に惹かれたのかを思いだした。コンスタンスはとても魅力的だ。ただ、ヘンリエッタに対する欲望を忘れさせてくれる女性を探していたが、コンスタンスへのそうした感情は遠い昔に消えていた。彼女はその意味では何の助けにもならないだろう。

ブレイクはコンスタンスに微笑み返し、シャンパンのグラスをもうひとつ手にとった。

途中で数えるのをあきらめたほどたくさんの男たちとヘンリエッタが踊るのを二時間以上も眺めさせられたのち、ブレイクは新鮮な空気が吸いたくなって玄関から建物の外に出た。蠟燭の炎と人いきれとで、〈グレート・ホール〉のなかは暑くて窮屈だったが、外の空気は冷たかった。

いつのまにか霧と靄は晴れていて、遠くの街灯の光が見えた。何日も土砂降り続きだったものの、ようやくロンドンは雨から解放されたらしい。ブレイクはポーチの屋根の下に立ち、ひんやりとした湿った空気を思いきり吸いこんだ。外にいると気持ちがよかった。ヘンリエッタが踊り、微笑み、吠えたてる犬のように群がってくるめかしこんだ男たちと話しているのを見ていると、頭がどうにかなりそうだ。ヘンリエッタは注目の的だったが、今夜ここで彼女を追いまわしている男の誰ひとりとして相手にふさわしくないように思えた。ブレイクはいらいらと息を吐きだした。ほとんどのやつらは、ヘンリエッタと直接言い争うことになったらしどろもどろになって、すごすご退散するだろう。彼女はそれほど芯の強い女性だ。

ここに来てまもなく、レディ・ハウンズロウが近づいてきて、ベッドに誘うようなまなざしを投げてきた。最初、ブレイクはそれに応じようかと真剣に考えた。けれども、彼女とほんの少し話しただけで、そんな気にはまったくなれないことがわかった。いとこたちとヴァレーデイルに行く前に彼女と午後のひとときを過ごさなかったのは正解だった。

そんなわけで、もし今夜このあと屋敷を訪ねたいと頼めばレディ・ハウンズロウが間違いなく応じてくれることはわかっていたが、失礼にあたらないタイミングを見はからって彼女のそばを離れたのだった。

ヘンリエッタから心をそらすことができる魅力的な女性との逢瀬を望んでいたけれども、レディ・ハウンズロウはその相手ではなかった。もっと大きな問題は、舞踏室にいる女性たちを見まわしても、ベッドに誘いたいと思える相手がただのひとりもいないことだった。

ヘンリエッタは、ほかのすべての女性を無意味な存在に変えてしまったのだろうか。〈グレート・ホール〉から聞こえる音楽や喧噪から遠ざかりたくて、ブレイクはポーチを離れて暗い階段をおりはじめた。しかし下まで来たところで、何か鋭いものが左のこめかみあたりをえぐり、彼は慌てて体を引いた。

「何だ、これは」そう吐き捨てて、ブレイクは上を見た。錆《さ》びた鉄の棒が、階段の踊り場を覆っているアーチからはがれて垂れさがっていた。暗くてそれが見えなかったのだ。彼はその棒をつかんで引き抜き、近くの茂みに投げ捨てた。これで、このあと何も疑わず通りかかった者が怪我をすることはなくなる。

ブレイクは顔をしかめ、こめかみに手をあてた。濡れて粘つく感触があった。彼はポケットからハンカチをとりだして、血が出ている傷口をぬぐった。

「何を考えているんだ？」

モーガンの声に、ブレイクははじかれたように振り向いた。血で濡れたハンカチをポケットにしまう。「今はあれこれきかれたい気分じゃないんだ」

「別に何もきくつもりはない」

「それはよかった」

「ひとりですねていたいなら、すぐに失礼するが」

「やめてくれ」ブレイクは声を荒らげた。「すねているわけでも、考えごとをしているわけでもない。きみを追い払う気はないよ」

「わかった。それなら、ひとりでこうして外にぼんやり立って何をしていたんだ？　親友を失ったみたいに霧を見つめたりして。いや、恋人を失ったみたいに、と言うべきかな？」

「新鮮な空気が吸いたかっただけだ。屋敷のなかは暑くてたまらなかった」

「迷子の犬のごとくつったって、ヘンリエッタが踊る相手にいちいち腹を立てていなければ、それほどまでに暑くはならなかっただろうな」

いまいましいことに、モーガンは鋭すぎる。いつもそうだ。せめて、誰の目にも明らかなほどではなかったことを願うばかりだ。

「別に腹は立てていない」そう言う以外になかった。

「それなら、何も悩んではいないわけだな？」

モーガンはしつこかったが、いとこの好奇心を満たしてやるつもりはなかった。

「悩みなんて何もない」ブレイクは嘘をついた。嘘をつくのは嫌いだが、いとこには決して話せないことがある。ヘンリエッタに対して感じている気持ちもそのひとつだ。自分でもまだその気持ちを理解しようと努めているところなのだから。

「たぶんヘンリエッタが話していた呪いというのは、本当にあるのかもしれないな。彼女はきみにとりついている。今夜ずっと、ヘンリエッタから目を離せなかったじゃないか」

ブレイクは怒りに任せた反論をのみこみ、冷静な声で答えた。「呪いなんて存在しない。

それよりせっかく会えたので尋ねるが、ミセス・シンプルと気球についてわかったことを教えてくれないか」

「うまく無難な話題に切り替えたな」モーガンが言う。

ブレイクは無言のままだった。

「いいだろう。調べた限りでは、気球を旅行の手段とすることに関心を持つ者は、ロンドンにひとりもいなかった。娯楽としてさえも興味がない者がほとんどだ。ギビーを別にすれば、ロンドンで気球に入れあげているのはミセス・シンプルただひとりだろう」

「予想どおりだ。レイスはどうかな……ミセス・シンプルの過去について何かわかっただろうか」

「レイスなら、ちょうどこっちに歩いてくるところだ。きいてみたらどうだい？」

「ぼくが合図を見逃したのかな？　それともきみたちは、ぼく抜きで秘密の話をしていたのかな？」レイスがそう言いながら近づいてきた。「ふたりが外に出ていく姿に気がついてよかった。いったい何をしているんだ？」

「ブレイクがふさぎこんでいたので、何を悩んでいるのか確かめようとあとを追いかけたんだ」

「ヘンリエッタのことを考えていたに決まっているじゃないか」レイスが言った。

ブレイクは心のなかで悪態をついた。お節介な連中だ。

「それが違ったんだ」モーガンが応じる。「ブレイクは、ギビーとミセス・シンプルと気球のことしか話したがらない」

「そうだろうな。もしぼくがきみの立場なら、たぶん同じことを言うだろう。まあいい、ギビーの件なら、ちょうど今日ミセス・シンプルの調査を頼んだ男から報告があった」

「どうだった?」モーガンが尋ねた。

「これまでのところ、ミセス・シンプルの過去にやましい点は何も見つかっていない。彼女の夫はいろいろなものを発明してはそれを売る商売人だったらしい。ミセス・シンプルを知る者はそろって、この夫婦に好意的だった。彼女の夫は数年前に亡くなっている。そしてミセス・シンプルには、少々の金と二機の気球が遺された。気球を馬車代わりに使うというのはその男のアイデアで、彼女は夫の遺志を継いでその計画を実現しようとしている」

「なんとも立派なことだ」モーガンが素っ気なく言った。

「それに泣かせる」レイスが言い足した。「かくして、ギビーはいっそうミセス・シンプルに肩入れしたくなるというわけだ。彼女はあちこちで支援を求めている。だがこれまでのところ、金を出すと言った人はほかに誰もいない」

「ミセス・シンプルは、この計画を離陸させられると本気で思っているのか?」ブレイクはきいた。

モーガンとレイスは顔を見合わせ、笑いはじめた。ブレイクは一瞬戸惑ったが、それから自分が使った言葉のおかしさに気づき、思わず顔をほころばせた。とても笑う気分ではなかったが、いとこたちには今さら腹も立たなかった。

「ぼくを笑いの種にして楽しむのはもう十分だろう」ふたりの笑いがおさまると、ブレイクは言った。「ミセス・シンプルが愚かなだけで、腹黒いもくろみはないのだとなると、どうすればギビーが金をどぶに捨てるのをやめさせられる？」

「どうすればいいかわからないが、きみに一任するよ」レイスが言った。「それでいいだろう、モーガン」

「まったく異存ないね」

「無責任なやつらだ」ブレイクは冗談めかしてつぶやいた。

「おいおい、ヘンリエッタ以外に考えることが必要だろうと気をつかっているんだぞ。いつから冗談がわからない男になったんだ？」

ブレイクはにやりとした。「きみたちがいつから不愉快きわまりないろくでなしになったのかも、ぜひ知りたいね」

ブレイクはそのあとしばらく三人で話してから、〈グレート・ホール〉のなかに戻った。壁際を見まわしてヘンリエッタとコンスタンスを捜したが、どちらの姿もなかった。さらに歩いてダンスフロアを見渡すと、ようやくヘンリエッタの姿が目に入った。

たちまち体を流れる血が凍りついた。ヘンリエッタはウォルド・ロッククリフ卿と踊っていた。誰よりも彼女と踊らせたくなかった相手だ。ふたりは長い列に並び、両腕を高くあげて手を組んでいた。その下を、ほかのカップルが踊りながら通り抜けている。あの愚か者にはヘンリエッタに指一本触れさせたくない。ブレイクはすぐさま駆け寄ってウォルドを彼女から引き離したい衝動をこらえた。

ウォルドがヘンリエッタと踊り、彼女が手袋をはめているとはいえその手に触れていることに、虫酸が走った。そのうち、ヘンリエッタがロッククリフやヴィゴーネ伯爵と踊っている場面も見せつけられるはめになるのだろう。

ブレイクの心は引き裂かれた。誰かのことがこれほどに気になるなんて、どうかしている。女性の愛情が自分以外の男に向けられるのを気にしたことなど、今までなかった。

ヘンリエッタが次にダンスフロアから離れたら、すぐに帰ろう。今夜ひと晩のうちに、彼女が男たちを魅了していく様子を十分すぎるほど見せつけられた。もう限界だ。

永遠に続くかと思える曲に合わせてヘンリエッタが踊っているあいだに、ブレイクはふたりの外套をとり、馬車を呼び、コンスタンスを見つけて帰ると伝えた。

ウォルドがヘンリエッタを連れて戻ってきたときには、ブレイクは少しだけ冷静さをとり戻していたが、煮えたぎる嫉妬心はまったく薄れていなかった。

ウォルドはヘンリエッタにダンスの礼を言ってから、ブレイクに向きなおった。「閣下、明日の午後、ミス・トゥイードと馬車でハイドパークに出かけることをお許しいただけませんか？」

この哀れな男にこんなせりふを口にする勇気があったことが信じられない。震えているところをみると、精いっぱいの行動であるようだ。〝許すわけがないだろう、この間抜けが。けがらわしいその手を早く離すんだ。ヘンリエッタには二度とさわるんじゃない〟そんな返事が喉もとまで出かかったが、ブレイクはそれをこらえてウォルドをもう一度見た。淡い茶色の瞳に青白い肌、体を震わせている意気地なしだ。

しかし考えてみれば、ヘンリエッタはスネリングリーやヴィゴーネ伯爵といった連中といるよりも、ウォルドといたほうが安全だろう。彼女がこの男を夫にしたいと思うことなど絶対にありえないのだから。

「いいだろう」ブレイクは答えた。「もしミス・トゥイードに異存がなく、短い時間なら」

〝まったく、自分の幸運に感謝することだ！〟

ヘンリエッタがウォルドを見た。「それは素敵ですわ」彼女はコンスタンスのほうを向いて尋ねた。「明日の用事は、三時半までには終わるかしら？」

コンスタンスが彼女に微笑みかける。「大丈夫よ」

「よかった、それなら承知しますわ。明日、お待ちしています」ヘンリエッタがウォルドに言った。

ウォルドは別れの挨拶をすると軽やかな足取りで歩み去った。ブレイクは歯を食いしばった。あの愚か者はヘンリエッタの好意を得たと本気で思っているのか？　とても信じられない。彼女はあんな男に惹かれるにはあまりに頭がよく、あまりに情熱的で、あまりに強すぎる。

ヘンリエッタは何かを隠している。ブレイクはそう確信した。

数分後、三人は馬車に乗ってコンスタンスの家へ向かっていた。ブレイクは、コンスタンスとヘンリエッタが今夜踊った男性たちについて話すのにそっと耳を傾けた。コンスタンスがウォルドについて質問したのが聞こえると、彼は耳をそばだてた。

「馬車でハイドパークに出かける誘いを受けたのは、あの人が最初に誘ってくれたからよ」ヘンリエッタが言った。「スネリングリー卿が今夜最初にダンスを申しこんでくれたときと同じだわ」

ブレイクはヘンリエッタの答えに納得して微笑んだが、恐ろしい考えが頭に浮かんだ。もしヘンリエッタが、最初に結婚を申しこんできた男を選んでしまったら？

「ウォルド卿は素敵だと思った？」コンスタンスが尋ねた。

「ええ、思ったわ」

素敵？　ウォルドが？　いったいどこが？

ブレイクはヘンリエッタに目を向けた。彼女は馬車のいちばん暗いあたりにいて、顔がよく見えない。

「もちろん、わたしが踊ったほかの人たちと同じように、という意味だけれど。ウォルド卿は神経がこまやかで、子供っぽいところがあって、そこにとても惹かれるわ」

惹かれる？　ウォルドに？　もしやつに最初に結婚を申しこまれたら応じるつもりなのか？

ブレイクはぎょっとして、まっすぐ背筋を伸ばして座りなおした。

「ヘンリエッタ、あなたを導くのがわたしの役目だから言わせてもらうけど、ウォルド卿が公爵の弟であることは申し分のない条件だわ。あなたも、いずれ生まれるあなたの子供も、とても恵まれた生活ができるでしょう。でも正直なところ、彼はあまりに幼すぎるように思えるの。あなたはとても……そうね、とてもしっかりしているけれど、ウォルド卿はそうではない。時間がたつにつれ、あなたは彼がおとなしすぎると思うようになる気がするわ」

〝いいぞ、コンスタンス。そのとおりだ〟

「おとなしい夫にはいい面もあるんじゃないかしら？」ヘンリエッタが言い返した。

コンスタンスがブレイクを見た。どうやらふたりとも同じことを考えているらしい。ウォルドはまさにヘンリエッタが探しているたぐいの夫ではないか――やつなら何でも彼女の望みどおりにさせてくれるだろう。

「そのとおりね」コンスタンスが言う。「その言葉が、まさにわたしの言いたかったことを証明しているわ。ウォルド卿のような紳士の妻になるには、あなたはあまりに賢明すぎる。

でも、どうやらわたしの家に着いてしまったみたい。この話はまた別の機会にしましょう。明日の午後、ウォルド卿と公園を馬車でまわったら、わたしの言いたいことがきっとわかるはずよ」

彼らは別れの挨拶を交わした。ブレイクはコンスタンスが馬車から降りるのに手を貸して、玄関まで送っていった。そのあと馬車に戻って乗りこむ前に御者に声をかけ、しばらくまわり道をして、自分が合図を送るまでは屋敷へ向かわないようにと命じた。

それからブレイクは、ヘンリエッタの向かい側ではなく隣に座った。できるだけそばにいたかった。ひと晩じゅう、さまざまな男たちがヘンリエッタの手を握るのを見てきた。その全員が、踊っているあいだに彼女の指をいとしげに握ったり、腕をさりげなくなでたりして、なれなれしい振る舞いに及んでいたに違いない。他人の目が届いていないときに男が試そうとする手管なら、いやというほど知っている。

自分もヘンリエッタに触れて、彼女の心のなかからほかの男たちの記憶を消し去りたかった。

馬車のなかは薄暗かった。ヘンリエッタの顔はぼんやりとしか見えなかったが、ほのかに甘い香りが漂っていて、心地よいあたたかさを感じた。暗いなかで彼女を見つめていると、今夜のさまざまな出来事のせいでつのっていたいらだちが洗い流されていくようだった。

ようやくふたりきりになれた。美しく魅力的なヘンリエッタとふたりだけになることを、今夜ずっと望んでいた。

ヘンリエッタの金髪はきちんと結《ゆ》いあげられ、きれいなピンクのリボンが結ばれていた。ダイヤモンドと真珠のイヤリングが、馬車の外についているランタンの淡い光を浴びて輝いている。首には真珠のネックレスがかけられていることも知っていたが、それはケープの毛皮の襟に隠れて見えなかった。

従僕が熱い石炭を入れた容器を置いてくれていたので、馬車のなかはあたたかかった。ゆっくり走る馬車の揺れは心地よかった。肩と、今夜すり傷をつくったこめかみのあたりが鈍く痛んだが、ヘンリエッタを抱き寄せてキスをしたいという欲望を忘れさせるほどではなかった。またしても、彼女の味にどうしようもなく飢えていた。

ヘンリエッタをこれほど求めてしまうのは、彼女が手を触れてはならない存在だからとしか思えない。ヘンリエッタはぼくの被後見人であり、禁断の果実だ。けれども、あまりに魅力的な果実だった。

「今夜、何人の男と踊った？」内心の緊張を隠して、ブレイクはできるだけさりげなく尋ねた。

「八人か十人くらいだったかしら」ヘンリエッタも彼と同様さらりと答えた。

「もっといただろう？」

ヘンリエッタがブレイクに微笑みかけた。その笑顔に彼の心は震えた。

彼女は穏やかに笑った。「いいえ、そんなに多くないわ」

「もっと多かった。きみが踊らなかった曲はなかったから」

「誘ってくださった全員に応えようと、懸命に努めたもの」

「たくさんの男たちに注目されてうれしかっただろう？」

「うれしいというのとはちょっと違うわ。ただ、たしかに今夜は注目されていると感じたけれど」

「誰かきみの指を握ったり、きみの腕をなでたりしたやつはいなかったかい？」

「そういった質問には答えたくありません」

「ぼくはその答えを知っている」

〝そのせいで、ぼくは頭がどうかなりそうだ！〟

「そして、ぼくもきみに注目していることをわかってほしい」

「それはうれしいわ……どうしたの！」ふいにヘンリエッタが叫んだ。「血が！」

ブレイクは舌打ちし、ポケットに手を入れてハンカチを探した。「驚かせてすまない。ただのすり傷だ」

「でも、小さな傷とは思えないほど血が出ているわ。いったいどうして？」

ブレイクはハンカチを傷に押しあてた。「心配するようなことじゃない。外階段のアーチから鉄の棒が垂れさがっていたのに、暗くて見えなかった。そこを歩いていたときに、顔にあたってしまったんだ」

「わたしの後見人になって、あとどれだけ災難に遭ったら自分の命が危険にさらされていることを信じてもらえるの？」

ブレイクはため息をついた。「ヘンリエッタ、ぼくは活動的な人生を送っている。きみが来てからいろいろなことが起きているのは認めるが、きみがそれを意識させるから回数が多いと感じるだけだ。どれも、誰にも起こりうる、ごく普通のとるに足りない出来事ばかりだよ」

ヘンリエッタはハンカチをとって、彼のこめかみをやさしく拭いた。「かがんで、傷をよく見せて。出血が止まらなかったら縫う必要があるかもしれない」

「見なくていい。大丈夫だ」

彼女はハンカチをまた傷に押しあてた。

「きみはやさしいな、ヘンリエッタ。些細な災難が起きるたびに、きみがいっそう好きになっていくよ」

「毒キノコは些細なことではありません。肩の脱臼も」ヘンリエッタが穏やかなまなざしでブレイクを見つめた。「わたしがどれほど心配しているか、わからないの？」

「ようやくわかりはじめてきたよ」ブレイクは彼女からハンカチをとり返して、ポケットにしまった。

ヘンリエッタにキスをしたかった。それ以上は望まない。ただキスするだけでいい。ブレイクはそう心に誓いながら顔を寄せ、彼女と唇を重ねた。

ヘンリエッタの唇はやわらかであたたかく心地よかった。唇をゆっくりとからめると、二度と離したくなくなった。彼女はシャンパンの味と春の香りがした。欲望にあおられて性急に迫りたくはなかったが、体は飢えたようにヘンリエッタを求めていた。ブレイクはさらに激しく唇をむさぼった。彼女が自然に反応して唇を開き、迎えてくれたのがいとしかった。そのまま舌を差し入れ、ゆっくりとなまめかしく動かしてその奥を探った。

ブレイクの体のなかで欲望がふくれあがった。キスだけではとても満足できない。

毛皮の縁取りのついたケープのリボンを引っ張ってもどかしげに肩からはずし、真珠のネックレスで飾られた美しい首と、なだらかな曲線を描く肩、胸の誘うようなふくらみをあらわにした。

彼はヘンリエッタの美しい体を見つめた。「決してきみを傷つけはしない。信じてくれるかい?」その声は意図したよりもはるかにかすれていた。

ヘンリエッタがブレイクの頬に触れた。「それはわかっているわ。あなたを心から信じているから」

彼はヘンリエッタの細く美しい首筋にキスをし、やわらかい喉もとに顔をうずめた。ヘンリエッタが両腕をブレイクの背中にまわしてきた。彼女の心地よくあたたかい体に包まれると、自分自身が溶けていくかのようだ。

ブレイクは唇を重ね、さらに頬から顎、首へと唇を這わせていった。ヘンリエッタの肌をかすかな震えが走り抜ける。ブレイクが豊かな乳房に湿った唇で触れると、彼女の息づかいはいっそう荒くなった。

彼はヘンリエッタのドレスと下着をつかんで引きおろし、乳房をあらわにしてから、すばやく荒々しい動きで乳首を口に含んだ。満ち足りたうめきが聞こえてきたが、それが自分の声なのかヘンリエッタの声なのかわからなかった。彼が舌で乳首を転がすと、ヘンリエッタは身もだえしてあえいだ。

ブレイクは自分を抑えられなくなりかけていた。一日じゅうでもヘンリエッタの胸を愛撫していたかった。彼女の乳房を吸い、その味に酔いしれていた。

ヘンリエッタは体を弓なりにそらして、自らをいっそうさらけだした。それに応えるように、ブレイクはヘンリエッタをむさぼった。体がうずき、彼女を奪えとけしかけている。

こんなふうにヘンリエッタといることが、そして彼女を求める自分の欲望が、今は正しく感じられ、とても自然に思えた。この思いを無視したくない。感情に身を任せて行動したい。

ヘンリエッタの体が欲望で震えるのを感じて、ブレイクは微笑んだ。自分がヘンリエッタに影響されているように、ヘンリエッタも彼に影響されている。そのことに猛烈に興奮した。ヘンリエッタをわがものにしたくてたまらない。それはできないとわかっているのに。

ブレイクは舌の愛撫で濡れた胸から唇を離し、またすばやく唇を重ねてたっぷりと味わった。ヘンリエッタがブレイクの下唇をからかうように噛む。ブレイクは舌を深く差し入れて、彼女の口をむさぼった。ふたりは噛んだりキスをしたりをくり返して、互いにじらしあった。ブレイクはヘンリエッタの脇腹から華奢《きゃしゃ》な腰、さらにきれいな腿をなでていき、自分のかたくなったものを押しつけた。

このままヘンリエッタの体を奪ってしまいたいという誘惑は、耐えがたいほどだった。

ブレイクは顔をあげた。視線をヘンリエッタの顔から、目の前にある美しい胸へと向ける。またしても予期せぬ欲求がこみあげてきた。ヘンリエッタに対して、これまでどんな女性にも感じたことがないほど深い欲望を感じてしまう自分に戸惑った。

ブレイクの声はかすれ、感情がむきだしになっていた。「きみはあまりに美しすぎて、頭がどうにかなってしまいそうだ」

「うれしいわ」ふたりの視線はからみあったままだった。ヘンリエッタもかすれた声で答えた。

ブレイクはなんとか彼女から離れて座席で背筋を伸ばし、こわばった体から力を抜こうとした。努めて冷静に言う。「きみはぼくが触れたり教えたりするすべてのことに対して、好奇心が旺盛で熱心だ」

「そうよ」ヘンリエッタがささやく。

「気に入ったよ」ブレイクは彼女のボディスの紐を引きあげ、肩にケープをかけた。「だが、ぼくにはこれ以上は教えられない。この先は、きみの夫が教えることになるだろう」

ヘンリエッタがまっすぐに座りなおした。「ええ、それはわかっています」

「まだウォルド卿に言い寄られたいかい？」

「いいえ。その……ええ。つまり、今すぐにはその質問には答えられない。自分の気持ちがもうわからなくて」

〝それはぼくも同じだ〟

「ウォルドみたいに軟弱な男と本当に結婚するのか決める前に、よく考えたほうがいい」

ヘンリエッタがブレイクを見た。「どうして？」

「ウォルドには情熱のかけらもないが、きみは情熱にあふれているからだ」

ヘンリエッタはケープのリボンを蝶結びにした。「情熱のことはよくわからない。それに、あなたがそれをわたしに教えるのにふさわしいとも思えないわ」

ブレイクはそっと笑った。「ああ。だが、ぼくは情熱についてはとてもよく知っている。情熱とはそれなしで生きられないものだ」

「それならたぶん、スネリングリー卿を夫となるべき人として考えるべきかも。彼はハンサムでわたしの美しさを褒めてくれるし、とても立派な詩をお書きになるわ。さぞ情熱にあふれているに違いないもの」

ブレイクはいらだった。ときにヘンリエッタは、自分のためにならないほど頭が切れすぎる。「羊皮紙に書きつけた言葉や、舌先からこぼれ落ちる詩は情熱とは関係ない」

「たぶん、それを自ら学んで確かめるべきなのね。スネリングリー卿に、屋敷を訪ねてくだされば歓迎するとお伝えしたほうがいいかしら」

「きみはぼくの理性をあやうくさせるよ、ヘンリエッタ」

ヘンリエッタはクッションに背中をあてて、まっすぐに前を見つめた。「わたしもまったく同じことを考えていました」

ブレイクはこぶしで馬車の天井を二度叩き、御者に家へ向かうよう合図した。

17

ルシアン、最愛の孫へ

チェスターフィールド卿のこの言葉をよく読み、覚えておきなさい。〝若い男は放蕩にあこがれがちだが、放蕩の源たる快楽にほとんどの者が溺れてしまうものである〟

愛をこめて　レディ・エルダー

ヘンリエッタは客間の長椅子にコンスタンスと並んで座り、ウォルド卿は彼女の左側にあるピンク色の椅子に座っていた。目の前の小さなテーブルには、彼から贈られたピンクと白のペルシアン・リリーの大きな花束が置かれている。ハイドパークまで馬車で出かける前にウォルド卿とこうして顔を合わせているのに、その場に公爵がいないことにヘンリエッタは驚き、失望していた。

コンスタンスからは、馬車ではウォルド卿の近くに座りすぎないこと、絶対に脚が触れてはならないこと、座っているあいだはスカートが相手に触れるのさえ避けることという指南を受けた。もしウォルド卿がキスをしようとしてきたときには、できる限り避けること、もし避けられないときには唇ではなく、頬に受けるようにしなければならないことも。

ヘンリエッタは自分なりに考えて、もしウォルド卿がキスを求めてきたら、そのときは応じようと決めていた。ほかの男性のキスも、ブレイクにキスをされたとき感じたのと同じようにめくるめく歓びと興奮をもたらしてくれるのかどうか確かめたかった。

昨夜、ヘンリエッタは結婚する相手を真剣に、それも急いで選ばなければならないことに気づいた。ブレイクはこれまでの後見人の命を奪った呪いを信じていないが、ヘンリエッタは信じていた。彼女が屋敷に来て以来、あまりに多くの災難が彼の身に降りかかっている。次に何かあったら、ブレイクは命を落としてしまうかもしれない。公爵が少しも恐れていないからといって、手をこまねいているわけにはいかなかった。公爵を呪いから解放してあげなければならない。

今日の外出のために髪を整えて服を選ぶ際、ヘンリエッタは細心の注意を払った。ウォルド卿のためではなく、公爵を喜ばせたいがためだ。襟ぐりが凝った白いレースで縁取られた、キャップスリーブの紅色のドレスを選び、馬車に乗るために外に出るときには喉もとまでボタンがついた長袖の外套をはおるつもりだった。

「ところで、あなたは何歳だったかしら、ウォルド卿?」コンスタンスが尋ねた。

「先月で二十八歳になりました」ウォルド卿は誇らしげに答えた。

「お兄さまからは、もう土地か金銭を譲っていただいているの？」

ウォルド卿が胸を張り、満面に笑みを浮かべる。「ええ、どちらも。兄はわたしにはとても寛大で、跡継ぎができたときにはさらに譲ると約束してくれています」

ヘンリエッタは微笑まずにいられなかった。たぶん、公爵がここにいなくてよかったのかも。コンスタンスは、まるでわたしが自分の妹であるかのようにウォルド卿に質問を浴びせている。ウォルド卿は彼女と公爵の両方から同時に問いつめられていたら、きっと耐えられなかっただろう。今も淡い茶色の目の片方はずっと引きつっているし、唇を神経質に何度も湿らせている。ヘンリエッタは彼が気の毒になった。二輪馬車でふたりきりになったら、少しは楽な気分になれるよう気を配ってあげよう。

コンスタンスの質問が一段落したと思えるまで待って、ヘンリエッタは立ちあがった。

「そろそろ出かけたらどうかしら、コンスタンス？」

コンスタンスとウォルド卿も立ちあがった。

「ええ、それがいいわ」コンスタンスが炉棚の時計を見た。「暗くならないうちに必ず帰ってくるのよ」ウォルド卿に向きなおった。「公園で重要な人たちの姿を余さず見るには、二時間もあれば十分ですわね？」

「ええ、ミセス・ペッパーフィールド。遅くならないうちに、必ずミス・トゥイードを送り届けます」

「お願いしますね。今日はブレイクが家にいないから、わたしがあなたたちの帰りをここで待っているわ、ヘンリエッタ」

三人は玄関に向かい、ヘンリエッタは外套をとった。ウォルド卿がすぐに手を貸そうとしたが、彼女が袖に手を通す前に落としてしまった。ヘンリエッタはひどくもたついたあと、なんとかはおってボタンをとめ、紅色のボンネットをかぶった。そしてコンスタンスから手袋とケープと日傘とレティキュールを受けとり、ウォルド卿とともに外へ出た。

「あなたはとても魅力的です、ミス・トゥイード。今日ご一緒できて、わたしはロンドンでいちばん幸運な男です」

馬車に向かって歩きながら、ヘンリエッタは彼に微笑みかけた。「ありがとうございます、ウォルド卿。そう思っていただけるのは、きっと青い空と美しい太陽のおかげです。このところ雨と灰色の雲ばかりでしたから。今日の天気のよさは、わたしたちの気持ちも浮きたたせてくれていると思いませんか？」

「失礼ながらミス・トゥイード、今日という日はあなたの美しさとは何の関係もありません。あなたはゆうべもまったく同じように美しかったし、きっと明日も美しいでしょう」

「それは過分な褒め言葉ですこと、ウォルド卿。でも、うれしいですわ」

ふたりが馬車に着くと、なかからいきなり小さな犬が顔を出して吠え、ヘンリエッタを驚かせた。

ウォルド卿は屋根のない馬車の床に手を伸ばして、クッションのついた木のバスケットから毛が長い真っ白な犬を抱えあげた。犬がまた吠え、うれしそうにウォルド卿の顔をなめまわした。

「この子はチューリップです。わたしはいつもトゥーリーと呼んでいますが、兄は気にしていません。ウエストハイランド・ホワイトテリアです」

「かわいい犬ですね」ヘンリエッタは少しあとずさりした。

「そうなんです。兄にこの子を連れていくよう言われました。女性は犬が大好きなので、犬をかわいがっているところを見せれば、思いやりがあることを示せると」

「お兄さまは賢明な助言をされましたね」ヘンリエッタは答えたが、ウォルド卿は兄のことばかり話しすぎるように思えた。そういえば、これまでに出席した二度のパーティで、彼はいつも兄であるロッククリフ公爵のそばにいた。

「兄にあなたがそう言っていたと伝えます。きっと喜ぶでしょう。さあ、馬車に乗るのに手をお貸ししましょう。そのあと、この子を抱けますよ」

「ええ、そうですね」ヘンリエッタはためらった。「あとで少しだけ抱かせていただくかも」

ウォルド卿が片腕でトゥーリーを抱き、もう一方の手を彼女に差しだした。

「ありがとう」ヘンリエッタはその手をとって、馬車の踏み段をあがった。

彼はバスケットから小さな毛布をとってヘンリエッタの膝にかけ、それから犬をのせた。ヘンリエッタはテリアを見つめ、ほとんどの犬とすべての猫に過敏に反応してしまう体質なのを最初に話すべきだったことに気づいた。犬や猫のそばにほんの少しいただけで、目から涙があふれ、鼻水が出てしまうのだ。トゥーリーはとても小さな犬なので、問題が起きないことを願うばかりだった。

トゥーリーはかわいらしい小さな顔でヘンリエッタを見つめ、ふたたびうれしそうに吠えた。

ウォルド卿も馬車に乗り、彼女の隣に座った。彼は日傘を開いてヘンリエッタに手渡した。そして床から革の鞭《むち》をとって、二頭の葦毛《あしげ》の尻を叩いた。馬は軽やかな並足で走りはじめ、トゥーリーがまたしても吠えた。

「あなたに背中をなでてもらいたがっているんですよ。この子は馬車に乗っているあいだ、首をかいてもらうのも大好きです」

ヘンリエッタは毛のかたまりのような犬を見つめた。手袋をはめているので、少しくらいなら相手をしても大丈夫だろう。

「たしかに、とても人懐っこいのね」ヘンリエッタは傘を持っていないほうの手でトゥーリーの背中をなでた。犬はおとなしくなり、首をさげて彼女のスカートのなかにもぐりこんだ。

「この子は人が大好きなんだ」ウォルド卿は馬をほどよい速さで走らせながら言った。「どうやらこの子も、あなたがロンドンでいちばん美しい女性だと思っているみたいですね」

ヘンリエッタは笑った。「この犬が容姿を気にしているとは思えないけど、馬車に乗るのを楽しんでいるのはたしかですね」

ウォルド卿がヘンリエッタを見つめて微笑んだ。こうして屋敷の外に出ると、緊張がそれなりに薄れたらしかった。目は引きつっていないし、何か言うたびに唇を湿らせるのもやめている。

「出発前に公爵が屋敷にいらっしゃらなかったのには、正直ほっとしました。あなたのシャペロンと話をするだけで、とても神経質になってしまいましたよ」

「そんなふうには少しも見えませんでしたわ」ヘンリエッタはいけないと知りつつ嘘をついた。そう答えるしかなかった。

「本当ですか？　それはよかった」ウォルド卿は肩をいからせ、背筋を伸ばして座りなおした。少し自信をとり戻したらしい。

「コンスタンスを相手に、とても毅然としていらっしゃいましたわ。彼女はたいていの男性を震えあがらせるのに。最初に会ったときには、わたしもとても怖く感じました。もちろん今はそんなふうには思っていませんけれど。コンスタンスは美しくて、しっかりしていて、なんでも知っているんです」

馬車が揺れながら走りつづけるあいだ、ヘンリエッタは犬の長い毛をそっとなでつづけた。

そうしていると、公爵が激しい痛みに苦しんでいたあの夜、彼の髪をなでていたときどれほど心地よかったかを思いださずにはいられなかった。

「ご存じのように、あのふたりはどちらもとても威圧的だから」

ヘンリエッタはウォルド卿を見た。「誰のことかしら?」

「わたしの兄と、あなたの後見人ですよ」

ロッククリフ公爵の人となりはまったく知らなかったが、ブレイクがその気になればどこまでも威圧的になれる点については間違いなく同感だった。

ヘンリエッタは、もう一度ウォルド卿を勇気づけなければと考えた。「あなたも、ふたりの公爵に劣らず力強く見えますわ。ふたりより劣っていると感じる必要なんてまったくありません」

ウォルド卿がまた顔を引きつらせて彼女を見た。緊張を解こうとして言ったつもりだったのに、かえって神経質にさせてしまったらしい。

「本当ですか?」

「ええ、もちろん」ヘンリエッタは力をこめて答えた。

「ですが、公爵という立場にある者こそがすべての力を持っているのです」

「まあ、公園の最初の入口が見えてきたわ」ヘンリエッタは話題を変える理由が見つかったことに感謝した。「春のハイドパークはとても美しいのですね。今日の空は本当に真っ青で、見渡す限り雲ひとつありません。すごいわ、こんなにたくさんの人が来ているのね。何百人もいるのではないかしら」

「兄は、わたしたちがふたりでいるところをみんなに見てもらえるよう公園を二周してから適当な場所を見つけて馬車を止め、軽い食事を楽しむようにと勧めてくれました」

「とてもいい考えですわ。ぜひそうしましょう」そうすれば、膝の上で丸くなってすっかり満足しているトゥーリーと距離を置くこともできる。

ウォルド卿は東門を抜けたあと、馬車をサーペンタイン池のほうへと走らせた。馬車道はこんでいた。彼らの二輪馬車は、制服を着た御者が二頭の鹿毛の馬の手綱をとっている、美しい箱形の馬車のすぐあとに続いた。芝生が敷きつめられた一画は、優雅に着飾った人々でいっぱいだった。広い公園のなかには、子供やペットを連れて歩いているカップルもいれば、馬にまたがったり、ふたりがけの馬車に乗ったりしているカップルもいる。日陰になっている場所を見つけて毛布を広げ、バスケットに用意した食事を楽しんでいる人たちもいた。

ヘンリエッタとウォルド卿は公園のあちこちの風景を楽しみながら、しばらく無言で過ごした。ウォルド卿はときおり遠くの誰かに手を振ったり、すれ違う馬車の誰かに呼びかけたりした。ヘンリエッタは、トゥーリーをなでたり首をかいたりしてやりながら、ブレイクと一緒にいるのであればどれほどいいかと思っていた。

公園を二周したあと、ウォルド卿は馬車を止めて手綱を馬丁に渡した。そしてヘンリエッタとトゥーリーが馬車から降りるのに手を貸し、毛布と食事のバスケットを持った。ヘンリエッタが日傘と子犬を抱えて歩き、ふたりは日よけになる木を見つけて毛布を広げた。ところがそこに座ってまもなく、ヘンリエッタの目から涙があふれ、鼻が詰まりはじめた。彼女は手首にかけていた黒いベルベットのレティキュールからハンカチをとりだして、そっと目にあてた。

ヘンリエッタはトゥーリーを膝からおろして脇に置こうとしたが、犬はそれをいやがった。「どこかで遊んでおいで」そう呼びかけても興味を示さない。どうやらヘンリエッタをすっかり気に入ってしまい、彼女の膝から離れたくないようだ。

ウォルド卿はヘンリエッタと適切な距離をとって座り、バスケットの中身を毛布に広げはじめた。そのあいだに、ヘンリエッタは彼を改めてじっくりと観察した。遠目には魅力のない容姿ではなかったが、明るい昼の光のなかで見れば、ブレイクと比べて明らかに見劣りする。体は痩せて貧弱で、シャツと上着がだぶついていた。肩から腰までが同じ幅で、肩は広くてたくましく、腰は細く引きしまっているブレイクとは大違いだ。

ブレイクの日焼けした黄金色の肌とは異なり、ウォルド卿は顔も首筋も手も白かった。おそらく外で過ごす機会があまりないのだろう。ヘンリエッタはしろめのカップにワインを注いでいるウォルド卿の手を見つめた。指は長く骨張っていて、公爵の力強い男性的な手とは対照的だった。

「さあ、どうぞ」ウォルド卿がカップを彼女に渡した。

ヘンリエッタは鼻をすすりながら答えた。「ありがとうございます」

それから、いきなり二度立て続けにくしゃみをした。「お大事に」ウォルド卿が言う。

彼女はまたくしゃみをした。

「くしゃみが出るのは、きっと太陽のまぶしさと外の空気のせいでしょう。さあ、キドニーパイとチーズをどうぞ。少し食べればきっと落ち着きますよ。兄はワインとキドニーパイとアプリコットのタルトは、魅惑的な女性と公園でいただくのに完璧な食事だと言っていたから」

ヘンリエッタは微笑み、彼から皿を受けとった。トゥーリーがその皿を見つめる。この食べ物をやれば、起きあがって地面を歩きまわるかもしれない。犬があちこちに縄張りのしるしをつけたがらないはずがない。

食事のあいだもウォルド卿は兄のことばかり話していたが、ヘンリエッタは微笑み、うなずき、適当なあいづちを打ちつづけた。ただ具合は悪くなる一方で、くしゃみがますます頻繁に出た。ワインも飲んでみたがだめで、最後には皿を自分からできるだけ離れた地面に置いて、トゥーリーをその前におろした。

ヘンリエッタが外套と手袋についた白い犬の毛を払っているあいだに、トゥーリーはあっというまに料理を平らげてしまった。ウォルド卿はそれにまったく気づいていないのか、あるいは気づいていたとしても、彼女が犬に食べ物を与えるのを少しも気にしていなかった。トゥーリーはほんの一分ほど周囲をかぎまわっていたが、すぐにまた戻ってきてヘンリエッタの膝にちょこんとのった。そして尻尾を振り、幸せそうに吠えた。小さな犬に明るく黒い瞳で見つめられると、すげなく追い払えない。

「ひょっとしたら、春の花のせいで何度もくしゃみをしてしまうのでは？　それとも、いつも外ではそんなふうに？」

「いいえ、そうではないんです。ただ、ときどき花が咲く季節にこんなふうになることがあって」くしゃみと涙を今さら犬のせいにはできなかった。最初にきちんと話さなかった自分が悪い。

「この子は、わたしと同じくらいあなたに夢中のようです。ずっとあなたの膝から離れようとしませんね」

「抱かれるのが好きみたいね」

「兄が甘やかして育てたのです。家にいるときは、いつも抱いて歩いているくらいですから」

「そうですの」ウォルド卿の兄について聞かされるのに、ヘンリエッタはいいかげんうんざりしていた。

ウォルド卿が唇についた食べ物のかけらをぬぐい、料理の残りをバスケットに戻した。そうしながら、さりげなく体の位置を変えて、巧みに彼女のそばに座りなおした。ヘンリエッタには彼の狙いがわかった。キスをするつもりだ。こばみたかったが、キスをしてみたくもあった。ブレイク以外の男性も、同じように情熱をかきたてることができるのかどうか確かめなければならない。

ヘンリエッタはウォルド卿の顔がゆっくりと近づいてくるのを見つめた。やめさせることも、頬を差しだすこともできたが、身動きせずに彼の唇が自分の唇に軽くあてられるまで我慢した。だが、何も起きなかった。気まずさ以外の感情は何も生まれなかった。彼女はそっと微笑み、いきなりまたくしゃみをした。そのせいでウォルド卿は飛び跳ね、犬が吠えた。

「ごめんなさい。どうやら今日はもう切りあげて、家に帰ったほうがよさそうだわ。このくしゃみと涙がましになるとはとても思えません」

ウォルド卿が頬をピンク色に染め、せわしなくまばたきをした。「たしかに。また別の日に楽しみましょう。目が腫《は》れてきていますよ。トゥーリーは公園を駆けまわれないのを残念がるに違いありませんが、もう帰ったほうがいい」

屋敷に帰り着くまでヘンリエッタの症状は消えなかったが、彼女はトゥーリーを本当に好きになりはじめていた。屋敷に着くと、ヘンリエッタは犬の頭を最後にもう一度なでてから、クッションのついたバスケットに入れてやった。ウォルド卿はヘンリエッタが馬車から降りるのに手を貸し、玄関までつき添った。

ヘンリエッタは鼻をすすった。「楽しいひとときをありがとうございました、ウォルド卿。途中で帰ることになってしまってごめんなさい」

「気にしないで」ウォルド卿はそう言いながら、玄関のドアを開けた。「とても具合が悪そうですよ。今日、あれほど花が咲いていなければよかったのに」

「ヘンリエッタ、帰ったんだな」ブレイクが階段の上から呼びかけた。

ヘンリエッタは振り向いてブレイクに微笑みかけた。公爵の姿を見ただけで喜びがあふれてくる。

ブレイクは階段を急ぎ足でおりてきたが、最後の段まで来ると目を見開いた。「なんてことだ。いったい何があった？　泣いていたんだな？」

「いいえ」ヘンリエッタはささやいた。

ブレイクの顔が怒りにゆがむ。彼はウォルド卿に向きなおった。「いったい何をしたんだ？」

ウォルド卿は何度もまばたきをし、片方の目を引きつらせた。「何をって……わたしがですか？　何もしていません！」

「ふざけるな。ヘンリエッタを見れば、泣いていたことはすぐにわかる」

「違うんです」ヘンリエッタはブレイクを落ち着かせようとしたが、公爵は彼女の脇を通り抜けてウォルド卿に迫った。

「お願いです。ミス・トゥイードには何もしていません」ウォルド卿はあとずさりして戸枠に頭を打ちつけた。

公爵はなおも迫った。「こんなふうに目が腫れて鼻が赤くなっているのに、そんなでためを信じろというのか？」

ウォルド卿は震えて恐怖に顔を引きつらせ、神経質に舌で唇を湿らせた。

ヘンリエッタはもう一度呼びかけた。「もうやめて。なんだか怖いわ。どうかわたしの話を聞いて。ウォルド卿はとても紳士的でした。何もされていません」

ウォルド卿がおびえきってうなずく。

「いったいどうしたというの？」コンスタンスが玄関広間に駆けこんできて呼びかけた。「なにを怒鳴っているの？　ヘンリエッタ、泣いていたのね？」

「いいえ、もちろん違うわ。ずっと目をこすっていただけよ」

「公園の茂みか、咲き乱れていた花のせいに違いありません、ミセス・ペッパーフィールド、それに閣下。彼女はこの屋敷を出るなりくしゃみをしていました。それで、これほど早く戻ってきたのです。一時間も出かけていませんでした」

ブレイクはウォルド卿から離れた。ヘンリエッタとコンスタンス、ウォルド卿を順に見つめる。それから、先ほどよりずっと冷静な声で言った。「もう帰ってくれ」

「ええ、閣下、さようなら、ミス・トゥイード。素敵な午後をありがとう。ミセス・ペッパーフィールド、またお目にかかれれば幸いです」ウォルド卿はブレイクにお辞儀した。「失礼いたします」

ウォルド卿が出ていってドアが閉まると、公爵はコンスタンスを見た。「ヘンリエッタはこれまできみと馬車で出かけていたとき、こんなふうになったことがあったか？」

「いいえ」

ブレイクはヘンリエッタに向きなおった。「さあ、本当のことを話してくれ」

ヘンリエッタはハンカチをあててくしゃみをした。「実は、小さなころから犬や猫に近づくとこんなふうになってしまうの。ウォルド卿はお兄さまのウエストハイランド・ホワイトテリアを連れてきていて、その犬をそばに近づけすぎたみたい」

「そうした体質の人の話は聞いたことがあるけれど、まわりには誰もいなかったわ」コンスタンスが言った。

「ぼくもだ」ブレイクも言う。

「わたしのせいなの。犬には近づけないとウォルド卿に言うべきだったのに、トゥーリーがとてもかわいかったので言えなかった。それに、小さい犬なので大丈夫かと思ってしまって」ヘンリエッタは手袋をとり、外套のボタンをはずして脱いだ。「きれいに洗濯するまで、これはもう着られないわ」

「そのままごみ箱に投げこむのがいちばんだ」ブレイクは彼女から外套を受けとった。「コンスタンス、今夜はヘンリエッタは外出すべきではないだろう」

「ええ、賛成だわ」コンスタンスがおびえた表情を浮かべた。「こんな顔でありえない。このまま人前に出たら、致命傷になりかねないもの」彼女はヘンリエッタのほうを向いた。「メイドに濡らした冷たいタオルを用意させて、それを目にあてなさい。明日までにその腫れが引くことを祈るわ」

「トゥーリーがもうそばにいないから、きっと腫れはおさまるはずよ。最初に話さなかったのは愚かだったわ」

「もういい。以後、気をつけるんだ」ブレイクが言った。「ぼくがこれを捨ててくるあいだに、コンスタンスにおやすみを言うといい」

公爵の目はまだ嵐のごとく暗く不穏な雰囲気だったが、表情から怒りは消えている。

「コンスタンスを馬車まで送ったあと、ぼくの書斎で待っていてくれ」

ヘンリエッタとコンスタンスは、ブレイクが手袋と外套を持って廊下を歩いていく姿を見送った。

彼の姿が見えなくなると、コンスタンスはヘンリエッタに目をやった。「あれほど嫉妬にくるった男は見たことがないわね」

思いがけない言葉に驚き、ヘンリエッタははじかれたように振り向いてコンスタンスを見つめた。「閣下が？　それはどういう意味？」

コンスタンスが大きくため息をつく。「ブレイクはあなたに夢中だということよ、ヘンリエッタ。でも、きっと彼はそれを自分にも、あなたにも認める用意ができていないと思うわ」

ヘンリエッタは胃がひっくり返りそうになった。

そんなことがありうるの？

18

もう何週間も会いに来てくれない、親愛なるルシアンへ

これまでに何度となく話してきたとおり、チェスターフィールド卿はわたしが幸いにも知りあえた人たちのなかでもっとも賢い紳士でした。彼の女性に関する言葉のなかで、もっとも好きなものを紹介します。〝女たちは男ほどには美しさに心を奪われないが、自分に誰よりも注意を向けてくれる男を好む〟どうしてチェスターフィールド卿は女性のことをこれほどよく知っていたのでしょう?

愛をこめて　レディ・エルダー

ブレイクがヘンリエッタの服を捨てて戻ってきたとき、彼女はコンスタンスを送りだして玄関のドアを閉めているところだった。鼻はくしゃみのせいでまだ少し赤かったが、幸いに

も目の腫れは引きはじめていた。てっきりウォルドが強引に言い寄って泣かせたのだと思いこみ、あの男の首を絞めそうになった。

ブレイクはヘンリエッタの手をつかんだ。「一緒に来てくれ」

彼女を書斎へ連れていき、ドアを閉めてそこにもたれかかった。ヘンリエッタは部屋のなかほどで立ちどまって、彼と向きあった。

ブレイクはヘンリエッタを見つめながら、モーガンとレイスが正しかったことに気づいた。彼は思い悩んでいた。もう何日も。ヘンリエッタのせいで呪われてはいないかもしれないが、間違いなく彼女のとりこになっていた。ヘンリエッタが心と夢をとらえて放さない。この思いが愛だということはありうるだろうか。

なんてことだ。これまで一度として、自分がこんな気持ちになるなんて考えたこともなかった。

昨夜はヘンリエッタがウォルドと出かけることを考えていたせいで、ろくに眠れなかった。今日もふたりが一緒にいるところを見るのが気に食わなくて、早い時間に家を出て馬に乗っていたのだ。ウォルドがヘンリエッタを迎えに来たとき、その場に居合わせたくなかった。実際、いなくてよかった。もしそこにいたら、あの軟弱な男とヘンリエッタが出かけるのを絶対に許さなかっただろう。

「こんなことがあったあとでは、もうウォルドを結婚相手として考えることはないと言ってくれ」

ヘンリエッタは一瞬驚いた顔になったが、すぐに落ち着きをとり戻した。「まだ決められないわ。ウォルド卿は、好ましい立派なお人柄だもの」

〝立派？　ウォルドが？〟

「いったいどこが？　きみが言う〝ウォルドの立派なお人柄〟とやらに気づいたことはないし、それを誰かが口にするのを聞いたこともない。やつをおとなしいと言っていたが、それは男にとっての褒め言葉だとは思わない」

ヘンリエッタはまったく動じなかった。「ウォルド卿は思慮深く、親切で、話しやすい方です」

「話しやすいか。なるほど。それは長所と考えられなくもないな。話しやすい相手だったとして、よもやあいつは自分の兄のことはしゃべらなかっただろうね？」

ヘンリエッタの肩と口もとがかすかにこわばるのを見て、ブレイクは微笑んだ。追いつめられたとき、むきになって反論しようとする彼女の様子を眺めるのが大好きだった。

「ウォルド卿はお兄さまにとても忠実です。忠誠心も立派な資質でしょう」

ブレイクは戸枠から体を離して、部屋の奥にある洗面台へ向かった。ピッチャーから洗面器に水を入れて小さな布をひたし、その布を絞るとヘンリエッタのそばに戻った。「目を閉じて」

彼女は言われたとおりにした。ブレイクが濡れた布をヘンリエッタのまぶたにやさしく押しあてる。

「どんな気持ちだい？」

ヘンリエッタは深呼吸をした。「いい気持ち」

「よかった。冷たい布をあてていれば、残っている腫れも引いて気分がよくなるだろう」

彼女はその布に手を添えた。「ありがとう」

「いいだろう、ウォルドに得点を与えよう。忠誠心はたしかに美徳だ。そしてたしかに、ロッククリフにあり余るほどの忠誠心を抱いている」

ヘンリエッタは布を片方のまぶたにあてたまま、もう一方の目で公爵を見つめた。「どうしてウォルド卿のことでわたしを責めるのかわからないわ。お互いに、わたしが結婚してあなたが責任から解放されるのを願っているのでしょう？　もしウォルド卿にわたしを妻にしたい気持ちがあるなら、その可能性についてよく考えてみたいわ」

ブレイクは胸が締めつけられた。ヘンリエッタの表情をじっくり探ってみると、真剣で迷いがないふうに見えるけれども、感情を欠いている。彼女がウォルドを好いていないことは間違いない。それなら、なぜあんな男との結婚を検討したりするんだ？

「きみにふさわしくない相手や、たまたま最初に結婚を申しこんできた男と結婚させたいなんて思っていない。ウォルドは腰抜けだ。それはきみも知っているだろう」

ヘンリエッタは布を反対側のまぶたにあてなおした。「知りません。ウォルド卿は多くのものを与えてくださり、見返りはあまり求めない方のように思えます」

ブレイクは眉をひそめ、ヘンリエッタに近づいた。「ヘンリエッタ」かすれた声で誘惑するようにささやく。「どうやらわかってきたぞ」

ヘンリエッタはブレイクから離れ、布をまた冷たい水にひたした。「たぶんウォルド卿はあなたほど強くないわ。でも、それはほとんどの男性にあてはまること。ウォルド卿は能力のある方ですから、正しい導きさえあればもっと強くなれるでしょう」

「よくわかった。きみはロッククリフがそうしているように、ウォルドを自分の思いどおりにできると思っているんだな？」

ヘンリエッタは布を絞り、その問いかけには答えなかった。答えてもらう必要はなかった。ブレイクはすでに答えを知っていた。

部屋には夕方の影が差して、しだいに暗くなりつつあった。やわらかなランプの光がヘンリエッタの乱れた髪にあたって躍り、美しい顔を照らしている。濡れた布のおかげで目の腫れはかなり引き、鼻の赤みも薄れていた。ヘンリエッタのすべてが、抱き寄せて彼のものにしてほしいと誘っている。永遠に彼のものにしてほしいと。

「きみはあの男を愛していない」ようやくブレイクは口を開いた。

ヘンリエッタは片目に布をあてたまま答えた。「どうしてこんな話をしなければならないの。ウォルド卿にはまだ結婚を申しこまれてもいないのに。仮に申し出があったとして、わたしが結婚する相手を愛している必要があるかしら」

ブレイクは首をかしげてみせた。「よくわかった。きみはウォルドのことを、自分の思いどおりにできる意志の弱い愚か者だと思っているんだな」

ヘンリエッタは手を脇に落として、憤然と言い返した。「わたしがあの方に対してそんな残酷なことを思っていると決めつけるなんて、あんまりだわ」

「だが、事実だろう？　違うか？」ブレイクはさらに近づいた。ヘンリエッタがあとずさりする。「きみがあいつに興味を持つのは、たんに自分の言いなりにできる夫が欲しいからだ。ロッククリフがあいつを思いどおりにしているのを見たり聞いたりして、自分も同じことができると考えたんだ」

ヘンリエッタがショックを受けた顔で口を半ば開いた。「わたしがそこまで薄情な女だと？」

「〝もしその言葉に思いあたるところがあるなら、自分のことと思うがよい〟というのは、チェスターフィールド卿のお気に入りの言葉だ」

ヘンリエッタはけわしい顔になり、眉根を寄せた。「チェスターフィールド卿がそんなことを言ったとは思えません」

ブレイクはいたずらっぽく笑った。彼女とのやりとりを楽しんでいた。「だが、いかにもあの男が言いそうだ。きみは薄情じゃないよ、ヘンリエッタ。まったく違う。ただ、きみがウォルドについて見落としている点がふたつある」また一歩、ヘンリエッタに近づいた。それにつられて彼女も後ろにさがったが、そこで壁に背中がぶつかった。

すくみあがってしまうのをこらえるように、ヘンリエッタが顎を突きだして言い返す。

「わたしは何も見落としていないわ」

「いや、明らかに見落としている。ひとつは、ロッククリフは弟が誰と結婚しようが、そのあともあれこれ指図しつづけるということだ。自分の影響力を捨てるつもりなどさらさらないはずだし、ウォルドのほうも兄が自分から離れるのを望まないだろう。なにしろ、兄を崇《あが》めているからな。ふたりのどちらも、今の関係を変えたいとは思っていない。少なくとも、妻のためには。ウォルドはあまりに長いあいだ兄のペットだったから、今さら変わりようがないんだ」ブレイクはヘンリエッタのほうに身を乗りだして、彼女の澄んだ青い瞳を見つめた。「きみよりはるかに影響力が強い兄からウォルドを奪いとることはできない」

「それはどうかしら。わたしは若くて世間知らずかもしれないけれど、女性は自分の魅力を使って、自らの望みや願いをかなえるよう夫を説得できるものでしょう」

ブレイクはヘンリエッタの手から濡れた布をとって、洗面器に放り投げた。乱暴に投げたせいで、まわりに水が飛び散った。ヘンリエッタの息づかいは浅く速かった。胸がブレイクを誘うように上下している。「ああ、たしかにきみは魅力的だよ。とても魅力的だ。きみならしばらくはあの男を思いどおりにできるかもしれない。だが、もうひとつの理由はどうだ？　理由はふたつあると言った」

ヘンリエッタは彼の目を見つめた。「もうひとつは？」

ブレイクは彼女のすぐそばまで顔を近づけた。もはやヘンリエッタに触れないよう我慢できない。指先で彼女の頬を愛撫し、唇の輪郭をゆっくりとなぞっていく。そうしただけで下腹部が締めつけられ、かたくなった。顎から細い喉をたどって鎖骨のくぼみに指をあてると、あたたかい肌の下で脈が速くなっているのが伝わってくる。

ヘンリエッタが興奮していることを感じとって、ブレイクは満足感を覚えた。

「情熱だ」彼はかすれた声で答えた。「ウォルドには情熱のかけらもない。あの男は、夏のあいだずっと燃やされないままになっていた、黒く冷たい灰を連想させる」

「情熱なんて求めていないわ」ヘンリエッタがうめくようにささやいた。

ブレイクは勝ち誇った顔で微笑んだ。片手をヘンリエッタの肩の脇の壁にあて、鼻がぶつかるくらい顔を寄せた。「情熱を求めていないだって？」

ヘンリエッタがうなずく。

ブレイクはもう一方の手も壁にあてて、両腕のあいだに彼女を閉じこめた。

ヘンリエッタが壁に背中を押しつける。彼女が燃えあがるような瞳でにらみつけてくるのを、ブレイクはむしろ歓迎していた。

「ヘンリエッタ、それは看過できない発言だな」

顔を寄せて、ヘンリエッタの口の両側に、両頰に、湿った左右のまぶたにキスをした。彼女はその場を動かず、激しく胸を上下させている。

「どうだい？」ブレイクはささやいた。「ウォルドがこんなふうにキスをしなくても、物足りなく思うことはないのか？」ヘンリエッタの頰から顎、そしてうなじの美しい肌へと唇をすべらせ、甘い香りを深く吸いこんだ。

脈打つ欲望がブレイクを熱く焼き焦がした。彼女の肌に唇をつけたまま動かしてまた唇を重ね、じれったいほどにゆっくりと甘いキスでいざなう。

「ウォルドがきみにこんなふうにキスをしなくても、これを夢見ることはないのか？」

ヘンリエッタはうなずいた。「こんなことは望んでいないもの」吐息をついてささやく。

ブレイクは心のなかでにやりとした。好きなだけ否定すればいい。知りたいことはすべて、ヘンリエッタの体の反応が物語っている。

彼は深い襟ぐりのドレスに隠された美しい乳房のやわらかいふくらみに唇を移して、ひんやりと湿った肌を舌で味わった。ヘンリエッタの呼吸は速く浅かった。

ブレイクは自分がヘンリエッタにしていることを、そして彼女がブレイクにしていることを愛していた。

ヘンリエッタが小声でうめき、体を弓なりにして喉と胸を彼にさらした。ブレイクは差しだされたものを存分に味わった。彼女の脇腹に沿って手でなぞり、てのひらで乳房を包みこむように持ちあげる。そしてドレスと下着に隠れている乳首を指で探った。シルクのボディスとコットンのスリップ越しに探りあててやさしくつまみ、かたくとがらせる。彼は顔を近づけてそこを軽く嚙み、たわむれるように愛撫していっそう張りつめさせた。

ヘンリエッタの体に震えが走り、彼女は歓びに息をのんだ。その反応に、ブレイクは強烈な満足感にひたった。

ブレイクの下半身はヘンリエッタを求めて大きくなっていた。

「さあ、こんなふうに触れられることなんて望まないと言ってくれ、ヘンリエッタ。言ってくれたら、きみを信じよう」ブレイクはささやきながらヘンリエッタの胸をなで、唇をもう一度重ねてじっくりと酔わせるキスをした。

「わかったわ。きっと望んでしまったでしょう」ヘンリエッタはついに認め、唇を彼の唇から引きはがした。「あなたに触れられたいとずっと思いつづけるわ。これからずっと、あなたが恋しいと」両腕をブレイクの首にまわし、唇を自分から重ねて、深く荒々しくキスで彼の息を奪った。ブレイクは彼女を抱き寄せ、くるおしいほどの欲望をあらわにして激しいキスに応えた。

ヘンリエッタはブレイクを歓ばせ、興奮させ、満たしてくれた。

ブレイクはヘンリエッタの口の奥深くまで舌を差し入れ、体をぴったりと重ねて彼女を壁に押しつけた。そして力強い腕を背中にまわしてヘンリエッタの体を持ちあげ、唇を奪った。やわらかい乳房が彼の胸に押しつけられる。ブレイクは重ねていた唇を離し、舌を首に沿ってすべらせて彼女を味わい、むさぼった。

ヘンリエッタは唾をのみこみ、歓びにうめいた。その目は驚きに輝いていた。「わたしにキスして。キスをして、触れて、満たしてほしいの」

その言葉を耳にして、ブレイクはもはや自分を止められなくなった。

「ヘンリエッタ、きみに誘惑されると、こばめなくなってしまう」

ヘンリエッタの求めにブレイクの心のなかで期待がふくれあがり、激しく暴れまわった。何の疑いも、恐怖もなかった。ヘンリエッタも同じ欲望を抱いていることに、猛烈な満足感を覚えた。ヘンリエッタを奪いたい思いは強烈だった。彼女を思いどおりにしたくてたまらない。そして、ヘンリエッタは喜んでぼくに従うつもりでいる。

ヘンリエッタの積極的な反応に、ブレイクは熱く激しい欲望をかきたてられた。彼は舌をヘンリエッタの口のなかにすべりこませ、奥まで探った。ふたりの荒い息が溶けあう。今夜こそ、ヘンリエッタを自分のものにせずにはいられない。

ブレイクはじれて彼女のドレスとスリップをつかみ、腰まで引きあげた。腕をヘンリエッタの背中にまわし、手間どりながら下着をはずして脚までおろし、彼女にそれを蹴り捨てさせた。靴下どめと靴下は脱がさなかった。形のいい脚を見たかったが、そんな余裕すらなかった。

ブレイクはすばやくズボンのボタンをはずして、膝まで引きおろした。それから両手をヘンリエッタの腰にあてて、もう一度そっと壁に押しつけた。そして自らのものをやわらかくひそやかな場所にあて、いきなり深く突いて押し入った。

ヘンリエッタが小さく息をのみ、体をこわばらせた。ブレイクはすぐさま唇を重ねてささやいた。「心配しなくていい。すぐに楽になる。約束するよ。ぼくに合わせて動いてくれ」

ブレイクは手をふたりの体のあいだに差し入れてヘンリエッタの欲望の中心を見つけ、初めての経験になじむための時間を与えながらつぼみにやさしく触れた。ブレイクがキスと愛撫を続けていると、ヘンリエッタは壁に寄りかかったままゆっくりと力を抜いて、彼に体を任せてきた。自分が達してしまう前に、ヘンリエッタを頂《いただき》まで運んであげたかった。

ブレイクは敏感な場所をやさしく攻めながら、彼女のなかでゆっくりと動きつづけた。やがてヘンリエッタが愉悦の叫び声をあげた。体をこわばらせて痙攣し、満ち足りたため息とともにぐったりとなった。そのあとようやくブレイクは、彼女のなかで自らを解き放った。果てたあとも身動きせず、息を求めてあえいだ。しだいに鼓動が落ち着いて、手足の震えも止まった。

ふたりはつかのま無言で互いの目を見つめ、壁に寄りかかっていた。ブレイクの体はもう一度、今度はもっとゆっくりとヘンリエッタを味わいたくてうずいていた。まだ彼女が欲しい。まだ十分ではなかった。今は離れるつもりはない。

「さあ、情熱が恋しいとは思わないと言ってみてくれ」ブレイクはささやいた。

「言えないわ」ヘンリエッタがそっと答えた。

「きみを満足させられない男と結婚させるつもりはない。きみはウォルドの妻となるにはあまりに情熱的すぎるし、スネリングリーのたわごとに夢中になるにはあまりに頭がよすぎる」

「そうかもしれない」

「自らの情熱を否定するのは難しい。そうじゃないか?」

「ええ」ヘンリエッタは素直に認めた。「そのとおりね」

ブレイクはヘンリエッタの肩からドレスをすべりおろして片方の胸をあらわにし、顔を寄せてとがった乳首をまた口に含んだ。ヘンリエッタが歓喜にあえぎ、腰をあげて胸を押しつけてくる。彼女の全身が歓びに震えているのが伝わってきた。ブレイクはドレスの反対側も引きおろし、やわらかい乳房をてのひらで包みこんだ。

「あなた」ヘンリエッタがせつなげにささやく。

ブレイクはヘンリエッタの目をのぞきこみながら、彼女のなかに自らを突き入れた。「ブレイクと呼んでくれ」

「無理よ」

「いや、呼ぶんだ。きみがぼくの名前を呼ぶのを聞きたい。ぼくはもうきみの後見人ではない。きみの恋人だ」ブレイクはさらに深く、さらに激しく押し入った。「欲望を包みかくさずに、ぼくに語りかけてほしい。きみの望みを教えてくれ」

ヘンリエッタが手を伸ばして、彼のクラヴァットをはずそうとした。「シャツを脱いで、ブレイク。あなたの胸を見て、触れたくてたまらなかったから」

「それこそぼくが望むヘンリエッタだ」

ブレイクは笑い声をあげ、ヘンリエッタがクラヴァットをとるのを手伝った。そしてカラーもはずし、彼女とひとつになったままシャツを頭から脱いだ。

ブレイクが胸をむきだしにして目の前に立つと、ヘンリエッタはてのひらで広い胸をじれったいほどゆっくりとなで、かたい乳首に触れ、彼を欲望にうめかせた。彼女は軽い愛撫でブレイクを刺激し、やがて容赦なく攻めたてた。

ヘンリエッタに触れられて、ブレイクは喉の奥で息を震わせ、なんとか声を絞りだした。

「きみは男が望むことを学ぶのが早いな」

「これは自分のためにしているの。でも、もし歓ばせることができるのならうれしいわ。こんなふうにあなたに触れたかった」ヘンリエッタが彼の熱い肌に向かってささやいた。

それからブレイクの胸に顔を寄せてキスをし、小さな乳首を口に含んで吸った。ブレイクは片手でヘンリエッタの頭をつかみ、自分の胸に押しつけた。そしてもう一方の腕を彼女の背中にまわしてヒップをわしづかみにし、さらに深く突きたてた。

けれどもすぐに、ヘンリエッタの甘い拷問に耐えられなくなった。忍耐がまたしても限界に近づいていた。ブレイクはヘンリエッタの顎に指をあてて持ちあげ、頭を傾けて唇を重ね、ゆっくりとやさしいキスをした。体のなかからあふれでる欲望と情熱はあまりに激しすぎる。ヘンリエッタが口を軽く開き、しどけなくもたれかかってくると、彼はその唇をいっそう激しく求めた。

体のなかにゆっくりと甘美な炎が燃え広がっていき、ブレイクを焼き焦がした。彼は腰をヘンリエッタに向かって突きあげ、彼女のスリップを腕からずらした。

あらわになった肩と胸をてのひらと指先で愛撫し、細いウエストに触れてからその手をまた上にすべらせていく。そのあいだもずっと、彼女の魅力的な体を見つめつづけていた。

ブレイクは、ヘンリエッタの美しさをたっぷりと味わった。自分の目のなかに、彼女をもう一度欲しいとせがむ欲望が映しだされていることはわかっていた。

彼がヘンリエッタの乳首をやさしくつまむと、たちまちそこはふくらんでかたくなった。ヘンリエッタがもらしたせつないあえぎにブレイクは興奮し、歓びがいっそう増した。

「気持ちいいかい、ヘンリエッタ？」ブレイクは唇を重ねたままつぶやいた。はっきりと話すためにキスをやめて顔を離すことすらできそうにない。

「どれほどわたしを歓ばせているか、知っているはずよ、ブレイク」

ブレイクは唇を重ねたまま、くすくす笑った。「ぼくも息ができなくなりかけている」彼はささやいた。「きみの味が大好きだよ」

ブレイクはヘンリエッタの胸を愛撫しつづけ、てのひらのなかにある乳房のやわらかい重みをこよなく愛した。彼女に触れているだけで強烈な欲望で満たされ、歓びがあふれてくる。いつまでも触れつづけていたかった。下腹部が焼けるように熱くなり、欲望がとめどなくこみあげてくる。すぐにふたりはまたひとつになって動き、美しく輝かしい律動を刻みはじめた。ふたりは速度をあげ、ついにヘンリエッタがめくるめく快感に叫び声をあげた。ブレイクは重ねていたヘンリエッタの体から力が抜けるのを感じ、次の瞬間にはまたしても自らの精を彼女のなかに注ぎこんでいた。

これほどに満ち足りた思いを味わったことはこれまでなかった。

ブレイクは顔を寄せて、ヘンリエッタの耳の後ろのあたたかくやわらかい場所にキスをした。そして、洗いたてのさわやかな髪の香りをかいだ。つかのま彼女のうなじに顔をうずめる。深く息を吸いこんで、あたたかく甘い香りをのみくだした。

それからヘンリエッタのなめらかで美しい肌に口づけ、彼女の反応に心からの充足感を覚え、触れているだけでつのる興奮を味わった。

ヘンリエッタこそ、永遠に人生をともにしたい女性だ。何の疑いもなく、何のためらいもなく彼女を愛している。初めて、ほかの誰でもなくこの女性だけが欲しいのだと確信できた。

「誰かがドアをノックする前に、服を着ないと」ヘンリエッタがささやいた。

ヘンリエッタはとてもあたたかく心地よかったので、どんな理由であれ彼女から離れることなど考えたくもなかった。けれどもヘンリエッタについてこれまでに学んだことがあるとすれば、それは彼女が人生に秩序を必要としているということだ。そのヘンリエッタが服をきちんと着て、適切に振る舞いたがっている。ブレイクにはその気持ちが理解できた。

彼は体を引き、ヘンリエッタに背を向けてズボンのボタンをはめ、彼女がドレスを着るところを見ないよう気づかった。

ブレイクは服をきちんと着て、クラヴァットを完璧に結び終えると、振り向いてヘンリエッタに呼びかけた。「ドレスを着るのを手伝おうか?」

予想どおり、ヘンリエッタは冷静そのものだった。「ありがとう。ひとりで大丈夫よ」

ブレイクは彼女の頬を指でそっとなぞりながら見つめ、想像もしていなかったほどに深い感情をこめてささやいた。「ぼくたちのあいだに起きたことをとり消せないのはわかっているね」

「ええ。それに、その意味も十分にわかっているわ。もちろん、あなたは罪悪感も責任もいっさい感じる必要はないから」

ブレイクはヘンリエッタの顔を探るように見た。彼女の瞳のなかに自分への愛を見て笑みを浮かべる。「ぼくの名前はブレイクだ。ブレイクと呼んでもらいたい」

ヘンリエッタがうなずいた。

「ぼくたちのどちらも、罪悪感を抱く必要はない」ブレイクは彼女に微笑みかけた。「責任については、これまでと何も変わらない。きみのことは任せてくれ。今後どうするか心は決まっているが、そのためにはいくつかの問題を解決しなければならない。すぐにもそれにとりかかるつもりだ」

ブレイクはきびすを返し、部屋を出ていった。

19

親愛なるルシアンへ

チェスターフィールド卿のこの賢明な言葉を、あなたはどう思うでしょう？〝良識があれば尊敬され、礼儀正しければ好かれ、機知に富んでいれば敬意と好意の両方を得ることができる。しかし常識ある男が、神から授からなかった機知があるふりをしたせいで、まわりから愚か者と思われている例をわたしは数多く知っている〟

愛をこめて　レディ・エルダー

ヘンリエッタは、ブレイクが出ていったあと自分がどれくらい書斎に立っていたのかわからなかった。動くことができなかった。激しく燃えあがった情熱の余韻が残るまま髪と服を整えたが、心は千々に乱れていた。頭のなかを整理して、大切なことから順に考えていくための時間が必要だった。ふたりのあいだに起きた出来事を見つめなおして、どうすればいいか考える時間が欲しかった。

ブレイクは、誘惑されるとこばめなくなってしまうと言った。その気持ちはよくわかる。彼女もまったく同じように感じていたからだ。それでも、誘惑されたらこばむつもりはなかった。それどころか、自分からそそのかしてしまった。そのあとどうなるかは理解していたし、起きたことに対して責任をとるつもりだ。ブレイクの心の隙に大胆につけこんだ代償を払わなければならない。

後悔などしていなかったし、情熱の嵐のなかでふたりが結ばれたことにとり乱してもいなかった。心の底から愛している男性に焦がれ、求めていたものを手に入れたのに、どうして戸惑う必要があるだろう。ふたりがひとつになったあらゆる瞬間がいとおしかった。ブレイクと分かちあった素晴らしい時間すべてを愛していた——彼がどんなふうに感じさせてくれたか、彼をどんなふうに感じさせたか。一緒にいたときの体の触れあいとキスを、決して忘れないだろう。

ブレイクの幸せと無事が、そして彼の命こそが、ヘンリエッタにとっては何よりも大切だった。だから唯一の問題は、これからどうなるか、そしてブレイクのためにはどうするのがいちばんいいかということだ。

彼はわたしがこの屋敷で暮らしつづけ、また誘惑に駆られてしまうことは望んでいないだろう。それはわかっている。けれども、男性に体を許した若い女が選べる道なんて、ほとんどない。そのなかでは、修道院に入るのがもっとも妥当な選択肢かもしれない。ブレイクが、わたしをもう二度とロンドンの灯を見ることができない北の辺境に住む老男爵と結婚させるとも、ウォルド・ロッククリフ卿やスネリングリー卿のような社交界の紳士に対して純真なレディみたいに振る舞いつづけることを許すとも思えない。きっとどこかの家庭教師か、親切に耳を傾けてくれる話し相手《コンパニオン》を求めている年配の女性に雇われるのがふさわしいと考えているのではないかしら。

ヘンリエッタは、何度か深く息を吸いこんで微笑んだ。誰かのコンパニオンとして雇ってもらうか、修道院で暮らす日々。どちらも心はそそられなかった。そんな人生など望んでいない。ヘンリエッタは忍従をよしとする性格ではなかった。苦労するのは目に見えているが、精いっぱい努力して口を慎み、従順になろう。

修道院に入ることにも、コンパニオンになることにも、ひとつだけ大きな利点があった。公爵が後見人でなくなり、呪いから解放されることだ。ヘンリエッタにとってはそれが何にもまして大事だった。

彼女はふたたび微笑んだ。ブレイクは普通の生活に戻り、自由に生きられるようになる。わたしがいなくなるだけだ。そう思ったとたん、笑みがふと薄れた。もう二度と彼に会えないと思うと、どうしようもなく胸が痛む。これからは、この書斎でブレイクとともに過ごした素晴らしい時間の記憶だけをよすがに生きていくのだ。

「まあ、ここにいらっしゃったんですね、ミス・トゥイード」ミセス・エルスワースが廊下から呼びかけ、トレイを持って書斎に入ってきた。「閣下から、熱いお茶をお持ちするよう言われました。てっきり上のお部屋にいらっしゃるものと思って、あちらにお運びしたんですよ」

「ありがとう。ここでいただくわ」

「あなたが犬のせいで大変なことになったともうかがいました。まあ、わたしにもわかります。唇がなんだか赤いですし、目も少し腫れてます。お茶をおつぎしましょうか?」「いいえ、結構よ。おしゃべりな家政婦には、できるだけ早く出ていってもらいたかった。「ありがとう、ミセス・エルスワース。もうほかの仕事に戻ってちょうだい。あとは自分でするから」

ミセス・エルスワースはドアのところまで行き、そこで振り向いた。「今夜はパーティに出かけないそうですね。夕食は何時に用意したらよろしいですか?」

「いつもの時間がいいわ」

家政婦はにっこりしてうなずき、立ち去った。

食事のことなどどうでもよかった。食欲なんてまるでない。今は、人生に秩序をとり戻すにはどうするのがいちばんいいのか、考えたかった。

自分でカップに紅茶を注ぎ、書斎を見まわした。ふいに寂しさが押し寄せてきてたまらない気持ちになる。素晴らしい記憶がいっぱい詰まったこの部屋を、きっと恋しく思うはず。視線は自然と公爵の机に向かった。彼女がハイドパークにウォルド卿と出かけていたあいだに、また郵便が配達されている。手紙が机の上に散らばっていた。

ヘンリエッタはカップを持って机に近づき、ブレイクの椅子に座った。そしてそっと微笑んだ。最後にもう一度だけ公爵の手紙を整理して、その喜びにひたりたかった。

ブレイクはギビーの屋敷の客間でいらだちながら待っていた。執事からは、ギビーが今は手が離せないが、ほどなく階下におりてくると伝えられていた。おそらく、今夜のパーティのために着替えているのだろう。ブレイクはじっと座っていられず、丸くふくらんだ背もたれがついた金と赤の縞模様の長椅子の前をうろうろ歩いていた。

自分がヘンリエッタをどのように扱ったかを思い返すと、嫌気が差した。書斎でいきなり愛しあうなんて、あまりに乱暴すぎた……言い訳のしようもない。ヘンリエッタが欲しくてたまらず、自制心をあっさり失ってしまった。彼女をレディとして扱わなかった自分に猛烈に腹を立てていた。

そもそも、ヘンリエッタの純潔を奪ってはならなかったし、ましてあんなふうに強引な振る舞いに及ぶべきではなかった。彼女と結婚したら、できるだけ早く埋め合わせをするつもりだった。花と蠟燭があふれる部屋のやわらかなベッドで、ヘンリエッタと愛しあいたい。

けれども今は、結婚よりもさらに重要な問題がある。

「すっかり待たせてしまったが、いったいどんな用件かな」ギビーはそう言いながら、政治家のごとくもったいぶった雰囲気で部屋に入ってきた。それから、手を差しあげた。「待ってくれ、言わないでいい。あててみせよう。ようやく良識をとり戻したんだな」

「むしろ良識を失ったと言うべきかもしれません」

ギビーの顔に混乱した表情がよぎった。「ミセス・シンプルのアイデアが優れていることに気づいて賛成する気になっただけでなく、彼女の計画を言うなれば離陸させるのを手伝いたくなったというのかね？」

ブレイクは咳払いをした。ギビーと軽口をたたく気分ではなかった。「そこまで頭がどうかなったわけじゃありません。そもそも、ここにはミセス・シンプルのことを話しに来たわけじゃないんです」

「そうか、それは残念だな。きみはこれまで、実に巧みに彼女の人格を中傷していた。どうして今さらやめるんだ？」

「そんなことはしていませんよ、ギビー」ブレイクは言い返した。「彼女が愚かなたくらみにあなたを巻きこもうとする理由を確かめようとしていただけです」

「ほら、〝たくらみ〟という言葉を使うところからして、すでに悪意がにじみでている。きみたちはボウ・ストリートの調査員を雇って、ロンドンじゅうでミセス・シンプルと亡くなったご主人のことをききまわっているというじゃないか」

ブレイクはため息をついた。それは事実だ。ギビーがそれに気づくことくらい予想しておくべきだった。こうなったら、ミセス・シンプルと気球のアイデアについて達した結論をこの場で告げて、決着をつけるしかない。そもそもギビーは、ぼくがそれを論じるために来たものと思っているのだから。

ブレイクは大きく息を吸いこんでから言った。「いいでしょう、最初にミセス・シンプルについて話しましょう。あなたもすでにご存じのようですが、モーガンやレイスとも話しあい、彼女が悪人ではないという点については意見が一致しました」

ギビーが当然だと言わんばかりの笑みを向けた。「三人そろって頭を突きあわせて、やっとそれがわかったというわけかね。やれやれだ」

「ですが、ミセス・シンプルがあなたを利用しようとしているとも思っています」ブレイクは言い足した。

ギビーが意味ありげに眉を動かしてみせる。「なるほど。それはなかなか面白い考えだ。普通は紳士が淑女を利用するものではないかね」

ブレイクはその指摘がどれほど正しいか、わかりすぎるほどわかっていた。

「そういう意味で言っているんじゃないんです」

「だとしたら、どんな意味だね？」

「ミセス・シンプルが、あなたに金をせがんでいるのが問題なんです。あなたはその見返りを絶対に得られないでしょう」

ギビーはサテンウッド材のサイドテーブルに歩み寄り、クラレットをふたつのグラスに注いだ。そして片方をブレイクに渡し、窓の前にある美しいサイドチェアに座るよう身振りで促した。ブレイクがそれに従うと、ギビーは向かいの椅子に腰をおろした。

ギビーが目を細め、首をかしげた。「彼女に金を渡しても、見返りには何も得られないとどうして思うんだ？」

ブレイクはワインをすすり、つかのま舌の上で転がしてから飲みこんだ。「ミセス・シンプルにどれほど金を与えようが、旅行客を遠く離れた場所まで気球で運ぶなどという事業は投資に見合うだけの利益をあげられないでしょう。ミセス・シンプルは債務者監獄行きになるのがおちです」

ギビーの口もとにゆっくりと笑みが広がり、いかにも幸せそうな満面の笑みになった。彼はブレイクに尋ねた。「つまりきみはずっと、わたしが金目当てでこの話につきあっていると思っていたわけか」

その言葉に、ブレイクは戸惑った。「ええ。そうだとしか……」

「そうだとしか、とはな。なんと愚かな」ギビーがいかにも愉快そうに笑う。

ブレイクはしばし、あっけにとられてギビーを見つめた。この老人にはいつも驚かされる。

今もまだハンサムで、元気いっぱいだ。実際より十歳は若く見える。ギビーがミセス・シンプルから寄せられる好意そのものを楽しんでいるのかもしれない可能性は、これまでまったく思いつかなかった。

「金なら、すでに使いきれないほど持っている」ギビーがワインのグラスをまた口に運んだ。

「だからといって、その金を愚かな計画に注ぎこんで無駄にしていいことにはならないでしょう」

「そんなつもりはない。年をとっているかもしれないが、ときどき美しい女性にちやほやされる喜びを味わいたいんだ」

ブレイクは肩の力を抜いて椅子に背を預け、ワインを飲んだ。「あなたがいつまでも老いぼれずにそうして楽しめることを願いますよ、ギビー」

「きみやモーガンやレイスは、わたしのことを心配しすぎだ」

「心配せずにはいられませんよ。ぼくたちは祖母に、あなたの世話をすると約束したんですから」

「死んでもなお、彼女はわたしを苦しめる」ギビーがふたたび楽しげに笑った。「レディ・エルダーがきみたちにそんな約束をさせたのは、わたしのいたずら心を牽制したかったからに違いない。まったく、本当に彼女が恋しいよ。わたしより先に逝《い》ってしまうなんて、あまりに理不尽すぎる。逆であってくれたらどれほどよかったか」

それでブレイクは、ギビーに会いに来た本来の理由を思いだした。この問題にはさっさと決着をつけなければならない。今夜はしなければならないことがたくさんある。

「残念ながら、ぼくたちはこの世を去る順番を選べません。話をミセス・シンプルに戻しますが、彼女には四機の気球をつくれるだけの資金を出してあげたらいいでしょう。そうすれば、気球は合わせて六機になります。そして旅行ではなく、娯楽のために気球を使う事業を始めるよう提案してみてください。そのほうが成功する可能性が高いことを説明するんです。それは、あなたも同じ意見のはずです。それだけしてやれば、せっかくの厚意に対してつれなすぎると責められはしないでしょう」

ギビーが窓の外を見た。「そろそろ、賢明なる忠告に従うべきなのだろうな。きみの提案は理にかなっている。ただ、このところミセス・シンプルがおしみなく寄せてくれていた好意を非常に楽しんでいたのだ。どうやら、そろそろそれも終わりにすべきときらしい」

ブレイクは心のなかで安堵のため息をついた。「もう十分に楽しんだでしょう」にっこりして言った。「それに約束どおり援助をしたあとも、ミセス・シンプルはあなたに好意を寄せつづけるかもしれません」

ギビーは微笑み、ブレイクに向かってグラスを掲げた。「そうかもしれない。だが、金を渡したらたぶん終わりだろう。そのあとは彼女も気球の仕事で忙しくなってしまうだろうからな」

かくして問題がひとつ片づいたあと、ブレイクはいっそう悩ましげに眉根を寄せた。「ぼくからもあなたに相談があるんです」

さらに深刻な問題が持ちだされることを察したのか、ギビーの顔から笑みが消えた。

「話してみたまえ」

「ヘンリエッタが、これまでの後見人がみな亡くなったせいで呪われていると思っていることは覚えていますか?」

「忘れられるはずがないだろう。自分が呪われていると信じている者が、どれだけいると思うんだね?」

「たしかに」ブレイクは言葉を切り、どう説明すればいちばんよく理解してもらえるか考えた。「ヘンリエッタに、ぼくが死なないことを信じさせる必要があるんです……つまり、近い将来には死なないことを。どうしたらいいでしょうか? ギビー、彼女はぼくが常に危険にさらされていて、明日にでも死ぬかもしれないと本気で信じているんです」

「これまでの後見人たちの身に降りかかった運命を思えば、もっともな話ではあるな」

「ぼくは呪いなんて信じていない。彼らが死んだのは寿命でしかない。そういう運命だったというだけです。けれども、それをヘンリエッタに納得させることができません。でも彼女にはこれからずっと、ぼくがすぐに死ぬという恐怖を抱えつづけたままでいてほしくないんです」

「ヘンリエッタと結婚したいのだろう?」

ブレイクは驚き、思わず身を乗りだした。「どうしてわかるんです?」

「〈グレート・ホール〉にいた誰もが気づいていたよ。あの女々しいウォルド卿と尊大なスネリングリー卿、それにあと何人かの愚か者を別にしてな。ひと晩じゅう部屋の隅から、ヘンリエッタを鷹のような目で見つめていただろう。きみが彼女と結婚しても、誰の目にも驚きとは映らない。たぶん例外はきみだけだ」

「なんてことだ。モーガンは、ほかの誰も気づいていないと言っていたのに」

「嘘をついていたんだよ」

「あの悪党め」ブレイクはつぶやいた。「それにレイスも」

ギビーはまた笑った。「彼らに怒るのは筋違いだろう。ふたりはきみを気づかって嘘をついたんだ。きみも逆の立場なら同じことをしていたはずだ。それにふたりは、きみが気づくのは時間の問題だとわかっていた」

「そう、たしかに気づきました。明日の朝いちばんで、できるだけ早く結婚するために特別許可証を申請するつもりです」

「普通なら三日は待たされるだろうが、きみは公爵だからもっと早くもらえるかもしれないな」

「ということは、公爵という立場にはそれなりの利点もあると言っていたのは本当だったたんですか?」

ギビーがくすくす笑う。「そうだ」

「問題は、ブレイクウェル公爵という名前が後見人のリストに載っていたせいで、ヘンリエッタがぼくが明日にも死ぬかもしれないとおびえながら残りの人生を送らないようにするためにはどうすればいいか、皆目見当がつかないことです」

「きみの気持ちはわかる。それは間違いなく彼女の幸せに影を落とすだろう」

「ヘンリエッタのことはよくわかっています。どれほど年月がたっても、常に彼女の心の奥にその影は居座りつづけるでしょう」

ギビーはつかのまブレイクの言葉について思案してから立ちあがった。「わたしに考えがある。グラスをくれないか。注ぎ足したあと、どうすればいいか説明しよう」

20

最愛の孫、ルシアンへ

ごくまれに、チェスターフィールド卿に反対せずにはいられないことがありますが、この言葉もとうてい受け入れがたいものです。〝宗教と結婚という問題については、いかなる忠告もするつもりがないことだけは、はっきりと伝えておく。誰かのこの世とあの世での苦しみに責任を負いたくはないのだ〟

愛をこめて　レディ・エルダー

ブレイクは手袋を脱ぎながら、屋敷の玄関広間を通り抜けた。

「閣下、お帰りをお待ちしておりました」

「あとにしてくれ、アシュビー」ブレイクは立ちどまらずに手袋と帽子と外套を執事の手に押しつけた。「時間がない」

遅くなってしまった。ギビーの屋敷を辞したあと、弁護士との話に思っていたよりも時間をとられてしまったのだ。

「それに、外套はしまわないでくれ。すぐにまた出かけるから」

「ですが、ただちにご対応いただきたい緊急事態がございまして」

「ミス・トゥイードはどこだ。彼女の部屋か、書斎か？」

「二階のお部屋です。そしてお話ししなければならないのは、ミス・トゥイードのことなのです」

「それなら一緒についてくるといい。今から彼女の部屋へ行くつもりだから」

ブレイクは階段を二段飛ばしであがった。背後から、アシュビーが懸命に追いかけてくる音が聞こえた。ヘンリエッタの部屋の前まで来るとブレイクはノックをして、ドアが開くまで永遠とも思えるほどのあいだ待った。

「閣下」ヘンリエッタのメイドが出てきて、膝を曲げてお辞儀をした。

「ヘンリエッタはいるのか？」

「はい」

「それならどいてくれ。彼女と話をしたい」

ペギーがドアを広く開け、ブレイクはなかに入った。ヘンリエッタは鏡台の前に座っていて、手には羽根ペンと紙を持っていた。ベッドには旅行鞄が開いて置かれ、服が半分ほど詰められている。

たちまちブレイクは恐怖に胸が締めつけられた。ヘンリエッタが立ちあがって、彼と向きあう。ウォルドの犬のせいで出ていた症状はもう消えていた。ブレイクの目に映っているのは、愛する女性が彼のもとを去ろうとしている姿だった。

「何をしているんだ？」心臓が激しく打っていることをおくびにも出さず、ブレイクは精いっぱい冷静に尋ねた。

「それをお伝えしたかったのです、閣下」アシュビーが背後から息を切らして呼びかけた。「夕食をお出ししたあと、ミス・トゥイードはご自分の旅行鞄を部屋に届けるようにと求められたのです」

ブレイクは執事を無視して、ヘンリエッタに一歩近づいた。ぼくが愛していることを彼女はわかっていないのか？　書斎を出ていく前に理解してくれたものとばかり思っていた。ヘンリエッタはぼくを愛し、結婚したいと思っていないのか？

怒りをこらえきれず、ブレイクはもう一度尋ねた。「何をしているんだ？」

「荷づくりよ」

ブレイクはさらに一歩、ためらいがちに近づいた。ヘンリエッタは落ち着きはらい、自信にあふれて見える。それが猛烈にいらだたしかった。「それは見ればわかる」彼は歯を食いしばった。「どうして荷づくりをしているんだ？」

ヘンリエッタの視線がペギーからアシュビーへと向けられた。

「出ていってくれ」ブレイクはふたりに冷ややかに呼びかけた。

アシュビーは即座にきびすを返して出ていったが、ペギーは動かなかった。「きみもだ」

彼はメイドをにらみつけた。

ペギーが女主人を見た。ヘンリエッタが促すようにうなずく。

「廊下に出たらドアを閉めるんだ」ブレイクはいっさいの反論を許さない口調で言った。

ドアが閉まると、彼は言った。「さあ、説明してくれ」

ヘンリエッタがブレイクの目を見つめた。「わたしは責任をとろうとしているの。生まれて初めて、自分の人生の舵《かじ》取りをしようとしているのよ。修道院に入るか、誰かのコンパニオンとして雇ってもらうことに決めたわ」

ブレイクは氷のごとく冷たい水を浴びせられたような衝撃を覚えた。「何だって？」

ヘンリエッタは彼の目を見つめている。下唇が震えているのが、ブレイクが最初に思ったほどには彼女が冷静でないことを示す唯一のしるしだった。

「わたしなりによく考えて、そうするのがお互いにとって最善だという結論に達したの」

怒りがブレイクの心を焼き焦がした。彼はヘンリエッタにさらに近づいた。「ぼくに何の相談もなくひとりで勝手に決めたのか？」

「そんなふうに怒鳴る理由はないはずよ」

「ぼくにはその権利が間違いなくあるはずだ。ぼくを無視して、修道院に入るかコンパニオンとして雇われたいと記した書き置きだけ残して、黙って出ていくつもりだったんだろう?」

「もちろん違うわ」

「それなら、手に持っているそれは何だ?」

ヘンリエッタは手にしていた紙に目を落とした。「この手紙はコンスタンスにあてたものよ。ここから出ていくことを伝えて、最終的な行き先が決まるまで過ごせる場所を紹介してもらえないかどうか、きこうとしたの」

「最終的な行き先? ここから出ていくことをぼくが許すとでも思っているのか? ほんの数時間前にぼくたちが分かちあったものはいったい何だったんだ? ぼくはもちろん猛烈に怒っている」

ヘンリエッタは紙とペンを鏡台に置いた。「あなたにさよならを言って、これまでに見せてくれたり、教えてくれたりしたすべてのことにお礼を言うまでは出ていけるはずがないわ」

とても信じられなかった。「教えてくれ。きみは修道院に入りたいのか? 誰かのコンパニオンとして雇われたいのか?」

「どちらも望んではいないわ。ただ、この状況ではそれがもっとも賢明な選択だと思ったの。

もうこの屋敷で暮らすことはできないし、わかっているでしょうけど、わたしたちがあんなふうになったあとでは、誰かと結婚することもできないわ」

ブレイクはヘンリエッタの肩をつかんで自分の胸に抱き寄せ、体を震わせながら彼女の目を見つめた。背後のベッドにこのまま押し倒して、ヘンリエッタにふさわしい愛を与えたい。けれども、いまいましい呪いに決着をつけるのが先だ。

「聞いてくれ、ヘンリエッタ。きみは修道院にもどこにも行かない。今からぼくと一緒に来るんだ」

ヘンリエッタのおびえたまなざしを目にして、ブレイクは一方的に命令していることにかすかな罪悪感を覚えた。彼女を警戒させるつもりはなかったが、こばまれるのが怖くてこれからどうするか教えることができなかった。

ヘンリエッタにキスをし、すべてうまくいくと安心させてあげたくてたまらない。つかのまこうして抱き寄せているだけで気が高ぶってしまったが、さしあたりそうした感情はこらえなければならない。

「理解できないわ。もうとても遅い時間よ。どこへ行くというの？」

ブレイクはヘンリエッタに顔を寄せた。「ヘンリエッタ、ぼくを信じているかい？」

「心から信じているわ」ヘンリエッタが即答する。「それは承知しているはずよ」

「それなら、どこに何のためにか行くのかきかないでほしい。ぼくがふたりにとって正しい行いをしようとしていると信じてくれ。いいね？」

ヘンリエッタがうなずく。

ブレイクは彼女を放して、落ち着こうと息を整えた。「ボンネットとケープはどこだ？」

彼は扉が開いていた衣装だんすに近づき、黒いケープを手にした。そして、ベッドからボンネットと手袋をとった。「行こう」

馬車は冷えきっていて、ヘンリエッタはなかに乗りこんだとたん震えてしまった。ブレイクは彼女の向かいに座り、窓の外に目を据えている。ヘンリエッタは彼の強引な態度に混乱していた。部屋に入ってきて、わたしが出ていく用意をしているのを見て驚いていた。けれど、わたしがどうすると思っていたのだろう。いいかげん自分のことには責任をとり、後見人に相談などせずにひとりで決断をくだすころあいだ。

ブレイクは一緒についてくるよう言いながら、どこへ行くかは秘密にしている。いったいどうしてだろう。

ブレイクを信じていたから、少しも怖くはなかった。彼がわたしを傷つけるようなことをするはずがない。でも、どこに連れていくつもりなのだろう。こうしてついていくことで、自分の人生を自ら決める最後のチャンスをあきらめてしまうことになるのかしら。

体を許してしまった以上、一緒に暮らせないことはブレイクもよくわかっているはずだ。密通という言葉が頭に浮かび、胸が締めつけられる。とてもけがらわしい響きだが、事実はそうではない。わたしは自分の命よりもブレイクを愛している。ふたりがひとつになれたひとときは素晴らしく、かけがえのないものだった。それでも、彼を呪いから救うために出ていかなければならない。それを理解してもらう方法を見つけなければならない。

馬車は通りを猛然と走りつづけたが、それでも目的地までは長い時間がかかるようだった。どこに向かっているのかききたかったが、ブレイクを心から信頼していることを示すために、ずっと口をつぐんでいた。

窓の外をロンドンの街が通り過ぎていく。街灯の間隔がしだいに広がっていき、ついに見えるのは闇だけになった。ブレイクは無言のまま、彼女とは反対側の窓から外を見つめている。

ブレイクの真意を考えずにはいられなかった。彼は信頼を求めている。そしてそれは、今の彼女に与えることができる唯一のものだ。これからどこに行くかは問題ではない。いずれにせよ、ブレイクを守るために彼のもとを去らなければならないことは決まっているのだから。

やがて、馬車がようやく速度を落として止まった。ヘンリエッタは安心させるような笑顔を期待してブレイクのほうを向いたが、見えるのは嵐のように暗く渦巻く瞳だけだった。

ブレイクが扉を開けて飛び降りた。夜の闇のなか、正面の窓からひとつだけぼんやりと光がもれている家が見えた。その家はどこか冷たく、とても陰鬱な気配があった。

だめてくれた。

「行こう」馬車の踏み段をおりようとするヘンリエッタに、ブレイクが手を差しだした。力強く手を握られると彼のてのひらのあたたかさが伝わってきて、ヘンリエッタの心をなだめてくれた。

ブレイクが御者を見あげて呼びかけた。「この界隈は詳しくないんだ。怪しい者がいないか用心して目を配って、必要なときには躊躇《ちゅうちょ》せずに呼び子を鳴らしてくれ」

「心配なさらんでください、閣下。わしは目がききますし、もしものときにはよく響く呼び子があります。この馬車をお守りして、ここでお待ちしてます」

ブレイクは御者にうなずき、ヘンリエッタの肘に手を添えた。ふたりは陰鬱な建物の玄関に向かって歩きはじめた。彼の手のあたたかさは心強かったが、建物に近づくにつれヘンリエッタの背筋に震えが走った。ブレイクを信じていると自分に言い聞かせたものの、その信念が少しだけ揺らぐのを抑えられなかった。

彼はドアをノックした。背が高くて肉づきのいい厳しい顔つきの女性が無表情でドアを開けた。「ぼくはブレイクウェル公爵で、こちらはミス・ヘンリエッタ・トゥイードだ。ミセス・フォーチュンに会いに来た」

「約束はおありですか?」

「いや。これほど遅い時間に訪ねた非礼をお詫びすると伝えてほしい。だが、ぼくたちは切迫した問題を抱えていて、どうしても今夜のうちに助けてもらいたいんだ」

「ミセス・フォーチュンがお会いになるかどうか確かめてきます。どうぞお入りください」

女性はドアをさらに広く開け、ふたりが入れるよう脇によけた。

ヘンリエッタとブレイクは玄関広間に足を踏み入れた。ヘンリエッタが最初に気づいたのは、お香の強烈な香りだった。外からひとつだけ見えたランプは、窓際のテーブルの真ん中に置かれていた。妙なことに、窓には真っ黒のベルベットのカーテンが引かれている。実のところ、これほど不気味な雰囲気の家には入ったことがなかった。

ふたりを迎えた女性は、縦溝彫りの柱についている大きな金のケルビム像の前に置かれた、ふたつの椅子を示した。

「わたしが戻るまで、ここでお待ちください」

ふたりは薄暗い玄関広間で椅子に座った。女は二枚の黒いベルベットの垂れ幕で隠されていたドアの向こうに姿を消した。

ヘンリエッタはそれ以上黙っていられなくなった。

「ここはどこなの、ブレイク？　ミセス・フォーチュンというのは誰？　それにどうしてここに来たの？」質問が次々に口からこぼれた。彼女は目でブレイクに問いかけた。

彼はヘンリエッタに顔を寄せた。顔には気づかうような表情が浮かんでいる。「一緒に来ることを拒否されるのではないかと心配で、きみには説明できずにいたんだ。きみを連れてきたのは、彼女ならきみを助けることができるかもしれないと思ったからだよ」

ヘンリエッタの息づかいが速くなった。「わたしを助ける？　どういうこと？　ブレイク、もし今日の午後にあった出来事のせいで身ごもるかもしれないと心配しているのなら、どんなことも絶対にされたくない。子供は自分で育てるわ」

ブレイクは平手打ちをされたかのように体をのけぞらせた。「ちくしょう、ヘンリエッタ、いったいどうしてそんなことを思いついたんだ？　そんな考えはちらりとも思い浮かばなかった。どんな状況であっても、そんな下劣なことは絶対に求めたりしない。ぼくを怪物だとでも思っているのか？」

「いいえ。でも、どう考えたらいいのかわからなくて」ヘンリエッタは不安もあらわにささやいた。「いったいどういうこと？　この家は、ここはとても不気味だわ」

「ここに来たのは、きみがずっと気にしている呪いのためだ。ミセス・フォーチュンは人に魔法をかけるのか、心を読むのか、その者の未来を見ることができるのか、実のところよくわからない。その三つともできるのかもしれない。そもそも彼女がそのどれかをできると信じられるのか、自分でもわからないんだ。だが、もしミセス・フォーチュンが魔法をかけることができるのなら、きみが恐れつづけている呪いを解いて、きみを自由にできる力もあるかもしれない」

ヘンリエッタは胸が詰まった。それまでの絶望がたちまち歓喜へと変わったことに驚く。

「からかわないで、ブレイク。それはたしかなの？」

ブレイクが自嘲《じちょう》気味に笑い、額をさすった。「たしかなことは何も言えない。ぼく自身、ミセス・フォーチュンには一度も会ったことがないんだ。それに、ぼくは呪いを信じていない。けれども、きみは信じている。これはきみのためにしているんだ。ぼくがすぐにも死ぬのではないかとおびえながら、ぼくとの結婚生活を送ることが決してないように」

ヘンリエッタは息をのんだ。きっと今のは聞き間違いだ。もう一度言ってほしいと頼むべきかしら？　冗談かと思ってブレイクの顔を探るように見たが、彼は真剣そのものだった。

「何て言ったの？　結婚生活と言ったのかしら？」

「そうだ」ブレイクはやさしく答え、ヘンリエッタの手袋をはめた手を握った。「ぼくはきみと結婚して、どれほど愛しているかをこれからの人生で示していきたい」

「わたしを愛しているの？」

ブレイクが彼女の目をのぞきこんで微笑んだ。「愛しているよ、ヘンリエッタ。ウォルドや犬と一緒にきみが公園へ行ったとき、ようやくそれを自分に認めることができた。そして今では、こうしてきみにも認めている」

ヘンリエッタは喜びに満たされた。「ブレイク、あなたがこの世に悩みなど何ひとつないかのように屋敷の客間へ入ってくる姿を初めて見た瞬間から、あなたに恋していたわ。心からあなたを愛している」

ブレイクが首を振って笑った。「家に帰ってみたら、きみが置き手紙を書き、荷づくりをして出ていこうとしているのを見つけたときの驚きを想像してくれ」

ヘンリエッタも笑った。「今日の午後、わたしが……わたしたちが……」頬が熱くなる。

「とにかく、あなたがいくつかの問題を解決しなければならないと言ったとき、きっとわたしをあの家から、あなたの人生から追いだす方法を考えようとしているのだと思ってしまったの」

「それは心外だよ。あのときぼくの頭にあったのは、きみを呪いから解放して、何も恐れずに結婚するための方法を見つけなければならないということだけだった」

「ブレイク、何と言ったらいいのかわからないわ」

「こう言うのはどうだろう。〝あなたと結婚するわ〟と」

「ええ、あなたと結婚するわ。あなたを愛しているの」

「修道院に入るなんて絶対に許さない。きみは、そんな人生を送るにはあまりに情熱的すぎる。それに、きみがことあるごとに突っかかってくれなかったら、これからぼくはいったい何を楽しみに生きていったらいいんだ？」

心臓があまりに速く打っているせいで、ヘンリエッタは頭がくらくらした。「ブレイク、今はからかわないでちょうだい。ミセス・フォーチュンのことを正直に教えて。呪いが解けたとわたしに信じこませるためにこんなことをしているの？」

ブレイクが椅子から立ちあがってヘンリエッタの前で片膝をつき、彼女の両手をとった。

それから、ヘンリエッタの目を見つめた。「よく聞いてくれ。これは芝居ではないんだ。ぼくはきみをだましたりしないし、ギビーもそんな欺瞞《ぎまん》の片棒を担いだりはしない。ギビーは、ミセス・フォーチュンが降霊会や読心術の会といった、よく知りたいとはまったく思えない集まりに呼ばれていることを教えてくれた」

「サー・ランドルフが彼女のことをあなたに教えたの?」

「そうだ。そして、答えを手に入れるためにミセス・フォーチュンと会うよう勧めてくれた。きみと結婚するつもりだが、呪いのことを心配していると打ち明けたんだ。だが、もしきみがここにいることに耐えられないなら、ミセス・フォーチュンと会わずに今すぐ帰ってもいい」

「ブレイク、わたしのためにここまでしてくれるなんて、胸がいっぱいよ。わたしたちの将来をこれほど考えてくれていることに感謝しているの」

「ヘンリエッタ、きみを愛しているよ。きみのためならどんなことでもする。呪いがあろうとなかろうと結婚するつもりだが、もしきみが不安でたまらないなら、そう言ってくれさえすればすぐにここを出ていくから」

ヘンリエッタは彼の首に両腕をからめた。ブレイクは彼女を受けとめ、きつく抱きしめた。

「いいえ、ブレイク、出ていきたくないわ。助けてほしいから」

黒いベルベットの垂れ幕が開き、ヘンリエッタとブレイクは慌てて離れた。

先ほどの女性が出てきて、ふたりに呼びかけた。「ミセス・フォーチュンが今からお会いになるそうです。わたしについてきてください」

ブレイクとヘンリエッタは立ちあがった。ふたりは女性のあとについて分厚い垂れ幕の向こうに続く薄暗くて長い廊下を進み、やがて別のドアを通り抜けた。その奥の部屋は、まるで空中に浮かんでいるように見える不気味な一本の蠟燭に照らされていた。外から見ても謎めいた雰囲気の家だが、この部屋は不気味そのものだった。ヘンリエッタはブレイクにすりより、彼のてのひらにそっと手を添えた。ブレイクが愛情をこめてその手を握りしめてくれた。

近づいてみると、蠟燭は黒いベルベットの布がかけられている小さな円テーブルの真ん中に置かれているのがわかった。窓も黒いベルベットのカーテンとブラインドで覆われていて、外からの光はいっさい届いていない。ヘンリエッタは、どうしてこれほど暗くしなければならないのだろうと思った。

いつのまにか、背が高い細身の女性が彼らの前に立っていた。ありえないことだが、黒々とした壁のなかから抜けだしてきたようにしか見えなかった。喪服姿で手袋をはめ、顔はチュールのベールで覆われている。姿勢はまっすぐで、悠然と頭を傾けていた。女性は小さなテーブルの向こう側で立ちどまった。

「わたしに会いたいとうかがいましたが?」上流階級の人にも劣らぬ洗練された口調だった。

「そうだ」ブレイクが答え、ヘンリエッタに少し前へ出るよう促した。「あなたならぼくたちを助けることができるかもしれないと聞いた」

「何をお望みか、お聞きしましょう」

「ミス・トゥイードは、自分に呪いがかかっていると信じている。それが本当であるかどうかを見きわめてもらい、もし本当ならば呪いを解いてやってほしい」

女性が穏やかに笑った。その響きに、ヘンリエッタは彼女が未亡人の喪服から受ける印象よりもずっと若いのかもしれないと気づいた。「どんな話を聞いてこられたのか存じませんが、誰かがかけた呪いを解くことができると考えていらっしゃるのだとしたら、わたしの能力をずいぶんと高く買ってくださったことになりますわ、閣下」

「それでは、あなたにはわたしたちを助けられないのですか？」ヘンリエッタは悲嘆に暮れて言った。

「それはわかりません。このテーブルに座ってください。あなたの目をのぞいて、心を読みとってみましょう」

わたしの心を読みとる？

ブレイクがヘンリエッタのために黒い布がかかっている椅子を引いた。そして彼女が座ると背後に立ち、両肩に手を置いた。ヘンリエッタは彼に触れられていることに励まされた。ミセス・フォーチュンはヘンリエッタの向かいの椅子に座った。一本だけの蠟燭は、ミセス・フォーチュンの顔と同じ高さにあった。ヘンリエッタは彼女の顔をよく見ようとしたが、ベールが邪魔になってまったくわからなかった。

ミセス・フォーチュンは、ブレイクのほうに軽く首をかしげた。「ミス・トゥイードのそばを離れたくないお気持ちはわかりますが、体に触れてはなりません。わたしの助手とともに、いったんもとの部屋でお待ちください。いかなる理由があろうと、ここに戻ってきて邪魔をしてはなりません。心を読めなくなり、彼女を助けられなくなるでしょう」

「わかった」ブレイクが答えた。

ヘンリエッタの胸のなかでは心臓が暴れまわっていた。彼女は手を伸ばしてブレイクの両手をつかみ、離れたくない気持ちを伝えた。

ブレイクは顔を寄せ、彼女の耳もとにささやいた。「遠くには行かない。ぼくが愛していることを覚えておいてくれ。そして何が起きようと、すべてはうまくいくことを」

ヘンリエッタはうなずいた。ブレイクは両手を彼女の手から抜いた。ヘンリエッタは彼の足音が聞こえなくなるまで耳を澄ましつづけた。それから唾をのみこみ、肩をいからせた。

「てのひらを上にして両手を出してください」ミセス・フォーチュンが呼びかけ、蠟燭をはさむようにしてヘンリエッタに両手を差しだした。

ヘンリエッタは躊躇し、手を動かせなかった。深く息を吸いこんだ。それからもう一度。何をためらっているの？　この人はわたしを助けてくれるかもしれない。もしかしたら呪いが消えて、人生に秩序をとり戻せるかもしれない。けれども、未知なるものへの恐怖がある。ミセス・フォーチュンは何を知ってしまうのだろう？

ヘンリエッタは勇気を奮い起こしてからみつく恐怖をのみくだし、思いきっててのひらを差しだした。ミセス・フォーチュンがヘンリエッタの手を下から持ちあげてテーブルから離し、蠟燭の炎に近づけた。彼女の手はあたたかくて、揺るぎなく、信頼できた。

「質問にはすべてに正直に答えていただかなければなりません」

ヘンリエッタはうなずいた。

「両手が冷たいですね。わたしが怖いのですか？」

「いいえ、あなたが何を言うかが怖いのです」

「それでもあなたは知りたいと望んでいらっしゃる」

「ええ」

ミセス・フォーチュンがヘンリエッタの両手をさらに蠟燭に近づけた。ヘンリエッタは炎の熱を感じた。

「誰があなたに呪いをかけたのですか？」

「それはわかりません。七歳のとき、ミセス・グールズビーというおばあさんから呪われていると告げられたんです」

「呪いをかけられるには幼すぎますね。その老婆は、呪いについて何と言っていたんです？」

「これからわたしの世話をする者はみんな死ぬだろうと。実際この十二年のあいだに、両親と五人の後見人が亡くなりました」

「今は誰があなたの後見人なのかしら？」

胸の鼓動が激しく鳴り響いた。炎が間近にあって熱いのに、ヘンリエッタの両手はいっそう冷たくなった。

「ブレイクウェル公爵です」ヘンリエッタは答え、炎にさらに顔を寄せた。「どうしてもこの呪いを解いていただかなければならないのです。彼に死んでほしくありません」

「公爵を愛しているのですね？」

「ええ。自分の命よりも大切なほど」

ミセス・フォーチュンが穏やかに笑った。「人の死は避けられませんわ、ミス・トゥイード。誰もがいつかは死ぬのです。ですが、公爵が年老いるまで生きながらえるのかどうか見てみましょう。わたしの顔を見ようとするのはおやめなさい。蠟燭の炎を見つめるのです」

ミセス・フォーチュンの目をのぞきこんで真実を語っているかどうか確かめたいと思っていることをどうして気づかれたのか、ヘンリエッタはまったくわからなかった。けれども言われたとおり、火のついた蠟燭を見つめた。

「炎の色は心をなだめてくれるでしょう？　琥珀《こはく》色と黄色がまじりあって。そう、見つめて、その熱に心を整えてもらうのです。体が冷たいわ。炎はあなたをあたため、落ち着かせてくれます。炎を見つめて、手から力を抜くのです」

ヘンリエッタは、ミセス・フォーチュンの手を握りしめている自分の手から力が抜けていくのを感じた。「そう、そのまま炎を見つめつづけて。まぶたが重くなってきましたか？」

ヘンリエッタはうなずいた。

「目を閉じてお休みなさい。あなたの人生を読みましょう。わたしのことは考えないで。心を空にして気持ちを楽にするのです。顔にあたる炎のあたたかさを感じて、それに心をあずけて」

彼女は椅子に座ったまま力を抜いた。まぶたが重く感じられ、穏やかな気持ちになり、すぐに暗闇が上質のウールの毛布のように体を包みこんだ。

「ミス・トゥイード、目を開けてください」

ヘンリエッタは目を開けて、何度かまばたきをした。蠟燭は溶けて短くなっていた。ミセス・フォーチュンのベールに包まれた顔がはっきり見えた。

「わたしは眠っていたんですか？」

「正確には違います。わたしが心を読んでいるあいだ、意識を通いあわせていました。わたしのたくさんの質問に、あなたは答えてくれました」

「何も覚えていませんわ。それで、助けていただけるのでしょうか？」

「いらっしゃい、閣下のところに行きましょう。それからわたしが知りえたことをすべてお話しします」

ヘンリエッタはミセス・フォーチュンについてベルベットの垂れ幕を通り抜け、廊下を歩き、薄暗い玄関広間に戻った。ブレイクがそれまで立っていた窓際から振り向き、ヘンリエッタのそばに駆け寄って彼女の腰に腕をまわした。

「どうだった？」

「ミス・トゥイードの人生を読んだ限りでは、これまで彼女に呪いがかけられたことはありません」

ヘンリエッタは安堵のあまり息をのんだ。ブレイクが彼女を強く抱き寄せる。

「それならミセス・グールズビーがわたしの後見人たちが死ぬと言って、それが現実になったことはどう説明がつくんですか？」ヘンリエッタは尋ねた。

「ミセス・グールズビーという女性は、おそらく予知能力があったのだと思います。もちろん断言はできませんが、あなたの目をのぞきこみ、あなたの未来を見てしまったのでしょう。あなたの人生にかかわる人々に死が訪れることを知り、そのせいであなたを恐れたのです。それは、呪いとは何の関係もない話です」

「わたしの未来を見た？」ヘンリエッタはミセス・フォーチュンとブレイクを見比べた。「でも、理解できません。ミセス・グールズビーはわたしが呪われているとはっきり言ったんです」

「たしかなことは言えませんけれど、たぶんその女性は他人の未来が見えるという自分の力を理解していなかったのでしょう。そうした能力を持つ人の多くがそれを否定し、ときにその力から逃げようとします。実際はその能力を捨てることもそこから逃れることも決してできないのに、力を大切にしたり強めようとしたりしない人たちがいるのです。自分の力に混乱し、それを人助けのために使うのをこばんでしまう。ときには、そうするのが賢明なこともあります。とりわけ、そのせいでおびえる者にとっては。たぶんその女性もそういったひとりだったのでしょう」

「それで、ブレイクは？　わたしの今の後見人は？」ヘンリエッタはブレイクの腕をつかみ、かたく握りしめた。

「何も恐れる必要はありません。遠い未来、あなたたちがともに年をとって、家の階段をのぼれなくなったあとも、一緒にいる姿が見えます。あなたは彼の書斎で、これからもともに素晴らしい時間を過ごすでしょう」

ヘンリエッタはブレイクを見あげ、それからミセス・フォーチュンに目をやった。「書斎のことをご存じなの？」

「もちろんです。あの家のなかで、いちばんのお気に入りの部屋なのでしょう」

ヘンリエッタの頬は熱くなり、息づかいが速くなった。「わたしたちはどちらも長生きできると信じていらっしゃるのですか?」

「ええ。あなたは呪われていません。あなたたちは今後もたくさんの大切な思い出をつくっていくに違いありません。閣下の未来も、のぞかせていただきました。閣下はわたしを見た瞬間に心を開いてくださいましたから」

「ぼくが?」ブレイクが信じられないと言わんばかりの顔できいた。

「そんな疑うような声を出さないでください」ミセス・フォーチュンが明るく笑った。「閣下の心を読むのは簡単でした。わたしの助けを求めてここにいらしたのだし、わたしがおふたりを助けられると信じていらっしゃいましたから」彼女はヘンリエッタのほうを向いた。「あなたの心は閣下ほど読みとりやすくありませんでした。わたしを疑っていましたね。でも、警戒を解いて落ち着いたあと、あなたの人生をのぞくことができたのです」

「本当にぼくの未来も読んだのか?」ブレイクが尋ねる。

「もちろんです。申しあげたとおり、ミス・トゥイードを助けようと懸命になっていらっしゃったので、簡単なことでした。わたしに過去は変えられないし、未来を操作することもできません。ただ、自分の見たままを伝えるだけです。おふたりとも心配しなければならない理由は何もありません。これから先の長い日々、あなたたちの未来にはどこにも死の影は見えません」

ヘンリエッタは感謝の笑みを向けた。「ありがとうございます、ミセス・フォーチュン。

のです」

本当にありがとうございます」

「ひとたび助けを求められたなら、その相手の役に立つことはわたしの義務であり、名誉なのです」

「ミセス・グールズビーに予知能力があったとおっしゃっていましたが、あなたはどうなんです？　あなたも同じ能力があるのですか？」

「わたしはあなたのしもべです、ミス・トゥイード。あなたも閣下も、わたしでお役に立てることがあれば、いつでもまたお訪ねください」

「今夜してくださったことは、決して忘れません」ヘンリエッタは言った。

ミセス・フォーチュンは会釈した。

ブレイクがポケットから紐のついた小さな袋をとりだして、それをテーブルのランプの脇に置いた。「もしぼくが何か力になれることがあれば、いつでも言ってくれ」

「わたしもいつでもお待ちしております、閣下」

ブレイクがドアを開け、ふたりは夜のなかへと駆けだした。

21

親愛なるルシアン、孫息子へ

昨夜、本を読んでいたとき、チェスターフィールド卿のこの優れた言葉を見つけました。彼でさえも、結婚に関する忠告はしないという自らの誓いを守れなかったようです。チェスターフィールド卿も過ちを犯すことがあるのがわかって、ほっとしました。〝結婚は急いではならず、最初にまず自分の置かれた状況を見きわめなければならない。とても大切な問題なのだから。相手の女性はけがれなく、清廉な人柄であってほしいし、おまえより極端に地位が低くあってもならない〟

愛をこめて　レディ・エルダー

ヘンリエッタとブレイクがすばやく馬車に乗りこむと、御者は即座に馬を早足で走らせはじめた。ブレイクはすぐにヘンリエッタを腕のなかに引き寄せて、情熱的なキスをした。

ブレイクは唇を少しだけ離して言った。「呪いがもたらした暗い霧は晴れたと言ってくれ」

ヘンリエッタは微笑んだ。「すべて解決したわ」

ブレイクはヘンリエッタの目をのぞきこみ、彼女を抱きしめた。「それが本当であってほしいよ、ヘンリエッタ。不安も恐怖もなくなったことを願っている」

「もう心配する必要はないわ。本当よ」ヘンリエッタは彼に抱いている愛のすべてをこめて答えた。「ミセス・フォーチュンが言ってくれた、年老いても一緒にいるという言葉を信じている。彼女はわたしたちの未来と過去を本当に見たに違いないわ。そうでなければ、どうして書斎のことまで知っていたの？」

「たしかに」ブレイクがにやりとする。

「でも、ひとつだけ心残りがあるの」

「どんなことか教えてくれ」

ヘンリエッタはからかうような笑みを浮かべた。「ミセス・フォーチュンに、わたしたちには何人の子供ができるのかきかなかったことよ。今からでも戻って尋ねるべきかしら」

「だめだ。彼女はもう十分すぎるほど話してくれた。そうした驚きは、これからの楽しみにとっておきたい」

ヘンリエッタは手袋をはめた手で彼の頬を包みこんだ。「そしてわたしは、これからの長い日々、あなたを愛しつづけることを楽しみにしているわ」

「ミセス・フォーチュンの家でも、その前に書斎でもきちんとできなかったことを、今ここでさせてほしい。ヘンリエッタ、愛しているよ。ぼくと結婚してくれるかい？」

ヘンリエッタはにっこりした。「ええ、いとしいあなた、あなたと結婚するわ」彼女がささやき返すと、ブレイクは唇を重ねて情熱的なキスをした。

彼はヘンリエッタのケープの下に手をすべりこませて乳房を見つけると、唇をむさぼりながらやさしく愛撫した。

「きみは最高だ。早く結婚できるように、特別許可証が出るまでの期間をなんとか短縮できないか、かけあわなければならないな」

「そうなれば素敵だわ」ヘンリエッタは想像もできなかったほどの幸せにひたり、満足のため息をついた。

「きみに渡したいものがある。結婚の贈り物だ」ブレイクが上着のポケットから一枚の羊皮紙をとりだして、彼女に渡した。

「贈り物？　いったいいつ用意する時間があったの？　わたしはあなたにあげるものを何も持っていないのに！」

「きみこそがぼくへの贈り物だ。ぼくに必要なもの、欲しいものはほかにない。これはきみのものだ。ほかの誰も奪うことはできない」

ヘンリエッタは好奇心をつのらせながら、細かい字がぎっしりと書かれている紙を開いた。

いちばん下に、公爵の位を示す印章が押されている。

彼女はブレイクを見あげた。「ここは暗すぎて、何が書いてあるのか読めないわ」

「ぼくが教えてあげよう。今日の午後きみを残して出かけたとき、ギビーだけでなく弁護士にも会ったんだ。そしてぼくたちが結婚したあと、父上の遺産をきみが自由にできるよう定めた書類をつくらせた。自分がふさわしいと思う方法で遺産を管理するといい。ぼくはいっさい口出ししないから、すべてきみの望みどおりに使うといい」

ヘンリエッタの胸のなかで、心臓が飛び跳ねた。「ブレイク、そんなことをする必要はなかったのに。遺産はあなたへの持参金なんだから」

「そうじゃない。あくまで、きみが持ちつづけるべき財産だ。もう書類には署名した。運に恵まれてぼくたちに息子ができたとして、その息子でさえもきみの資産に手をつけることはできない。きみが譲渡することを認めない限りはね。きみは望んでいたとおりに自分の力で生きていくことも、結婚して永遠にぼくに愛されつづけることも、等しく自由に選べることを知ってほしいんだ」

「あなたと結婚して、生きている限りずっとあなたを愛しつづけるわ、ブレイク。本当に驚いたわ。感謝しています。わたしは幸せよ。ありがとう」

ヘンリエッタはブレイクの唇にそっとキスをし、彼の手に書類を返した。

ブレイクが目で問いかけた。「欲しくないのかい？」

「もちろん欲しいわ」ヘンリエッタは微笑んだ。「でも、それはあなたがポケットにしまっておいて。わたしが持っていると、なくしてしまいたいと思ってしまうもの」

ブレイクは笑いながら、書類を上着のポケットに戻した。

「きみがいつもそばにいてくれるのが楽しみだよ、ヘンリエッタ。きみと一緒にいれば、退屈なんてありえない。きみはぼくを満たしてくれる」

ヘンリエッタは喜びをつのらせた。「あなたのおかげで、わたしは生まれて初めて満ち足りた思いに包まれているわ。決して出ていかなくていい家を与えてくれたことに心から感謝している」

「いつまでもそばにいておくれ」ブレイクがささやき、また唇を重ねた。

ふたりのキスは激しさを増し、ヘンリエッタは彼を求めて口を開いた。息もつけず、体の奥がしびれる。むさぼるようなキスに、震えが走った。ブレイクのキスは、またひとつになりたいという甘くくるおしい欲望を呼び起こした。たくましくて強引で、それでいてやさしさに満ちあふれたこの男性を心から愛していた。

ブレイクがヘンリエッタから唇を離した。「馬車が止まりそうだ。続きは家に入ってからだな」

ふたりは外に降りたった。そこで、彼らの馬車の前に二台の馬車が止まっていることに同時に気づいた。

「ちくしょう」ブレイクが悪態をつく。「モーガンとレイスの馬車だ。こんな真夜中に、いったい何をしに来たんだ？　ぼくを悩ますよりもましなことはできないのか？」

「何かよくないことがあったのかしら？」

「たぶん違う。どうせ、どうしてぼくたちが今夜どこのパーティにも姿を見せないのか確かめに来ただけだ。すぐに追い払うよ」

ふたりが玄関に近づくと、アシュビーがドアを開けて呼びかけてきた。「閣下、モーガンデイル伯爵とレイスワース侯爵がいらっしゃっています。書斎でお待ちです」

「勝手に上等なブランデーを飲んでいるというわけか。だが、どうしてだ？」ブレイクは外套を脱いでから、ヘンリエッタがケープを脱ぐのを手伝った。

「ふたりと話す邪魔にならないよう、わたしはここで失礼するわ」ヘンリエッタがボンネットをはずしながら言った。

ブレイクが彼女の手をつかみ、そばに引き寄せた。「そんなことはさせない。きみも一緒に来るんだ。あのふたりは悩ましい連中だが、悪意はいっさいない。法律で認められたらすぐに結婚することを、最初に伝えなければならない相手なんだ」顔を寄せてヘンリエッタの鼻の頭にキスをした。「たぶんもう知っているかもしれないが」

「なぜ？」

「ギビーだ」

ふたりは手をつないで書斎に入った。レイスとモーガンはウイングバック・チェアに座り、どちらもブランデーを飲んでいた。

「他人の家ですっかりくつろいでいるみたいだな」ブレイクが呼びかけた。

ふたりの紳士は立ちあがった。「どうしていとこの家で堅苦しく振る舞わなければならないんだ？」レイスが言った。「ヘンリエッタ、会えてうれしいよ。今夜のきみはとてもきれいだ」

「ありがとうございます」ヘンリエッタは答えた。

「どうやら、ウォルドとハイドパークに行ったときに出た症状はすっかり消えたようだね？」モーガンが尋ねた。

「もう大丈夫です。でも、どうしてご存じなんですか？」

「今夜、ウォルドは公園できみのくしゃみがいつまでも止まらなかったことをみんなに話してまわっていたからね」

ブレイクがうなった。「ヘンリエッタはあの男の図々しさにも、あいつの犬にも、二度と耐えずにすむ」

「犬というのは？」レイスが尋ねる。

ブレイクはヘンリエッタの手を放さずに言った。「説明を始めると長くなるが、もう夜も遅い。それより、こんな時間にここでいったい何をしているんだ？よほど大事な用件があるんだろうな」

「もちろん大事なことだ」モーガンが答えた。「今夜、ギビーがすべて教えてくれた」

「すべて？」

ふたりともがグラスを置き、上着のポケットに手を入れた。そしてどちらもたたまれた紙をとりだして、ヘンリエッタに差しだした。

彼女は戸惑いながらそれを受けとった。「どういうことかしら？」

「きみのこれまでの後見人のあれこれについて、一部始終を教えてもらったのさ」レイスが言った。

「呪いと、きみがブレイクの命を心配していることも」モーガンが言い添えた。「それで、もしブレイクの身に何か起きたときには……といっても、そんなことはないに決まっているが、万一事故や病気といった不測の事態が生じたときには、ぼくたちがきみの後見人になるという書類を作ったんだ。きみはもうぼくたちの家族だ」

「だから、ぼくたちが面倒をみる」レイスがあとを引きとって言う。

ヘンリエッタの目に涙があふれた。彼女はレイスとモーガンを順に抱きしめた。「何と言えばいいのかわからないわ。こんなことをしていただけるなんて、夢みたい。ブレイク、あなたは何も知らなかったの？」

「知っているわけがないだろう。ぼくもふたりの行動に、きみと同じくらい驚いている」

「われら一族へようこそ」モーガンが彼女の頬にキスをした。

ヘンリエッタは涙をぬぐい、ブレイクにもたれた。「ブレイク、胸がいっぱいで何も言えないわ」

「率直なところ、ぼくも同じ気持ちだ」ブレイクがレイスを、それからモーガンを見た。「きみたちが彼女の後見人になることなど決してないだろうが、この申し出には感謝する。これで大きな借りができたよ」

「そう思ってもらえることを期待していたんだ」レイスが目を輝かせる。

「失礼いたします、閣下」

ブレイクが振り向いてドアを見た。「どうした、アシュビー?」

「サー・ランドルフがお見えで、みなさまにお目にかかりたいと」

ブレイクはヘンリエッタを見て、いたずらっぽい笑みを浮かべた。「わかった、ここに通してくれ」

ほどなくサー・ランドルフが満面に笑みを浮かべて入ってきた。彼は挨拶抜きで、いきなり切りだした。「お邪魔ではなかっただろうね、ブレイク。ミセス・フォーチュンと会ってどうだったか聞くのが待ちきれなかったんだ。うまくいったかね?」

「ああ、ぼくたちも気になっていたんだ」レイスが言った。

「まさに知りたかったことがわかりましたよ、ギビー。ヘンリエッタは呪われていませんでした。呪いだと言っていた老婆は、ヘンリエッタの未来をのぞき見て、彼女の人生に何が起きるか知っていただけでした」ブレイクがヘンリエッタの腰にまわした腕に力をこめる。

「これですべてがうまくいくでしょう」

「呪いはもう心から消えて、今はとても穏やかな気持ちです」ヘンリエッタは言った。

「素晴らしい」サー・ランドルフが明るい声で言い、ポケットから紙をとりだしてヘンリエッタに渡そうとした。「だが、用心するに越したことはない。実はここへ来る前に弁護士のところに寄って、もしブレイクに何かあったときにはわたしがきみの後見人になることを定めた書類をつくらせたんだ。これからブレイクに署名させて、法的に有効にするつもりだ。わたしが死んだところで、何も問題はなかろう。幸い、いつ死んでもおかしくない年齢だ」

サー・ランドルフ以外の全員が笑った。

「どこがおかしいのかわからないね。わたしは正しいことをしようとしているのに」

ヘンリエッタはサー・ランドルフから書類を受けとって、彼の頰にキスをした。「わたしたちが笑ったのは、モーガンデイル伯爵とレイスワース侯爵もまったく同じ書類をわたしにくださったばかりだったからです」その書類をサー・ランドルフに見えるよう差しあげた。

「みなさんのやさしさと思いやりに胸がいっぱいです。今では、自分が家族の一員だと心から思えるわ」

「ヘンリエッタを気づかってくれるのは本当にありがたいが、ぼくには絶対に何も起きたりしない。そろそろ帰ってくれたら非常にありがたいんだけれどね。美しい婚約者におやすみを言う前に、しばらくのあいだふたりきりになりたいんだ」

三人の男たちが出ていってドアが閉まったあと、ヘンリエッタは振り向いてブレイクに腕をまわし、彼をきつく抱きしめた。「うれしすぎて泣いてしまいそうよ」

「お願いだから泣かないでくれ」ブレイクが彼女の耳もとでささやいた。「たとえ喜びの涙であっても、きみが泣いている姿は見たくない」

「ブレイク、心からあなたを愛しているわ。これからあなたをいつも幸せにするために、精いっぱい努めるわ」

「これ以上幸せにはなれないよ」

甘く押し寄せてくる欲望に体が燃えあがり、ヘンリエッタはまたブレイクに唇を差しだした。深く激しく唇を求められた彼女は、ブレイクの強烈な欲望に応えた。ふたりは互いに新たに見いだした愛にひたった。

ブレイクが重ねていた唇をヘンリエッタの首筋から喉のくぼみへとすべらせて、熱く湿った筋を残した。そして喉もとに唇をあてたまま、舌で彼女の肌を味わった。

親密な愛撫に、ヘンリエッタは身を震わせた。

「朝になって特別許可証を申請しても、結婚できるまであと三日もある」

「一緒にいられずに、人生の大切な三日間を無駄にしたくないわ」

「ぼくもまさに同じことを考えていた。今夜はぼくのベッドに来てほしい」ブレイクが唇を重ねてささやく。「もう、ひと晩たりともきみなしで過ごしたくない」

「わたしはあなたのものよ、愛するブレイク……今夜も、明日も、いつまでも」

ブレイクは手を伸ばし、片腕を彼女の膝の裏にまわしてすばやく抱きあげ、キスをしながら階段をあがった。

ヘンリエッタは笑いながら唇を重ねたまま言った。「わかっていると思うけど、わたしは歩けるのよ」

「ああ、わかっている。だがミセス・フォーチュンが予言したように階段をのぼれなくなるほど年をとってしまう前に、こうせずにはいられないんだ」

ブレイクは廊下を歩いて進み、ヘンリエッタの寝室の前を通り過ぎた。なかをのぞくと、ペギーがまだせっせと荷造りをしているのが見えた。

「いけない、ペギーに教えてあげないと」ヘンリエッタは言った。

しかし彼は歩きつづけた。「彼女には明日、伝えればいい。今夜は誰にもぼくたちの邪魔はさせない」

ブレイクは自分の寝室のドアを開けてなかに入り、ドアを蹴って閉めた。ヘンリエッタをベッドに寝かせ、その脇に寄り添う。

彼はヘンリエッタの瞳をいとおしげに見つめながらささやいた。「今度は書斎のときみたいな愚かなことはしない」

ヘンリエッタは彼の頬に触れ、微笑みかけた。「愚かではなかったわ」

「チェスターフィールド卿は、〝優雅な道楽者になれる男は少なく、誰もが快楽に溺れて愚か者になりうる〟と言った。少なくとも今日の午後、ぼくは快楽をむさぼろうとしてあせっていた。きみに対する思いがつのるあまり、きみの心からウォルドのことを消し去りたくてたまらなかったんだ」

「そんな人はもう忘れてしまったわ」

ブレイクが笑った。「いとしいヘンリエッタ、今度こそきみにふさわしくゆっくりと、夜通し愛しあうつもりだ」

「とても魅力的ね。きっと満足できそう」

ブレイクが彼女に微笑みかけた。「必ず満足してもらえるようにするよ」

彼は顔を寄せて唇を重ね、ヘンリエッタの頬をやさしくなでた。

ヘンリエッタは、その心地よさに胸を震わせた。

著者による付記

ブレイクとヘンリエッタの物語を、わたしが執筆を楽しんだのと同じくらい楽しんでいただけたことを願っています。ブレイクのいとこたちのレイスワース卿とモーガンデイル卿にも、それぞれ語られるべき物語があります。

本書のなかで数多く引用した、チェスターフィールド卿の言葉はいかがでしたか？　執筆のための調査をしているあいだに、十八世紀末の数年間に息子に何百通も手紙を書いていたこの人物のことを知り、すっかり魅せられてしまいました。

本書のなかには、あちこちにチェスターフィールド卿の言葉がちりばめられています。各章の冒頭の引用はすべて、息子にあてた彼の手紙からそのまま使いました。それ以外に作家としての創作上の特権を使って、ときにはチェスターフィールド卿が言ったのではないとわかっている言葉も、彼のものであるかのように書きましたが、そうした場面では、登場人物に引用の典拠について疑問を投げかけさせています。どれも作者が楽しむための遊びでしかなく、それらもチェスターフィールド卿の言葉だと主張する意図はありません。

訳者あとがき

数奇な運命を背負うヘンリエッタと公爵ブレイクの波乱万丈の物語『はじめてのダンスは公爵と』をお届けします。著者のアメリア・グレイは、日本では本書が『舞踏会で秘密をささやいて』（ラズベリーブックス）に続いて二作目となりますが、これまでに二〇冊以上、多彩な作品を発表している実力派の作家です。とりわけヒストリカル・ロマンスでは筆が冴え渡り、多くの傑作を世に送りだしています。本書はグレイの代表作のひとつと呼べる作品で、意表を突く設定とたたみかけるような展開で読者を魅了する彼女の特徴が遺憾なく発揮されています。

時は十九世紀初めのイングランド。ハンサムで魅力たっぷり、常に社交界の女性たちの注目の的である独身貴族のブレイクは、優雅で自由な日々を存分に楽しんでいました。ところが父親が亡くなり公爵に叙せられたあとは面倒な雑務に追われてばかり、不満がたまる一方です。

そんなある日、ブレイクをいっそう戸惑わせる出来事が起こります。ヘンリエッタという名の美しい娘がいきなり屋敷を訪ねてきて、彼が新たに自分の後見人になったなどと言いだしました。どうやら亡き父が引き受けるはずだった、うら若い娘の後見の責任までが降りかかってきたらしいのです。そしてヘンリエッタが語りはじめた身の上話は、驚くべきものでした。幼いころに両親を亡くしたあと、遺言で定められていた後見人に預けられてきたものの、これまでに彼女の世話を引き受けた者は次々に不慮の死を遂げてきたというのです。そのせいでヘンリエッタは、自分は呪われているとかたく信じていました。そして今度はブレイクの命も危険にさらされていると思いこんで、彼に警告を発します。しかしブレイクはもちろん呪いなど信じるわけもありません。彼は面倒ごとから解放されたい一心で、ヘンリエッタをできるだけ早く社交界にデビューさせ、誰かと結婚させてしまおうと考えます。しかし、すぐにブレイクは呪いよりもはるかに厄介な問題と向きあわなければならなくなります。気がつけば、自分自身がヘンリエッタにどうしようもなく惹かれてしまい……。

つらい過去を持ちながら精いっぱい気丈に振る舞うヘンリエッタの勇気と誠実さがブレイクの心をとらえていくさまが、本書の大きな読みどころでしょう。本当に呪いが存在するのか、ブレイクの身に次々に危険が降りかかり、思いがけない出来事が続く展開も絶妙です。

物語の中盤でふたりが気球に乗るシーンが印象的ですが、その際にヘンリエッタが目にする夜明けの空の美しさとさわやかさは、そのまま本書の心地よい読後感につながっていくことでしょう。

アメリア・グレイはフロリダのパンハンドル生まれですが、十歳のころにビートルズがアメリカを訪れたことがきっかけでイングランドのすべてに夢中になったそうで、ロンドンを舞台としたヒストリカル・ロマンスを書くことは長年の夢でもあったようです。とりわけ摂政時代《リージェンシー》をこよなく愛していて、男性が王族に忠誠心を抱く本物の紳士であり、女性が淑女としての規範を備えていた当時の諸相にたまらなく惹きつけられてしまうとか。

執筆に際しては、いつも冒頭から結末までを緻密に決めて書くとは限らず、そのために登場人物たちが勝手に動きだして物語が思いがけない展開を見せることもあり、そうした驚きを味わえることこそが作家としての大きな喜びのひとつであるとも語っています。本書も、まさにそのようにしてブレイクとヘンリエッタが作者の意図を超えて作りあげた物語なのかもしれません。

レディ・エルダーの孫たちの活躍はこのあとも続き、モーガンとレイスをそれぞれ主人公とした作品が刊行されています。魅力的な三人のいとこたちから、ますます目が離せません。

二〇一三年二月

ザ・ミステリ・コレクション

はじめてのダンスは公爵《こうしやく》と

著者 アメリア・グレイ
訳者 高科優子《たかしなゆうこ》

発行所 株式会社 二見書房
東京都千代田区三崎町2-18-11
電話 03(3515)2311［営業］
03(3515)2313［編集］
振替 00170-4-2639

印刷 株式会社 堀内印刷所
製本 株式会社 村上製本所

落丁·乱丁本はお取り替えいたします。
定価は、カバーに表示してあります。

ISBN978-4-576-13034-7
http://www.futami.co.jp/

真珠の涙にくちづけて
キャサリン・コールター
栗木さつき［訳］

衝突しながらも激しく惹かれあう勇み肌の伯爵と気高き〝妃殿下〟。彼らの運命を翻弄する伯爵家の秘宝とは……ヒストリカル三部作、レガシーシリーズ第一弾！

月夜の館でささやく愛
キャサリン・コールター
山田香里［訳］

卑劣な求婚者から逃れるため、故郷を飛び出したキャサリン。彼女を救ったのは、秘密を抱えた独身貴族で⁉ 謎めく館で夜ごと深まる愛を描くレガシーシリーズ第二弾！

永遠の誓いは夜風にのせて
キャサリン・コールター
栗木さつき［訳］

淡い恋心を抱き続けるおてんば娘ジェシーとその想いに気づかない年上の色男ジェイムズ。すれ違うふたりに訪れる運命とは——レガシーシリーズここに完結！

夜の炎
キャサリン・コールター
高橋佳奈子［訳］

若き未亡人アリエルはかつて淡い恋心を抱いた伯爵と再会するが、夫との辛い過去から心を開けず…。全米ヒストリカルロマンスファンを魅了した「夜《ナイト》トリロジー」第一弾！

夜の絆
キャサリン・コールター
高橋佳奈子［訳］

クールなプレイボーイの子爵ナイトは、ひょんなことからいとこの美貌の未亡人と三人の子供の面倒を見るハメになるが…。『夜の炎』に続く「夜《ナイト》トリロジー」第二弾！

夜の嵐
キャサリン・コールター
高橋佳奈子［訳］

実家の造船所を立て直そうと奮闘する娘ジェーンは、英国人貴族のアレックに資金援助を求めるが…⁉ 嵐のような展開を見せる「夜《ナイト》トリロジー」待望の第三弾！

罪深き夜の館で
シャロン・ペイジ
鈴木美朋［訳］

失踪した親友デルの行方を探るため、秘密クラブに潜入した若き未亡人ジェインは、そこで思いがけずデルの兄に再会するが…。全米絶賛のセンシュアル・ロマンス

赤い薔薇は背徳の香り
シャロン・ペイジ
鈴木美朋［訳］

不幸が重なり、娼館に売られた子爵令嬢のアン。さらに〝事件〟を起こしてロンドンを追われた彼女は、若くして戦争で失明したマーチ公爵の愛人となるが……

許されぬ愛の続きを
シャロン・ペイジ
鈴木美朋［訳］

伯爵令嬢マデリーンと調馬頭のジャックは惹かれあいながらも、身分違いの恋と想いを抑えていた。そんな折、ある事件が起き……全米絶賛のセンシュアル・ロマンス

きらめく菫色の瞳
マデリン・ハンター
宋 美沙［訳］

破産宣告人として屋敷を奪った侯爵家の次男ヘイデン。その憎むべき男からの思わぬ申し出にアレクシアの心は動揺するが…。RITA賞受賞作を含む新シリーズ開幕

誘惑の旅の途中で
マデリン・ハンター
石原未奈子［訳］

自由恋愛を信奉する先進的な女性のフェイドラ。その奔放さゆえに異国の地で幽閉の身となった彼女は〝通りがかりの〟心優しき侯爵家の末弟に助けられ…!?

光輝く丘の上で
マデリン・ハンター
石原未奈子［訳］

やむをえぬ事情である貴族の愛人となり、さらに酒宴の余興で競売にかけられたロザリン。彼女を窮地から救いだしたのは、名も知らぬ心やさしき新進気鋭の実業家で…

二見文庫 ザ・ミステリ・コレクション

その夢からさめても
トレイシー・アン・ウォレン
久野郁子［訳］

大叔母のもとに向かう途中、メグは吹雪に見舞われ近くの屋敷を訪ねる。そこで彼女は戦争で心身ともに傷ついたケイド卿と出会い思わぬ約束をすることに……⁉

ふたりきりの花園で
トレイシー・アン・ウォレン
久野郁子［訳］

知的で聡明ながらも婚期を逃がした内気な娘グレース。そんな彼女のまえに、社交界でも人気の貴族が現われ、熱心に求婚される。だが彼にはある秘密があって…

あなたに恋すればこそ
トレイシー・アン・ウォレン
久野郁子［訳］

許婚の公爵に正式にプロポーズされたクレア。だが、彼にとって〝義務〟としての結婚でしかないと知り、公爵夫人にふさわしからぬ振る舞いで婚約破棄を企てるが…

ほほえみを待ちわびて
スーザン・イーノック
阿尾正子［訳］

家庭教師のアレクサンドラはある事情から悪名高き伯爵ルシアンの屋敷に雇われる。つれないアレクサンドラに伯爵は本気で恋に落ちてゆくが…。リング・トリロジー第一弾

信じることができたなら
スーザン・イーノック
井野上悦子［訳］

類い稀な美貌をもちながら、生涯独身を宣言しているヴィクトリア。だが、稀代の放蕩者とキスしているところを父親に見られて…⁉リング・トリロジー第二弾！

くちづけは心のままに
スーザン・イーノック
阿尾正子［訳］

女学院の校長として毎日奮闘するエマに最大の危機が訪れる。公爵グレイが地代の値上げを迫ってきたのだ。学院の存続を懸け、エマと公爵は真っ向から衝突するが…